Ullstein Krimi

Ullstein Krimi
Lektorat: Georg Schmidt
Ullstein Buch Nr. 10 471
im Verlag Ullstein GmbH,
Frankfurt/M – Berlin
Titel der englischen
Originalausgabe:
Codeword Cromwell

Deutsche Erstausgabe

Umschlaggestaltung & Fotorealisation:
Welfhard Kraiker & Karin Szekessy

Printed in Germany 1987
Gesamtherstellung: Ebner Ulm
ISBN 3 548 10471 1

September 1987

Vom selben Autor
in der Reihe der
Ullstein Bücher:

Die Alpha-Liste (10053)
In der Hand des Kreml (10067)
Die Saat der Angst (10083)
Die andere Seite des Schweigens (10150)
Seitenwechsel (10192)
Im Schatten der Spione (10216)
Jeder Spion hat seinen Preis (10287)
Am Rande der Einsamkeit (10303)
Das Mädchen aus Addis (10321)
Agenten sind treue Feinde/Operation Schneeball/Quadrille mit tödlichem Ausgang
Krimi Brummer (10319)
Die Rächerin (10333)
Rennie (10356)
Kinder der Geborgenheit (10376)
Ein nützlicher Deutscher (10439)
Der Omega-Minus-Prozeß/
Vergangenheit ist nie zu Ende/Die Saat der Angst
Krimi Brummer (10395)
Und morgen die Zukunft (20803)

CIP-Kurztitelaufnahme
der Deutschen Bibliothek

Allbeury, Ted:
Codewort Cromwell / Ted Allbeury.
Übers. von Klaus-Dieter Schmidt. –
Dt. Erstausg. – Frankfurt/M; Berlin:
Ullstein, 1987.
(Ullstein-Buch; Nr. 10471:
Ullstein-Krimi)
Einheitssacht.: Codeword Cromwell
‹dt.›
ISBN 3-548-10471-1
NE: GT

Ted Allbeury

Codewort Cromwell

Übersetzt von Klaus-Dieter Schmidt

Ullstein Krimi

Für Heinz und Geneste

1

Der alte Fenwick genoß es, auf der Bühne zu stehen, und die vierzehntägliche Auktion bot ihm die Gelegenheit dazu. Er kam zum Posten 74 und bemühte sich, die beiden Schirmglucken, die Futter- und die Trinkrinne auszurufen, als handelte sich um die Kronjuwelen. Es gab nur zwei Bieter, Major Mason (i. R.) und Charlie Cook aus Winchelsea. Aber Charlie steigerte nur aus Gehässigkeit mit, weil ihm Mason ein zwölf Hektar großes Feld, das er zum Überwintern für einige seiner Schafe brauchte, nicht verpachten wollte. Schließlich fiel der Posten 74 für elf Pfund vierzig an den Major, und Charlie half ihm, die Holzkiste in seinen Kombi zu tragen, um ihm zu zeigen, daß er keinen Groll mehr gegen ihn hegte.

Im Sommer, wenn die Besucher das Städtchen überschwemmen, ist es nicht leicht, aus Rye herauszukommen. Mason nahm daher die untere Straße und war in etwas mehr als zwanzig Minuten zurück auf seinem Hof.

Eigentlich hatten ihn nur die beiden Heißluft erzeugenden Schirmglucken interessiert. Allerdings wollte er sie nicht für frisch ausgeschlüpfte Küken, sondern für seine im Februar geborenen Schafe verwenden. Vorsichtig nahm er sie aus der nach Kreosot riechenden Kiste und legte sie ins Gras. Die Futter- und die Trinkrinne waren in gutem Zustand, obwohl der Zinküberzug an einigen Stellen leicht beschädigt war. Außerdem enthielt die Kiste noch ein hübsches kupfernes Minimum-Maximum-Thermometer, ein paar Ersatzteile für die Brutkästen und ein in verblichenes gelbes Ölzeug eingewickeltes und mit mehreren Gummibändern zusammengehaltenes Päckchen.

Erst fast eine Stunde später, als Mason auf der Bank unter dem Baum vor seinem Haus saß und eine Tasse Tee trank, erinnerte er sich wieder an das Päckchen. Er ging zu seinem Wagen hinüber und holte es. Die Gummibänder lösten sich auf, während er sie abstreifte, und das gelbe Ölzeug brach, als er es auseinanderfaltete. Es roch nach feuchtem, modrigem Keller, und die beiden Bücher und die Papiere, die das Päckchen enthielt, waren von der Feuchtigkeit zu einer einzigen glitschigen Masse zusammengepappt. Das obere Buch war ungefähr anderthalb Zentimeter dick und hatte einen blaßgrünen Broschureinband, auf dem zu lesen war: *Sonderfahndungsliste Großbritannien*. Darunter stand: »Nur für Offiziersgebrauch: OKW Berlin«. Das zweite Buch war dicker; und nur die Ecken der Seiten waren feucht. Sein Titel war: *Handbuch für die deutsche Besatzungsbehörde in Großbritannien.*

Unter den Papieren fand Mason einen SS-Ausweis, ausgestellt auf den Namen Sturmbannführer Maximilian von Bayer, geboren am 6. Januar 1912. Die Fotografie war entfernt worden, und während Mason den Ausweis in Händen hielt, zerfiel er langsam in zwei Teile.

Er wandte sich wieder dem ersten Buch zu und löste die Seiten voneinander. Sie hatten sich voll Feuchtigkeit gesogen, waren aufgequollen und von grünem Schimmel überzogen. Masons Deutsch war nicht gerade gut, aber es reichte doch, um ihn herausfinden zu lassen, daß es sich hier um eine Art Schwarzer Liste britischer Bürger handelte, die die Deutschen nach ihrer Invasion eingesperrt hätten. Es waren Hunderte von Namen – von den meisten hatte Mason noch nie gehört – mit zusätzlichen Angaben in Deutsch, die er nicht verstand. Sie waren numeriert, und er las sich die linke aufgeschlagene Seite aufmerksam durch. Es war eine sonderbare Mischung.

90. Cooper, Ivor, Mitgl. d. brit. Rüstungsausschusses, London, The Old School House, Rudgewick (Sussex), RSHA 111 D2.
91. Copeland, Fred, RSHA VI GI.
92. Coralfleet, Pierre, richtig: Frank Davison, vermutl. England, RSHA IV E4.
93. Cormack, George, Direktor, zuletzt Riga, vermutl. England, RSHA IV E4.
94. Coudenhove-Calergi, Richard, 17. 8. 94 Tokio, Schriftsteller, vermutl. England (Österr.) (Legitimist), RSHA IV A8.
95. Courboin, brit. Agent, zuletzt Brüssel, vermutl. England, RSHA IV E4.
96. Coward, Noel, vermutl. London, RSHA VI GI.
97. McCracken, C., 18. 7. 80 London, brit. Oberleutn., zuletzt Brüssel, vermutl. England, RSHA IV E4.

Das zweite Buch enthielt die Befehle des Reichsführers SS, Heinrich Himmler, für die deutschen Besatzungstruppen, dazu auf einem zusammengefalteten Blatt einen Befehl des Oberbefehlshabers des deutschen Heeres, von Brauchitsch. Er war auf den 9. September 1940 datiert und besagte, daß nach der Besetzung »alle brauchbaren englischen Männer zwischen siebzehn und fünfundvierzig Jahren unverzüglich als Zwangsarbeiter nach Deutschland zu schicken«

wären. Die Lektüre konnte einem das Blut in den Adern gefrieren lassen, auch wenn die Befehle sich auf eine lange zurückliegende Zeit bezogen. Exekutionen, Geiselnahmen, Beschlagnahmung von Lebensmitteln und Häusern und Terrorisierung der zivilen Bevölkerung hatten auf der Tagesordnung gestanden, eine wohlüberlegte Politik der Ausplünderung und Rache.

Mason klaubte die anderen Papiere auseinander. Einige von ihnen waren kaum noch zu lesen, aber ein in Englisch geschriebener Brief war, obwohl verblaßt und stockfleckig, noch zu entziffern. Die Schrift wirkte jung, eine runde, weibliche Handschrift mit auffallenden T-Strichen und I-Punkten. Er steckte noch in seinem Originalkuvert, war in Cambridge abgestempelt und adressiert an Max von Bayer, Schloß Eger, Hildesheim, Niedersachsen, Deutschland. Es war nur ein Blatt, das mit brauner Tinte beschrieben war und auf beiden Seiten den dunkelroten Stempel der deutschen Zensur trug.

»Lieber Max!
Wie geht es Dir?
Es sieht ja zur Zeit alles sehr schlecht aus, und wir fragen uns hier alle, was wohl passieren wird. Papa sagt, er hätte gehört, daß Du letztes Jahre an Eurer Botschaft in London warst. Warum bist Du nicht zu uns gekommen??? Wirst Du vielleicht nicht zur Armee eingezogen werden, wo Du doch so viele andere Dinge zu tun hast?
David (der Streber) hat sein Studium mit Auszeichnung abgeschlossen und will jetzt eine Doktorarbeit über die deutschen Zünfte im 15. Jahrhundert schreiben. Wie lächerlich! Wen kümmert so was noch? Ich bin jetzt im zweiten Jahr in der Guildhall, und was im Dezember bei den Prüfungen passieren wird, daran will ich gar nicht denken.
Wir alle senden Dir unsere Liebe, und wenn Du wieder einmal hier bist, bitte, bitte, komm uns besuchen.
Deine Dich liebende
Sadie.«

Darunter standen eine Cambridger Adresse und eine Telefonnummer. Datiert war der Brief auf den 1. September 1939.

Unter den Papieren fanden sich noch ein britischer Ausweis auf den Namen M. Barnes und eine Lebensmittelkarte, von der nur der Abschnitt für die Butterration fehlte.

Aus einem Anflug von Neugier heraus wählte Manson die Cambridger Telefonnummer. Er bekam nur einen Telefonisten zu sprechen, der erklärte, daß Cambridge keine sechsstelligen Telefonnummern mehr habe.

Danach verstaute er den Päckcheninhalt im untersten Schubkasten seines alten Schreibtischs und vergaß ihn.

2

Das Mädchen lag mit dem Rücken auf der Wiese am Flußufer. Die Augen hatte es zum Schutz vor dem Sonnenlicht geschlossen. Das dunkle Haar breitete sich auf beiden Seiten des Gesichts auf dem Gras aus, und zwischen den ebenmäßigen weißen Zähnen hielt sie einen Grashalm. Sie hatte ein blasses Gesicht mit kecken Sommersprossen auf der hübschen, kleinen Nase. Ihr Mund war rot wie Klatschmohn, voll und sinnlich.

Der junge Manan hatte fast weißes Haar, das jetzt sanft im Wind wehte. Er las still in einen Buch, das auf dem Bauch des Mädchens lag. Mit der einen Hand hielt er das Buch offen, während er sich auf die andere stützte.

»Soll ich dir ein Gedicht vorlesen, Sadie?«

»Wenn du magst.«

Der junge Mann räusperte sich und las dann mit kaum zu bemerkendem Akzent vor:

»O wenn der Stolz nicht unsre Freuden bände,
Die Welt voll Liebeswundern würdst du sehn,
Denn wie aus dir ich würde ganz bestehn,
In deinen Busen meine Seele fände.«

Das Mädchen wandte den Kopf dem jungen Mann zu, um ihn anzusehen. Sein Schatten schützte ihre braunen Augen vor der Sonne.

»Von wem ist das, Max? Shakespeare?«

»Sir William Alexander, Earl of Stirling.«

Das Mädchen schloß die Augen. »Mach weiter, Max. Lies es zu Ende.«

»Mein Antlitz spräche nur Gedanken dein,
Und wenn das Leid dich trifft, vergiß die Klagen,
Die Last des Grams allein nicht müßtest tragen:
Denn sieh, als Teil von dir er wär auch mein.
Und so vereint der Kummer wär verwunden,
Da wir das Glück der Harmonie gefunden.«

Nachdem er aufgehört hatte zu lesen, verharrten beide eine Weile schweigend, wie sie waren. Dann erhob sich das Mädchen auf einen Ellbogen und beschattete die Augen mit der anderen Hand, während es über den Fluß blickte. Von ferne war Lachen zu hören, und leise klangen die Töne eines tragbaren Grammophons zu ihnen herüber, eine Männerstimme und ein Klavier; sie konnten sogar einige Worte verstehen, die der Wind ihnen zutrug – »... Du warst da ... Ich sah dich, und mein Herz setzte aus ... du ...« –; dann deckten die Glocken von St. John's auf der anderen Seite des Flusses mit ihrem freudig brausenden, metallischen Klang alle anderen Geräusche zu.

Der junge Mann nahm seine Hand von dem Buch und griff nach der des Mädchens. »Kommst du morgen zu dem Springen?«

Das Mädchen setzte sich auf und riß an einem Grasbüschel, das beim Schneiden übersehen worden war. Dann sah sie ihm ins Gesicht. »Wir kommen alle, auch die Howards.«

»Ich wünschte, du kämst allein.«

Die großen braunen Augen blickten ihn unverwandt an; der etwas schräg gehaltene Kopf schien Zustimmung, vermischt mit einem Hauch von Unterwürfigkeit anzudeuten. »Es kommen noch mehr Tage, Max.«

Der junge Mann seufzte auf und erwiderte ihren Blick. »Magst du mich, Sadie?«

»Natürlich mag ich dich, Max. Wir alle mögen dich.«

»Ich werde morgen die rote Rosette für dich gewinnen. Du wirst sehen.«

Sie lachte leise. »Brich dir bloß nicht den Hals, sonst bekommen wir von deinem Vater ganz schön was zu hören.«

Er blickte ruckartig auf. »Was hast du eigentlich gegen meinen Vater?«

»Nichts, er ist nur so ein bißchen ...« Sie zuckte die Achseln.

»Arrogant?«

»Nun, vielleicht nicht arrogant. Aber ein bißchen herrisch ist er schon, nicht wahr?«

»Er ist ein Baron, das ist er.«

Sie lächelte ihn an. »Natürlich, klar, das ist es auch nicht. Er ist nur so – so überwältigend; er muß immer irgendwie besänftigt werden, das ist alles. Er spielt sich einfach ziemlich auf.«

Der junge Mann lächelte halb. »Mutter hat ihn immer zurückgehalten und beruhigt, aber seit sie tot ist, hat er nichts mehr außer seinen Geschäften, was ihn am Leben erhält.«

Er sah auf seine Uhr. »Wir sollten uns besser auf den Weg machen, es ist fast sieben.«

Er stand auf, strich die Grashalme von seiner Hose und streckte dem Mädchen die Hand hin. Sie ließ sich von ihm auf die Beine ziehen, und dann gingen sie Hand in Hand den Fußweg am Ufer entlang zur Trinity-Bridge.

Sadie Aarons war noch nicht ganz siebzehn Jahre alt und sollte in einigen Monaten in die Guildhall School of Music eintreten. Ihr Vater hatte seinen Einfluß eingesetzt, um die Bestimmung über das Mindestalter zu umgehen; der Mangel an Cellistennachwuchs, insbesondere hübschem, hatte dabei allerdings auch eine Rolle gespielt.

Moshe Aarons war Deutschprofessor am King's College, und sein Sohn David gehörte zu seinen Studenten; seine Frau Rachel arbeitete als Ärztin an einem der örtlichen Krankenhäuser. Sie bildeten eine sich eng zusammengehörig fühlende Familie, waren dabei aber zugänglich und lebensfroh. Moshe Aarons war erst in zweiter Generation in England, und unter seinem bewunderswerten Äußeren verbarg sich eine instinktive Wachsamkeit, die die meisten seiner Freunde überrascht hätte. Eine rege Wachsamkeit den Realitäten des Lebens gegenüber, die er als Sohn eines Krakauer Flüchtlings notgedrungen erworben hatte. Sein Vater war mit ganzen 50 Pfund, einer Geige und einem Abschlußzeugnis des Warschauer Konservatoriums in England angekommen. Der Konservatoriumsabschluß verhalf ihm und seiner Familie zu einem dürftigen Auskommen, das er verdiente, indem er Tag für Tag mit einem Quintett im Bournemouth-Hotel auftrat. Und wenn Lev Aarons sein Publikum zum wiederholten Mal mit den »Bleichen Händen neben dem Shalinar« erfreute, dann tat er es, als ob sein Leben davon abhinge. In gewisser Weise war das ja auch der Fall. Als der Erste Weltkrieg ausbrach, fühlte er sich jedenfalls schon ziemlich heimisch in England. Ein Lungenversagen ermöglichte es ihm sogar, hinter einem Pult des Hallé-Symphonieorchesters in Manchester Platz zu nehmen. Als Moshe Aaron seinen Vater von einem

Galerieplatz in der Free Trade Hall aus spielen sah, lernte er einiges über Berufung und Bestimmung, über Festigkeit und Ausdauer, und zwar mehr, als er sich im Augenblick klarmachte. Moshe erwarb sich an der Manchester Grammar School einen Freiplatz für das King's College, und von da an waren Cambridge und das College seine Welt. Rachel Stein war eines der ersten jüdischen Mädchen am Newnham College. Sie heirateten, als sie beide zweiundzwanzig waren. Der alte Aaron war vor einem Jahr gestorben, am 26. April 1937, dem Tag, an dem die Deutschen Guernica bombardierten.

Maximilian von Bayer war sechsundzwanzig, er besaß ein gutes Aussehen und einen Abschluß der Universität Göttingen, und er war das einzige Kind des Barons von Bayer, dessen ausgedehnte Besitzungen zwischen Hannover und Braunschweig dem Alptraum der Inflation widerstanden hatten und ihm den nötigen Rückhalt für seine Investitionen in bestimmte Industrien boten, die er als bedeutsam für das Überleben Deutschlands ansah. Ludwig von Bayer erwartete nicht viel dafür, eine geringfügige Kapitalverzinsung und vielleicht noch eine großzügige Haltung seinen geschäftlichen Interessen gegenüber sowie in bezug auf seine steuerliche Veranlagung. Er war an der deutschen Politik nicht ganz uninteressiert; es gab sogar Leute, die behaupteten, daß es seine Ansichten waren, die, zu Brüning vorgedrungen, den Anfang vom Ende der Weimarer Republik einläuteten. Aber er gehörte keiner Partei an und vermied es, irgendeinen Politiker offen zu unterstützen. Andererseits gab es nur wenige Wochenenden, an denen sich nicht ein halbes Dutzend Staatsmänner und führender Politiker in seinem weitläufigen Herrenhaus an den Hängen des Weserberglandes einfand.

Max von Bayer hatte seit seinem achten Lebensjahr einen englischen Hauslehrer gehabt. Der Herr Baron war ein Bewunderer alles Englischen; ein Bewunderer aus der Ferne, denn er war nie in England gewesen und beherrschte keine Fremdsprachen. Aber die Engländer, die er in Geschäften getroffen hatte, hatten eine bestimmte Art von Arroganz zur Schau getragen, die er für bewunderswert hielt. Sie wußten, was sie wollten, waren unzugänglich für die kontinentalen Spitzfindigkeiten und Gebräuche und setzten unerschütterlich voraus, daß sie bekommen würden, was sie wollten. Sie zeigten sich auch kaum beeindruckt von seinem palastartigen Haus mit all seinen Kostbarkeiten. Bayers geschäftliche Interessen erstreckten sich auf Immobilien, Stahlschmieden, chemische und Textilindustrien sowie

Banken. Er hatte eine Geliebte in Berlin, wo er regelmäßig hinfuhr, und eine zweite im Dorf, ein junges Mädchen, das ihn nur in seiner Jagdhütte in den Wäldern aufsuchte. Er war nicht unbedingt glücklich, aber zufrieden, denn er verschwendete keine Zeit mit Philosophieren. Er war ein Mann der Tat.

Sein Sohn Max war so etwas wie eine Enttäuschung für ihn. Er war gesund und kräftig, aber einiges an seinem Charakter erinnerte doch zu stark an seine Frau. Max kritisierte seinen Vater nie, nur manchmal blickten ihn seine blauen Augen voller Zweifel an, so als wüßte er etwas über ihn, das er nicht einmal selbst wußte, so als säße er schweigend über ihn zu Gericht, mit dem festen Vorsatz, sich nicht in die Welt seines Vaters einzufügen. Bei einer hübschen Frau wären das entschuldbare Dinge gewesen, bei einem Mann wirkten sie gefährlich. Es war zuviel Schubert und zuwenig Wagner in ihm, zuviel Träumerei und zuwenig Aktivität.

Es gab allerdings auch einige mildernde Umstände anzuführen. Der junge Max von Bayer war ein passionierter Reiter. Er gehörte zur deutschen Olympiamannschaft, und für all die Silberpokale und Siegesmedaillen, die er freudestrahlend aus allen Teilen Europas mit nach Hause brachte, war eine eigene Glasvitrine aufgestellt worden. Und er war ein guter Junge. Er machte nie Ärger, was mehr war, als man von einigen anderen Söhnen reicher Eltern sagen konnte, die in Berlin herumhurten oder Ballettänzerinnen nachjagten.

Max von Bayer hatte in Göttingen deutsche Geschichte studiert und als Anerkennung für seinen Abschluß ein Jahr am King's College geschenkt bekommen, um sein auch vorher schon ausgezeichnetes Englisch zu verbessern. Dort hatte er Sadie Aarons kennengelernt. Sie war zwar erst fünfzehn Jahre alt gewesen, aber mit einem der blumengeschmückten Hüte ihrer Mutter und in ihrem lindgrünen Organdykleid hatte sie um Jahre älter gewirkt. Er war froh, daß sie einen älteren Bruder hatte, denn das ermöglichte es ihnen, fast ihre gesamte Zeit miteinander zu verbringen. Die Familie hatte ihn herzlich aufgenommen, obwohl er das freundlich-amüsierte Schmunzeln der Eltern über diesen auf Freiersfüßen wandelnden jungen Mann durchaus bemerkte. Denn das war er, ein Bewerber um ihre Tochter, vom ersten Tag an.

Im Sommer des zweiten Jahres hatte Baron von Bayer die ganze Familie zu sich eingeladen, und der junge Mann hatte sich wie zerrissen gefühlt zwischen der Bindung an seinen Vater und der an Sadies Familie. Zwischen beiden gab es, wie sein alter Professor in

Göttingen gesagt hätte, keinen Treffpunkt der Geister. Von Professor Aarons perfektem Deutsch abgesehen, hätten dic beiden Elternteile genausogut versuchen können, sich auf chinesisch zu unterhalten: auf der einen Seite der Akademiker, der ein Interesse an den Machinationen der großen Geschäftswelt vorzugeben versuchte, auf der anderen der Geschäftsmann, der verzweifelt versuchte, sein völliges Desinteresse an der Grimmschen Grammatik oder einigen Spielarten des mittelalterlichen Deutsch zu verbergen.

Der junge Max hatte wie ein Luchs zugesehen und nach einem Anzeichen dafür gesucht, daß sein Vater gönnerhaft oder geringschätzig behandelt wurde. Aber er hatte keines bemerkt. Fast zum ersten Mal liebte er seinen Vater dafür, daß er alle Anstrengungen unternahm, um seine Freunde zu unterhalten, die umgekehrt sich über jede Annehmlichkeit, die für sie arrangiert wurde, dankbar und erfreut zeigten. Aber seine Liebe galt nur den Anstrengungen, mit dem Herzen war er bei dem Mädchen mit den dunkelbraunen Augen und den schmalen Händen. Als die Woche vorüber war, waren alle Beteiligten erleichtert, in ihr gewohntes Leben zurückkehren zu können. Max war noch eine Woche zu Hause geblieben, dann eilte auch er wieder nach Cambridge.

Von beiden Seiten waren freundliche, wohlgesetzte Worte über die jeweils andere Seite zu hören, aber das Experiment wurde nicht wiederholt. Zwar ging eine Gegeneinladung an den Baron, aber unglücklicherweise hinderten ihn unaufschiebbare geschäftliche Verpflichtungen daran, sie anzunehmen.

Nach zwei Wochen, in denen sich Max wie ein Verräter an seinem Vater vorkam, vergaß er die Selbstvorwürfe und ergab sich wieder ganz der warmen Atmosphäre der Familie Aarons.

Sadie Aaron hatte sich redlich bemüht, Interesse an Springreiten zu finden, aber die Vorliebe für solche Dinge war ihr von ihren polnischen Vorfahren nicht in die Wiege gelegt worden. Dennoch fuhr sie zusammen mit Pferdeboxen und allem, was dazugehörte, zwei Sommer lang kreuz und quer durch East Anglia und sah dem jungen Mann mit den hellen Haaren dabei zu, wie er mit seinem dunklen Fuchswallach Attila fortwährend irgendwelche Wassergräben und Doppeloxer überwand, um ihr zu beweisen, wie sehr er sie liebte. Er war ein geborener Wettkämpfer, ohne davon besessen zu sein, und die Engländer mochten ihn sehr. Aber sobald er erkannt hatte, daß zu siegen Liebe bedeutete, war nichts außer dem Sieg mehr gut genug für ihn. Die kleineren Springen, die er absolvierte, waren für einen internationalen Springreiter wie ihn nicht sehr schwer zu bewältigen; er nahm sie trotzdem jedesmal so ernst, als handelte es sich um die Olympischen Spiele

Sie beobachtete ihn, wie er dort unten auf seinem Fuchs saß, die Augen mit der Hand beschattend, und gespannt dem Springen folgte, nur mit der Frage beschäftigt, ob noch ein dritter Reiter das Stechen erreichen würde. Wie immer fuhr er von Zeit zu Zeit mit der Hand an den Schirm seiner Jagdkappe, eine Reflexbewegung, eine Angewohnheit, die ihm Glück bringen sollte. Er hatte ihr erzählt, daß Len Hutton die gleiche Angewohnheit hatte. Sie mußte unwillkürlich lächeln, als er zum dritten Mal diese Bewegung ausführte, denn beim dritten Mal suchte er stets ihr Gesicht in der Menge der Zuschauer, und auch jetzt sah er zu ihr herauf. Für Max von Bayer war es mehr, der Gruß eines Ritters für seine Dame. Im übrigen paßte sein blonder Haarschopf kaum unter die schwarze Samtkappe. Die Haare fielen ihm bis über die Ohren und in den Nacken. Sie hätten ihn eigentlich als den Archetyp eines Germanen erscheinen lassen sollen, aber sein glattes, ebenmäßiges Gesicht war von einer fast weiblichen Schönheit. Die schweren Augenlider gemahnten an die von Skulpturen, und die vollen, weichen Lippen bildeten einen wohlgeformten sinnlichen Mund, dem nur noch die Grübchen neben den Mundwinkeln fehlten. Er ist fast zu schön, dachte Sadie; doch hatte es irgendeine gute Fee verhindert, daß er um seine Attraktivität wußte. Wenigstens schien es so. Sie hatte schon so manche ältere Frau und so manches junge Mädchen beobachtet, die von seinem strahlenden Lächeln völlig hingerissen waren, wenn er höflich auf irgendeine Banalität antwortete.

Nur zwei Reiter waren ins Stechen gelangt, und nachdem die Stangen der Hindernisse höhergelegt und ein Stein auf die Steilwand plaziert worden war, sah sie ihn eine Runde um den neuen Parcours reiten, ohne Hast, professionell und untadelig. Als er wieder am Start angekommen war, dröhnte der Lautsprecher über den Platz: »Das erste Pferd im Stechen ist Attila, geritten von dem jungen Max von Bayer aus Deutschland.« Prasselnder Beifall erscholl, dann erklang die Glocke. Am großen Gatter verlor er seine Jagdkappe. Der Fuchs hatte es aus den Augenwinkeln bemerkt und war schräg über das Hindernis gesprungen, hatte dabei jedoch nur die obere Stange leicht gestreift. Für den Durchlauf war eine Zeitbeschränkung angegeben, dennoch beruhigte Max sein Pferd erst einmal und ritt auf den Wassergraben zu, als hätte er alle Zeit der Welt. Die Dreierkombination nahm er ohne Schwierigkeiten, aber am letzten Hindernis, der

Steilwand, berührte Attila einen Ziegelstein mit dem Huf. Ein hörbares Aufatmen ging durch die Zuschauer, als der Stein sich bewegte. Aber er blieb auf der Mauer liegen.

Gemächlich ritt Max durch die Menge auf Sadie zu und wischte sich mit einem weißen Taschentuch den Schweiß vom Gesicht. Neben ihr angekommen, sprang er aus dem Sattel und griff nach ihrer Hand, während sie beide den Ritt des zweiten Springers verfolgten. Er überforderte sein großes irisches Pferd beim ersten Hindernis der Dreierkombination, und es rannte das dritte Hindernis mit der Brust ein. Mit vier Fehlerpunkten spielte die Zeit keine Rolle mehr.

Max ritt in die Arena, um Pokal und Rosette im Empfang zu nehmen, und grüßte die Frau des Premiers, die dann die Preise überreichte, indem er militärisch die Hand an die Jagdkappe hob. Danach blieb er vor dem Ausgangstor stehen, um den Zweit- und den Drittplazierten vorzulassen. Ein Mädchen rief ihm etwas zu, und er nickte lächelnd und führte seine Reitgerte zum Gruß an die Jagdkapape. Dann ritt er zu Sadie hinüber.

Sie war in Gesellschaft zweier junger Engländer, die sich vergnügt mit ihr unterhielten. Eine Welle von Eifersucht stieg in ihm auf, und darüber hinaus ärgerte er sich darüber, mit welcher Selbstverständlichkeit diese Leute mit ihr umgingen. Wie nebenbei legten sie ihr den Arm um die Taille, und den Witzen, die sie ihr erzählten, fehlte jede Zurückhaltung. Aber als sie sich ihm mit einem Lächeln zuwandte, war alles wie weggeblasen. Er überließ den Fuchs dem Stallburschen, und zehn Minuten später quetschten sie sich beide auf den Beifahrersitz des Pferdetransporters. Sie fuhren am Fluß entlang, und an der Ecke Silver Street, King's Parade stiegen sie aus, um zu Fuß zur King's Bridge hinunterzugehen.

Ein leichter, böiger Wind kräuselte die Oberfläche des Flusses und bewegte die am Ende der Böschung wachsenden Rohrkolben und gelben Schwertlilien. Eine Stockente hatte es sich mit ihren Jungen in einer kleinen Senke der Böschung gemütlich gemacht, und die untergehende Sonne färbte die kleinen flachen Schnäbel, die sie auf die weichen Daunen auf ihren Rücken gelegt hatten, orangefarben.

Max lehnte sich dem Mädchen zugewandt mit dem Ellbogen auf das Brückengeländer. Er zog die zerknitterte rote Rosette aus seiner Hosentasche und hielt sie ihr hin. Als sie die Hand ausstreckte, um nach ihr zu greifen, fing er sie mit beiden Händen ein und hielt sie fest.

»Nur noch zwanzig Tage, Sadie, dann muß ich zurück.«

»Ich weiß«, seufzte sie. »Was hat dein Vater mit dir vor? Was sollst du machen?«

Er zuckte die Achseln. »Anwalt, Bankangestellter, irgend etwas Seriöses.«

»Und was würdest du gerne machen?«

Er blickte sie aus seinen blauen Augen zärtlich an. »Mit dir zusammensein.«

Der Wind war aufgefrischt und blies ihr die Haare ins Gesicht. Sie zitterte leicht in dem kühlen Luftzug und reichte ihm die Hand. »Sie werden schon auf uns warten.«

Zurück in Aarons' Haus wurde er mit den üblichen Glückwünschen zu seinem Sieg empfangen, dann gingen sie durch die Flügeltüren hinaus, wo auf dem weißen Tisch auf dem Rasen schon das Abendessen bereitstand, kalter Lachs mit Salat und zum Nachtisch Erdbeeren mit Schlagsahne. Das Gelächter war so laut, daß nur Moshe Aaron das Telefon klingeln hörte. Er ging langsam in die Kühle des Hauses.

Einige Minuten später kam er wieder heraus. »Max, Ihr Vater ist am Telefon.«

Nach zehn Minuten kehrte Max mit verzerrtem, bleichem Gesicht zu der Gruppe im Garten zurück. »Ich muß sofort nach Hause zurückkehren, Mr. Aarons.«

»Ist Ihr Vater krank, Max?« Moshe Aarons blickte dem jungen Manan besorgt ins Gesicht.

»Nein. Vielleicht wäre es besser, wenn es so wäre. Er hat gesagt, daß die deutsche Wehrmacht morgen gegen die Tschechoslowakei mobil gemacht wird.«

Schweigen breitete sich am Tisch aus. Moshe Aaron versuchte, den betroffenen Gesichtsausdruck seiner Tochter zu übersehen; er dachte daran, daß er sie vielleicht hätte warnen sollen. Er hatte es kommen sehen, als die Nazis im Frühling in Österreich einmarschiert waren.

Schließlich brach Rachel Aaron das Schweigen. »Sadie, warum geht ihr beide, du und Max, nicht zur King's Parade einen Kaffee trinken. Ich packe inzwischen Max' Sachen, und dein Vater wird sich nach einem Zug für morgen erkundigen.«

»Gut, Mama.«

Sie saßen in dem spärlich beleuchteten Café des Kinos, als einzige Gäste; aus dem Kino waren leise, dröhnende Töne zu hören. Sie spielten *Lost Horizon*.

»Was, meinst du, wird passieren, Max?«
»Weiß Gott. Das hängt davon ab, was die Tschechen tun werden.«
»Und was, meinst du, werden sie tun?«
Er zuckte die Achseln. »Sie werden sich nach dem richten, was London und Paris ihnen sagen. Göring war vorletztes Wochenende bei uns, und mein Vater sagt, Hitler ist auf Krieg aus.«
»Wirst du eingezogen werden?«
»Ich bin kein Reservist. Die Wehrmacht hat mich zurückgestellt, wegen meiner sportlichen Verpflichtungen.«
»Warum mußt du dann zurück, Max?«
Er sah in ihr trauriges Gesicht und sagte sanft: »Dir macht es etwas aus, wenn ich fortgehe?«
»Natürlich, Max. Uns allen macht es etwas aus.«
»Warum?«
»Wir wollen nicht, daß du da hineingezogen wirst.«
»Nur das?«
Sie bemerkte den schmerzlichen Ausdruck auf seinem Gesicht. »Wir machen uns Sorgen um dich. Ich mache mir Sorgen um dich, Max.«
»Ich liebe dich, Sadie.«
Sie errötete. »Ich weiß, Max. Das ist nett von dir.«
»Aber du, liebst du mich denn?«
Sie lächelte. »Ich weiß es nicht, Max. Ich bin nicht sicher, ob ich überhaupt weiß, was Liebe ist. Ich bin einfach gern mit dir zusammen.« Sie zuckte die Achseln. »Ich mag dich, alles an dir ...«
Er griff über den Tisch hinweg nach ihrer Hand, und sie kam ihm entgegen, indem sie sie umdrehte, so daß er seine Hand in ihre legen konnte.
»Ich möchte, daß wir heiraten, Sadie. Bevor das alles anfängt. Soll ich nachher mit deinem Vater sprechen?«
»Er wird dir sagen, ich sei zu jung. Und vielleicht bin ich das auch.«
»Laß mich trotzdem mit ihm sprechen.«
»Gut, dann gehen wir beide zu ihm.«
»Nein. Das ist Männersache.«
Sie lachte leise auf. »Ich sehe nicht, wieso.«
»Es ist nun einmal so, mein Liebes. Überlaß es mir.«
»Dann sollten wir uns auf den Weg machen, sonst sind sie alle schon im Bett, wenn wir zurückkommen.«

Moshe Aaron ahnte schon, worum es gehen würde, und so nahm er den jungen Mann am Arm und führte ihn in sein Arbeitszimmer. Er wies ihn zu einem der braunen Ledersessel und ging zu dem kleinen Barschränkchen.

Nachdem er sich selbst in einen Sessel gesetzt und die beiden Portweingläser gefüllt hatte, verbrachte er einige Minuten damit, seine Pfeife anzuzünden. Dann fragte er: »Also, Max, worüber wollen Sie mit mir sprechen?«

»Ich möchte Sie um die Hand von Sadie bitten.«

Moshe Aarons zog die Augenbrauen hoch, während er die Streichholzschachtel auf den Pfeifenkopf drückte. »Wollen Sie mich um die Hand von Sadie bitten, oder wollen Sie die Erlaubnis, sie zu fragen, ob sie Sie heiraten will?«

»Ich möchte Ihre Erlaubnis, sie zu fragen, ob sie mich heiraten will, Sir.«

Aarons zuckte die Achseln und beschäftigte sich weiter mit seiner Pfeife, ohne aufzustehen. »Die brauchen wir nicht, Max. Wir leben in einem freien Land.«

»Ich meine, ich möchte Ihre Zustimmung, bevor ich sie frage.«

»Sie ist erst siebzehn, Max, und noch sehr jung für ihr Alter.«

»Ich bin auch erst sechsundzwanzig, Sir. Das sind nur neun Jahre Unterschied.«

Aarons lächelte. »Ich weiß, mein Junge. Ich weiß. Aber es ist nicht nur der Altersunterschied, sie ist einfach noch zu jung. Sie kennt die wahre Liebe noch nicht. Sie hat noch keine anderen jungen Männer kennengelernt. Sicher ist sie sehr angetan von Ihnen, das sind wir alle. Aber sie ist noch ein Kind.«

»Heißt das, daß Sie, von Sadies Alter abgesehen, keine Einwände haben, Sir?«

Aarons sah auf, und Max war nicht sicher, ob sein Blick sich verhärtete oder ob er die Augen nur gegen die durch das Fenster einfallende Abendsonne schützte, indem er sie halb schloß.

»Ich fürchte, da ist noch mehr, Max. Ich sehe eine Menge Probleme für euch beide. Jungverliebten mögen sie nicht als Probleme erscheinen, aber es blieben doch Probleme.«

»Würden Sie mir sagen, welche, Sir?«

Aarons sah ihm in die Augen. »Warum sollten wir es nicht sagen, Max: Wir sind Juden. Sadie ist eine Jüdin. In ihrem Land wäre sie der Verfolgung ausgesetzt.«

»Nicht als meine Frau, Sir. Dafür würde mein Vater sorgen.«

»Niemand könnte es verhindern, Max, und ich wäre ein Narr,

wenn ich zuließe, daß sich meine Tochter in eine solche Gefahr begibt.«

»Als meine Frau wäre sie in keiner Gefahr.«

Aarons erwiderte sanft: »In diesem Land gibt es solche Gefahren nicht, egal ob sie nun verheiratet ist oder nicht.«

»Dann ist also die Tatsache, daß Sadie Jüdin ist, Ihr Haupteinwand, Sir?«

Aarons zögerte. »Nein, Max. Ich glaube, Sie sehen das falsch. Das Problem besteht darin, daß Sie Deutscher sind. Und Ihre Landsleute leben mit Gesetzen, die zur Verfolgung aller Juden auffordern.«

»Aber wenn das alles irgendwann vergessen ist, dann kann ich Sie doch noch einmal fragen, Sir?«

Aarons beugte sich vor und stützte sich auf die Knie. »Natürlich, mein Junge, das können Sie. Das können Sie, natürlich. Aber jetzt gehen Sie besser und packen Ihre Sachen. Und belasten Sie sich nicht mit unnötigen Dingen, den Rest können wir ja mit der Post nachschicken.«

Damit war die Sache erledigt. Max lag in dieser Nacht einsam und unglücklich lange Zeit wach, bis mit dem ersten Licht der Morgendämmerung auch der Schlaf kam. Es war der 12. August 1938, der Tag, an dem Adolf Hitler die Mobilmachung der deutschen Wehrmacht anordnete.

3

Max kletterte mit seinen zwei Lederkoffern und den in Professor Aarons' alter Hutschachtel sorgfältig verstauten Pokalen und Medaillen in den Waggon. Als er sich aus dem Fenster lehnte, bemerkte er Tränen in den großen braunen Augen Rachel Aarons', und als der Zug langsam anfuhr, sagte sie flüsternd: »Laß es nicht zu, Max. Laß es sie nicht tun.«

Der Zug hielt in Bishop's Stortford und Epping, aber Max nahm es nicht wahr. Im Geist war er wieder in Aarons Arbeitszimmer. Er sah die alten Ledersessel, die Reihen von Buchrücken, die Messingvase mit den verblühenden Rosen, das offene Fenster, und er roch den Duft von frisch gemähtem Rasen. Jetzt, hier im Zug besaß er den *esprit d'escalier*, doch er wußte auch, daß er sich gestern abend dumm und ungeschickt verhalten hatte. Aarons hatte ihn nicht angegriffen oder provoziert, nur die Fakten genannt und logische Folgerungen aus ihnen gezogen. Und dennoch hatte er ihn förmlich in die Schranken gewiesen, ihm seinen Platz zugewiesen.

Am nächsten Morgen in Ostende wartete schon das Auto auf ihn, und als sie durch Düsseldorf fuhren, war er eingeschlafen. Bei Bielefeld wurden sie von Konvois von Panzern und Armeefahrzeugen aufgehalten, die in Richtung Holland fuhren. Sogar auf der Autobahn nach Hannover fuhren lange Schlangen von Wehrmachttransportern, die von Meldefahrern auf Motorrädern umschwirrt wurden wie Schafherden von Wachhunden.

Sie verließen die Autobahn, um auf die Straße nach Hildesheim zu kommen. In Schloß Eger erwartete ihn sein Vater, und während des gemeinsamen Essens sprachen sie nur von seinen Erfolgen als Reiter und der Reise über den Kanal.

Der Baron nahm sich eine Handvoll dunkler Weintrauben und blickte zu seinem Sohn hinüber. »Was ist los, Max?«

»Ich nehme an, es ist der Schock, Vater, die Mobilmachung.«

Sein Vater seufzte auf, ohne von seinen Weintrauben abzulassen. »Du gibst doch keinen Deut auf die Mobilmachung, mein Junge. Was also ist los?«

»Ich hatte eine Enttäuschung, Vater.«

»Du meinst das Mädchen?«

»Ja.«

»Aber du hast doch von Anfang an gewußt, daß sie eine Jüdin ist. Du hast gewußt, daß das ein Problem sein würde.«

»Das war nicht das Problem.«

»Oh. Und was war es dann?«

»Daß ich Deutscher bin.«

»Der Vater und die Nürnberger Gesetze, oder?«

»Leider ja.«

Ludwig von Bayer lehnte sich auf seinem Stuhl zurück, bis er in den Fugen ächzte. »Hast du mit ihr geschlafen?«

»Nein, Vater.«

Der Baron war viel zu erfahren, um jetzt zu sagen, was er dachte. Damit hätte er das Feuer nur weiter angefacht und eine Märtyrerin aus dem Mädchen gemacht. Er war froh, daß die Affäre zu nichts geführt hatte, aber er bebte vor verhaltenem Ärger auf seinen Sohn, der sich von einem Juden hatte demütigen lassen. Er hatte nichts gegen die Juden. Er machte Geschäfte mit ihnen, und davon verstanden sie etwas, aber sie waren immer für sich gewesen, bis sie aus ihren Gettos herauskamen und die Leute ausstachen, die sie in ihrem Lebensraum duldeten. Doch ihre Zeit war gekommen. Andere würden die Rechnung für seinen Sohn begleichen. Bis dahin würde er sich mitfühlend geben und nichts sagen, was ihm den jungen Mann entfremden könnte.

»Hast du überhaupt schon mit einer Frau geschlafen, Max?«

»Nein, Vater.«

»Ich kenne da ein Mädchen in Alfeld, ein sehr hübsches Mädchen. Ich werde dich mit ihr zusammenbringen. Es wird Zeit, daß du deine Erfahrungen machst.«

Moshe Aarons war zwar kein Musiker, aber sehr empfänglich für Musik, und während er in seinem Arbeitszimmer saß, konnte er die Musik, die von oben, aus dem Zimmer seiner Tochter kam, unmöglich überhören. Sie spielte nur eine Platte, wieder und wieder. Es war der erste Satz aus Elgars Cellokonzert. Die überschwengliche Musik, die so gut zu den verblassenden Sonnenstrahlen an einem Sommerabend im Garten paßte, schien genauso gut zu der melancholischen Stimmung seiner Tochter zu passen. Sie hatte nicht aufbegehrt, keine Fragen gestellt, sie war nur in ihr Zimmer gegangen und hatte den Elgar und das alte jüdische Klagelied *Kol Nidre* gespielt. Wieder und wieder. Er wußte, daß es ein Notsignal war, aber es gab nichts, was er hätte tun können.

Sein Sohn David hörte die Musik auch, und da er nicht ihr Vater war, suchte er nicht nach der perfekten Lösung. Er ging einfach hinauf und klopfte an ihre Tür. Als er keine Antwort erhielt, öffnete er sie und ging hinein. Sie saß in einem Sessel am Fenster und blickte hinaus in den Garten. Sie sah sich erst um, als vom Plattenspieler nur noch das monotone Kratzen der Nadel in der Auslaufrille zu hören war.

»Eine Goldammer sitzt dort in der Hecke, David.«

»Und ein trauriger Spatz beobachtet sie. Willst du reden?«

»Worüber?«

»Über Max.«

»Da gibt es nichts zu reden. Er wurde fortgeschickt, das ist alles.«

»Er ist nicht fortgeschickt worden, Sadie. Sein Vater wollte, daß er nach Hause kommt.«

»Er wollte mich heiraten. Er hat mit Papa gesprochen.«

»Und was hat er gesagt?«

»Wer weiß? Sie haben mir beide nichts verraten. Er muß nein gesagt haben.«

»Wolltest du ihn auch heiraten?«

Sie wendete sich ab und sah wieder in den Garten. »Ich weiß nicht.«

»Und das war Grund genug?«

»Niemand hat mich danach gefragt.«

Der junge Mann setzte sich auf das Bett. »Kennst du die Nürnberger Gesetze, Sadie?«

»Nein.«

»Die Nazis glauben, daß die Juden der Grund allen Übels sind und aus dem Leben der Deutschen verschwinden müssen. Es ist verboten, eine Jüdin zu heiraten oder mit ihr zu schlafen. Die Juden haben alle Rechte verloren, sie bekommen keine Renten und Pensionen mehr. Sie sind Freiwild, jeder Nazilümmel kann einen Juden zusammenschlagen, wenn ihm danach zumute ist, völlig ohne Grund und ohne den Arm des Gesetzes fürchten zu müssen.«

»Das ist doch nur ein Gerücht, David.«

»Das ist es nicht. Es ist Gesetz. Hitler hat sie 1935 herausgebracht. Die Nazis lassen sich in aller Öffentlichkeit dafür bezahlen, daß ein Jude das Land verlassen darf.«

Sie drehte sich wieder um und sah ihren Bruder an. »Aber, David, du sprichst von den Nazis. Max ist kein Nazi.«

»Erinnerst du dich an unseren Besuch bei den Kraskis vor ein paar Wochen?«

»Natürlich.«

»Erinnerst du dich noch an den alten Mann auf dem Stuhl im Garten?«

»Den Kranken?«

»Genau den. Welche Krankheit hatte er wohl, was meinst du?«

»Ich weiß nicht. Irgend so etwas wie Paralysis, nehme ich an.«

»Dieser *alte* Mann ist fünfundvierzig Jahre alt. Er ist jünger als unser Vater. Es ist Professor Kraskis Bruder. Bis vor neun Monaten war er Richter in Hamburg. Sie haben ihn entlassen, und er hatte keine Chance mehr, da haben ihn der Professor und seine Frau herausgeholt. Es hat sie fünfhundert Pfund gekostet. Nun, er ist gar nicht krank, die verdammten Nazis haben ihn auf offener Straße zusammengeschlagen, zweimal. Deshalb hat er seinen Körper nicht mehr unter Kontrolle. Deshalb zuckt und zittert er die ganze Zeit. Er hatte nichts verbrochen. Er war ein angesehener Richter. All das ist nur passiert, weil er ein Jude ist, aus keinem anderen Grund. Kannst du dir wirklich vorstellen, Vater würde dich in ein Land gehen lassen, in dem dir so etwas zustoßen kann?«

»Aber Max ist kein Nazi. Und sein Vater ist ein bedeutender Mann. Sie würden es nicht zulassen, daß mir etwas passiert. Außerdem wäre ich eine Deutsche, wenn ich mit Max verheiratet wäre.«

»Das wärst du nicht, meine Liebe. Du wärst eine deutsche Jüdin.«

Sie seufzte tief auf. »Magst du Max, David?«

»Himmel, ja! Er ist ein netter Kerl. Ich mag ihn sehr. Aber ich mag auch Rabbi Mayer und könnte es nicht aushalten, dich mit ihm verheiratet zu sehen.«

Sie brachte ein schwaches Lächeln zustande. »Das war kein guter Witz, David.«

Sein Gesicht wurde ernst, und er griff nach ihrer Hand. »Sei nicht traurig, Sadie. Es kann sich ja bald alles geändert haben. Ich bin sicher, daß er dich liebt. Ihr müßt eben beide nur etwas warten, und am Ende wird alles gut werden.«

Das Wort »beide« besänftigte sie, es zeigte eine Verbindung an. Es verband sie mit Max von Bayer, als wäre tatsächlich alles auf dem richtigen Weg.

Das folgende Wochenende verbrachte Ribbentrop mit einigen Begleitern auf Schloß Eger. Er war wie Göring ein passionierter Jäger. Als sie sich am Samstag abend nach dem Essen beim Kaffee unterhielten, prophezeite Ribbentrop, daß die Tschechoslowakei bis zum Ende des Monats in deutscher Hand sein würde. Die Engländer und die Franzosen hätten nicht den Mut zum Krieg. Dann fragte er den Sohn seines Gastgebers lächelnd nach dessen Meinung über die Engländer. Der junge Mann flatterte innerlich, aber Ribbentrop hörte ihm aufmerksam zu.

Zwei Tager später erhielt er einen Anruf aus Berlin. Er sollte noch am selben Tag nach Berchtesgaden fahren, um dort als Übersetzer zu fungieren.

Zum erstenmal seit zwei Wochen vergingen die Tage wie im Flug, während er die Verhandlungsdelegationen Chamberlains und des Führers bei ihren diplomatischen Scheingefechten beobachtete. Er servierte den Delegationschefs den Kaffee und hörte Chamberlains sprudelnden Redefluß; er sprach allerdings nicht von der Tschechoslowakei, sondern von seinen Angelegenheiten in Schottland.

Zwei Wochen später war er in Bad Godesberg dabei, einen Tag darauf in München. Und langsam, während er an der Übersetzung und Zusammenfassung der Verhandlungen für die zweite Reihe der Beamten saß, begann er die englischen Unterhändler für ihren Eifer zu verachten, mit dem sie die Auslieferung der Tschechoslowakei betrieben. Der alte Mann mit der blassen Gesichtsfarbe, den feuchten Lippen und dem altmodischen Stehkragen war immerhin Premierminister, der Kopf der britischen Regierung. Aber alles, was er wollte, war ein Stück Papier, das er nach London mitbringen konnte, und es kümmerte ihn nicht im geringsten, was es kostete oder wer es bezahlte, Hauptsache war, er konnte Premierminister bleiben. Selbst die jüngeren Beamten aus seiner Delegation schienen ihn zu verachten und versteckten ihre Demütigung hinter Pennälerwitzen. Und der Franzose Daladier erhob keinen Einspruch. Die Deutschen wollten die Tschechoslowakei? Nun, dann sollten sie sie haben, vorausgesetzt, sie nahmen sie diskret.

Eine Woche später besetzte die deutsche Wehrmacht das Sudetenland, und damit schien die Sache beigelegt. Nicht ein Schuß war gefallen. Hitler hatte es ihnen gezeigt, all diesen erfahrenen Staatsmännern aus England und Frankreich. Mit nichts als Mut und Zuversicht hatte er Deutschland seinen Stolz und seine »verlorenen Gebiete« wiedergegeben.

Und jeder bekam seinen Lohn. Max von Bayer wurde an die Botschaft nach London geschickt. Offiziell war er dem Handelsattaché untergeordnet, aber seine Berichte gingen direkt an Ribbentrop. Und so verfaßte er jede Woche ein handschriftliches Memorandum mit seiner Einschätzung der Moral der Bevölkerung und all dem Klatsch, wie er auf Diplomatenpartys verbreitet wurde.

Während der ersten Wochen griff er jeden Tag dutzendmal zum Telefon, um in Cambridge anzurufen. Es war kaum auszuhalten, im selben Land wie Sadie Aarons zu leben und sie nicht zu sehen. Aber eine Mischung aus Stolz und Zurückhaltung hinderte ihn daran, den Kontakt wiederaufzunehmen. An einem Wochenende hatte er schon den halben Weg nach Cambridge hinter sich gehabt, ehe er den Wagen stoppte. Es würde nicht das gleiche sein. Ihre Eltern würden in ihm nur noch den Deutschen sehen und nicht einfach einen jungen Mann. Und wenn er es recht bedachte, dann *hatte* sich Moshe Aaron wie ein Feind verhalten. Er hatte ihn abgewiesen, weil er Deutscher war. Ein Jude hatte einen Deutschen abgewiesen. Sie beklagten sich bei aller Welt lauthals, daß die Deutschen sie verfolgten, und er hatte einem Juden die Gelegenheit gegeben zurückzuschlagen. Er war ein Narr gewesen. Aber er liebte das Mädchen immer noch. Er war sich sicher, daß sie niedergeschlagen gewesen war, aber sie hatten ja keine Gelegenheit mehr gehabt, miteinander zu reden. Moshe Aarons hatte es so eingerichtet. Sie hatten sich auf dem Bahnsteig voneinander verabschieden müssen wie Fremde, mit der Familie daneben, die so tat, als wüßte sie nichts von dem Gespräch im Arbeitszimmer am Abend zuvor. Er wurde rot vor Scham, wähend er diese Demütigung in der Erinnerung nacherlebte. Vielleicht konnte er zurückkommen und seinen Anspruch auf sie erneuern, wenn die alten Rechnungen mit England und Frankreich beglichen waren. Dann würden sie bestimmt froh sein, ihn zu kennen, und *er* würde Moshe Aarons beibringen, wie die neuen Tatsachen aussahen. Er seufzte, schaltete den Motor wieder an, wendete und fuhr zurück nach London. Welche Gefühle ihn auch mit dem Mädchen verbanden, er durfte ihnen nicht noch einmal die Gelegenheit bieten, ihn zu demütigen.

Während der zweiten Novemberwoche, als die Judenpogrome begannen, war er auf Schloß Eger, und in Braunschweig sah er nach der sogenannten Reichskristallnacht die zerbrochenen Schaufensterscheiben und die Plakate, die verkündeten, daß kein Deutscher mehr in jüdischen Geschäften einkaufen solle. Und zum erstenmal in seinem Leben empfand er Schadenfreude, jenes subtile, versteckte Vergnügen am Unglück des anderen. Sie hatten es so gewollt, jetzt hatten sie es bekommen. Und sie bewiesen ja, was der Führer sagte. Überall auf der Welt fanden sich Glaubensgenossen, die das Geld aufbrachten, um ihnen die Flucht zu ermöglichen. Sie hatten kein Heimatland, und sie brauchten keines, denn ihnen gehörte die Welt. Es waren *ihre* Stammesgesetze, die sie unterschieden und absonderten, nicht die deutschen Rassengesetze. Warum klagten sie die Deutschen an, wenn die etwas taten, was sie selbst auch praktizierten?

Der Eingang seiner Berichte an Ribbentrop war nie bestätigt worden, aber als er zu Weihnachten wieder zuhause war, wurde er ins Außenministerium bestellt, und ein höherer Beamter fragte ihn über die Reaktion der englischen Öffentlichkeit auf die letzten Ereignisse auf dem Kontinent aus. Als er gefragt wurde, ob er es für möglich hielt, daß England einen Krieg anfangen würde, wenn Deutschland die ganze Tschechoslowakei besetzte, dachte er lange nach, bevor er antwortete. Er sagte, England würde zwar gerne den Krieg erklären wollen, aber im ganzen nur sehr wenig unternehmen. Die Öffentlichkeit wäre gegen einen Krieg, was Chamberlain in seiner Radiorede im September bestätigt hätte. Er hatte gesagt: »Es ist eine groteske, abschreckende, indiskutable Vorstellung, daß wir hier bei uns Schützengräben ausheben sollen, nur weil es in einem fernen Land Auseinandersetzungen zwischen Leuten gibt, von denen wir nichts wissen.«

Der Beamte hatte sich Notizen gemacht und bat Bayer jetzt, einen Moment zu warten. Er wartete vier Stunden lang in dem Büro in der Wilhelmstraße, ehe er schließlich in Ribbentrops Büro geführt wurde. Der Außenminister sah von den Papieren auf, die er gerade unterschrieb, wies schweigend auf einen Stuhl und fuhr fort, Papiere zu unterschreiben.

Einige Minuten später schraubte er seinen Füller zu und legte die Unterschriftenmappe zur Seite. »Nun, mein Junge, wie geht es Ihrem Vater?«

»Es geht ihm gut, Herr Minister.«

»Gut.«

Rippentrop durchforschte das Gesicht des jungen Mannes, bevor er weitersprach, als suchte er irgendein Zeichen, einen Hinweis. »Es wird behauptet, ich verschwendete Ihr Talent, wenn ich Sie weiter in London ließe. Was meinen Sie dazu?«

»Ich bin sicher, daß das nicht stimmt.«

Rippentrop lächelte schief. »Von mir wurde das gleiche gesagt, als ich '36 dort Botschafter war. Aber in meinem Fall war es nicht als Kompliment gemeint.«

Bayer erwiderte nichts, und der Minister spielte mit einem goldglänzenden Brieföffner, dessen Griff aus Faszes gebildet wurde. »Haben Sie den Militärdienst schon absolviert, Max?«

»Nein, Herr Minister. Ich wurde zurückgestellt, wegen des Springreitens.«

»Und jetzt sind Sie Diplomat – und unabkömmlich, versteht sich.« Die schlauen Augen beobachteten Bayers Gesicht, konnten aber keine Reaktion entdecken. Dann beugte sich Ribbentrop mit den Armen auf dem Schreibtisch vor. »Ich glaube, daß wir Ihr Talent tatsächlich verschwenden, Max. Es gibt Wichtigeres für Sie zu tun. Haben Sie irgendwelche Einwände dagegen, Ihren dreimonatigen Grundwehrdienst anzutreten?«

»Nein, Herr Minister.«

»In der SS.«

Ribbentrop bemerkte den erschreckten Blick des jungen Mannes, doch als er den Mund öffnete, hob er die Hand. »Ich weiß, was Sie sagen wollen, aber ich habe meine Gründe. Ihr Vater ist kein Parteimitglied, und Sie sind es auch nicht. Trotzdem wird Ihr Vater für seine Hilfe und Unterstützung hochgeachtet. Der Führer selbst weiß seine Unterstützung zu würdigen. Die Arbeit, die ich für Sie vorgesehen habe, ist von unschätzbarem Wert, wenn der Krieg mit England kommt. Aber dieselben Talente, die ich an Ihnen schätze, werden dann auch von der Wehrmacht oder der Marine verlangt werden, und dem will ich vorbeugen. Als SS-Offizier wäre das kein Problem mehr. Und außerdem möchte ich, daß Sie die Streitkräfte von innen kennenlernen. Haben Sie verstanden?«

»Ich denke, ja, Herr Minister.«

»Sie werden Ihre Ausbildung in Wien erhalten und sich danach bei mir zurückmelden. Ihre Befehle bekommen Sie in den nächsten Tagen. Ich erwarte, daß Sie Ihre Ausbildung mit Erfolg durchlaufen, verstanden?«

»Ja, Herr Minister.«

Rippentrop stand auf. »Heute abend ist eine Gesellschaft in der britischen Botschaft. Ich werde Sie in meiner Begleitung mitnehmen.«

Vier Tage später meldete sich Max von Bayer in der Wiener SS-Kaserne. Er fügte sich in das neue Leben wie eine Hand in den passenden Handschuh, so als hätte er sein ganzes bisheriges Leben nur darauf gewartet, Soldat zu werden. Sein Enthusiasmus und seine aufmerksame Mitarbeit waren eine einzige Freude für seine Ausbilder. Sie erkannten in ihm den geborenen Soldaten und Anführer und prüften seine Fähigkeiten und seine Standhaftigkeit unnachgiebig. Bayers Gruppe schlug alle anderen aus dem Feld, denn er war ein Fanatiker, unorthodox, aber erfolgreich, selbstbewußt, aber nicht eingebildet. Und der einzige negative Punkt, der auf der Konferenz am Ende der Ausbildung zur Sprache kam, wurde in seinen Akten nicht erwähnt. Bayer war eine Führerpersönlichkeit, aber ein undisziplinierter Führer. Er ignorierte Befehle, die ihm nicht paßten oder seine Gruppe daran gehindert hätten zu gewinnen. Wenn er für die Wehrmacht bestimmt gewesen wäre, hätte man diesen Punkt wahrscheinlich in den Akten erwähnt, aber er sollte ja nach Berlin zurückkehren und bei der SS bleiben. Und dort würde er keinen regulären Dienst tun, sondern auf Dauer ins Außenministerium abgestellt werden.

An dem Tag, an dem er sich in Berlin zurückmeldete, ging mit der Besetzung Madrids durch die Truppen Francos der Spanische Bürgerkrieg zu Ende. Es war der 28. März 1939.

In der Wilhelmstraße wurde er diesmal nicht von Ribbentrop empfangen. Ein Oberst der Abwehr gab ihm seinen neuen Einsatzbefehl. Er sollte an die Botschaft nach London zurückkehren und dort als unabhängig arbeitender Angehöriger der Handelsabteilung alle erreichbaren Informationen über die militärischen Anlagen im Süden Englands sammeln, mit besonderem Augenmerk auf die Südküste und die Royal Air Force.

Es war ein heißer Tag Anfang August, als er sich, ohne es geplant zu haben, mit seinem Wagen auf der Straße nach Cambridge wiederfand. Er war einem inneren Zwang gefolgt, ohne wahrzunehmen, was er tat, bis er auf dem Weg war. In ihm stritten sich ein Gefühl der Schuld und die Vorfreude auf ein Wiedersehen um den Vorrang, während er ohne Halt weiterfuhr und bald die Stadt erreichte. Erst als er den MG parkte, kam ihm der Gedanke, daß sie möglicherweise gar nicht in Cambridge war.

Er ging bis ans Ende der Straße und schaute auf das Haus. Die Fenster im Obergeschoß standen offen, und die Gardinen bewegten sich im leichten Sommerwind. Auf der anderen Straßenseite schwang mit vom Wind gekräuselter Haut ein silberner Sperrballon an seinem kurzen Haltekabel hin und her.

Ein Postbote machte seine Runde, und ein kleiner Lieferwagen einer Bäckerei brachte Brot. Der Nachmittag ging zu Ende, aber noch immer hatte niemand das Haus verlassen. Er fühlte sich müde, hungrig und niedergeschlagen. Die Sinnlosigkeit seiner Fahrt hierher kam ihm zu Bewußtsein. Noch eine halbe Stunde, dann würde er zu seinem Wagen zurückgehen. Und mit großen Augen betete er, daß, falls es einen Gott gab, er Sadie Aaron aus dem Haus kommen lassen möge. Eine Stunde später machte er sich auf den Weg zurück zu seinem Wagen.

Unglücklich fuhr er die Trumpington Road hinunter, als er sie sah, mit einem Instrumentenkoffer in der Hand und in Begleitung eines jungen Mannes. Sie trug ein weißes, mit Rosen bedrucktes Kleid und einen breiten, schwarzglänzenden Gürtel um ihre schmale Taille. Ihr Blick war nach vorn gerichtet, während sie über irgend etwas lächelte, was der junge Mann gesagt hatte. Bayer fuhr an den Bürgersteig, und von dort aus beobachtete er, wie der junge Mann seinen Arm um ihre Taille legte und sie ihn, ohne zu zögern, fortnahm, lachte und ihm den Instrumentenkoffer zu tragen gab. Max von Bayer empfand diese Geste als Lohn für seine Mühen, und als Bestätigung. Sie war noch genau so, wie er sie in Erinnerung hatte, etwas größer und selbstbewußter zwar, aber dieselbe jugendliche Schönheit, ein Mädchen, noch keine Frau. Und sie hatte den Arm des jungen Mannes nicht um ihre Taille geduldet. Zum Teufel mit seinem Stolz; wenn die Kriegswolken sich verzogen hätten, würde er zurückkommen und seinen Anspruch durchsetzen, koste es, was es wolle.

Am 25. August wurde er aus London abberufen. Den Tag zuvor hatte er noch auf der Besuchergalerie des Unterhauses gesessen und war der Debatte vor der Annahme des Notstandsgesetzes gefolgt. Die Zeitungen sagten, es sei der heißeste Augusttag seit dreißig Jahren gewesen.

Am 3. September war er wieder zuhause und saß gemeinsam mit seinem Vater vor dem Radio. Sei hatten die BBC eingestellt, und nachdem die feierlichen Töne der Glocken von Big Ben verklungen waren, übersetzte er seinem Vater langsam, Satz für Satz Chamberlains Kriegserklärung an Deutschland:

> »Ich spreche zu Ihnen aus der Downing Street, Nummer 10. Heute morgen hat der britische Botschafter in Berlin der deutschen Regierung eine letzte Note überreicht, in der festgestellt wird, daß, falls die britische Regierung nicht bis 11 Uhr erfährt, daß sie zum sofortigen Abzug ihrer Truppen aus Polen bereit sei, zwischen unseren beiden Staaten der Kriegszustand herrscht. Ich muß Ihnen jetzt mitteilen, daß kein solches Versprechen erfolgt ist und daß sich infolgedessen unser Land im Krieg mit Deutschland befindet . . .«

Baron von Bayer erschauerte unwillkürlich und sagte: »Ich hätte nie geglaubt, daß es soweit kommt.«

»Wir sind darauf vorbereitet.«

Sein Vater seufzte. »Kann man darauf überhaupt vorbereitet sein? Es wird die Hölle werden.«

»Es wird nicht lange dauern, Vater. Sechs Monate, vielleicht ein Jahr. Die Engländer und Franzosen wollen nicht wirklich kämpfen. Sie werden ein bißchen Theaterdonner veranstalten und dann verhandeln. Das ist es, womit der Führer rechnet.«

»O Gott, laß ihn recht behalten.«

4

Die Junkers 52 wurde von der Thermik über den Bergen ungemütlich hochgehoben und wieder fallen gelassen. Eine der Tragen gab krächzende Geräusche von sich, als ein Kleidersack gegen sie rollte.

Ein auf eine andere Trage geschnallter Mann verlangte nach Wasser, aber niemand hörte ihn. Die Ärzte und Schwestern waren hinten geblieben und beschäftigten sich mit den Arzneimitteln und der medizinischen Ausrüstung, die das Flugzeug geladen hatte.

Ein SS-Offizier mit den Rangabzeichen eines Sturmbannführers saß an einem der Fenster auf der linken Seite des Flugzeugs. Er hatte ein Bein ausgestreckt und gegen eine Munitionskiste gedrückt, um sich im Gleichgewicht zu halten. Das andere Bein hatte er angewinkelt auf den Metallsitz gestellt und benutzte es als Unterlage für eine von einer durchsichtigen Folie geschützten Karte, die mit zwei Klemmen auf einer Schreibunterlage befestigt war.

Seine Anwesenheit war es, die den Flug unangenehmer machte, als nötig war. Sie flogen gefährlich nahe der Absinkgeschwindigkeit, damit er das Terrain unter ihnen beobachten konnte, wo von Kluges 4. Armee operierte. Die Straßen waren mit Fahrzeugswracks und Flüchtlingen vollgestopft,und aus zerbombten Gebäuden quollen dicke Rauchwolken. Als er den Blick etwas hob, konnte er sehen, daß Béthune immer noch brannte. Weiter im Norden lag eine schwarze Rauchwolke über Poeringe. Von Kleists Panzergruppe verfolgte die Engländer, die sich in Richtung Dünkirchen bewegten, um sie einzukesseln.

Der grauuniformierte Mann stand auf und ging langsam und schwankend durch das vom Abendwind hin und her geworfene Flugzeug nach vorn zum Piloten. Er brachte seinen Mund dicht an das Ohr des Piloten, und einen Augenblick später erhöhte das Flugzeug seine Geschwindigkeit und ging auf Kurs Richtung Aachen, wo es auf einem Flugplatz außerhalb der Stadt landen sollte.

Der SS-Offizier fragte sich, warum man ihn hinter die Front zurückbeordert und ihm zugleich befohlen hatte, auf seinem Flug diese beiläufige Aufklärungsarbeit über die Rückzugsbewegungen der britischen Armee auszuführen. Denn es war offensichtlich, daß sie am nächsten Abend von der See abgeschnitten sein würde, und das wäre dann der Anfang vom Ende. Die Engländer hatten ziemlich dumm gehandelt, als sie zu einem Zeitpunkt, da die Invasion Polens im Grunde schon abgeschlossen war, den Krieg erklärten. Und jetzt hatte Belgien kapituliert, genauso wie Holland und Dänemark, und die Franzosen wichen zurück, wo immer die deutschen Panzer in ihre Nähe kamen. Mit so dekadenten und demoralisierten Verbündeten wie den Franzosen mußte den Engländern die Kriegserklärung schon in dem Moment leid getan haben, als sie sie abgaben. Jetzt konnte der

Führer sich großmütig zeigen: der strahlende Sieger, der einen tapferen Verlierer respektiert. Nach der Sicherung der Kanalfront wird er den Engländern wahrscheinlich erlauben, sich mit einem Kontingent an dem unabwendbaren Angriff auf Moskau zu beteiligen. Winston hatte zu seiner Zeit sogar noch schlimmere Dinge über die Sowjets verlauten lassen als selbst Hitler. Was für ein Gespann würden die beiden abgeben. Und wer würde schließlich an der Spitze stehen?

Er schloß verzückt die Augen. Es war geradezu fantastisch: ein neues Europa, eine neue Welt. Und in einem Anfall von Schwäche sah er sich selbst in Uniform auf dem großen Grauschimmel vor seiner Einheit die Silver Street in Cambridge entlangreiten. Er würde nach links in die Kings's Parade einschwenken, sie würde ihn sehen, und dann . . . Er schüttelte den Kopf, um diesen lächerlichen Traum zu verjagen.

Das Flugzeug legte sich zur Seite und leitete die Landung ein. Er hielt sich an dem Ledergriff über dem Fenster fest, während das Flugzeug hart auf der Landebahn aufsetzte.

Ein großer Mercedes wartete an der Holzbaracke auf ihn, und er machte es sich auf dem bequemen Rücksitz des Wagens gemütlich. Der maschinegeschriebene Befehl des vorgeschobenen OKW-Hauptquartiers besagte, daß er sich so bald wie möglich bei der Gauleitung in Köln zu melden hatte. Der Verkehr auf der Straße ging nur in eine Richtung, nach Frankreich, zur Unterstützung der vorrückenden Wehrmacht. Die Fahrt würde ohne Störung verlaufen, in ungefähr zwei Stunden müßte er am Ziel sein. Er stieg aus den Stiefeln und streckte die Beine aus, dann legte er sich unter der feldgrauen Decke zurück und schloß die Augen.

Um vier Uhr früh erreichten sie die Rheinbrücke, und der erste blaßrosa Widerschein des heraufdämmernden Morgens spiegelte sich schon auf dem dunklen Wasser des Flusses. Der Wagen fuhr langsamer und hielt schließlich vor dem Gebäude der Gauleitung. Ein Unteroffizier der Wehrmacht salutierte und begleitete ihn bis in die Halle. An einem Tisch, auf dem mehrere Telefone standen, saß ein mit Ritterkreuz und Eichenlaub dekorierter Oberst, der nur kurz aufsah, als der SS-Offizier sich seinem Tisch näherte, und weiter in den Hörer sprach. Nachdem er sein Gespräch beendet und den Hörer auf die Gabel gelegt hatte, fragte er: »Löwe, nicht wahr?«

Der SS-Offizier machte ein überraschtes Gesicht. »Ich verstehe nicht, Herr Oberst.«

»Warum sind Sie hier?«

»Aufgrund eines Befehls, Herr Oberst. Ich sollte mich so schnell wie möglich hier bei der Gauleitung melden.«

»Ihren Ausweis, bitte.«

Der Offizier öffnete seine Uniformjacke, griff hinein und holte seinen SS-Ausweis heraus. Er übergab ihn dem Wehrmachtoffizier, der ihn mit einer zwei Seiten langen Namenliste verglich, einen der Namen abhakte und dann zurückgab. Der Oberst schnippte mit den Fingern und nickte einem Leutnant zu, der daraufhin auf sie zukam.

»Führen Sie Sturmbannführer von Bayer zu Zimmer 459.«

»Jawohl, Herr Oberst.«

Es dauerte eine weitere Stunde, bis man ihn in den Konferenzsaal brachte, wo bereits etwa dreißig Männer an den in zwei langen Reihen aufgestellten Tischen Platz genommen hatten, ausschließlich Offiziere, aus allen drei Wehrmachtteilen, die meisten von ihnen Oberste beziehungsweise im entsprechenden Rang ihrer Waffengattung.

Der Stuhl, den man Bayer zuwies, stand nicht an einem der Tische, sondern in einer Ecke des Raums. Der Wehrmachtoberst, der ihn hergeführt hatte, beugte sich zu ihm hinunter und flüsterte ihm Verhaltensanweisungen zu. Er sollte sich alles anhören, aber nichts sagen und sich nach der Konferenz wieder im Zimmer 459 einfinden.

Dann traten drei weitere Männer ein, und die Versammelten erhoben sich und blieben in Habachtstellung, bis der in der Mitte hinter dem quergestellten Vorstandstisch stehende Offizier sie mit einem Nicken zum Platznehmen aufforderte. Bayer hatte Fotos von ihm gesehen. Es war General von Greiffenberg, der Chef des Einsatzstabes beim Oberkommando der Wehrmacht.

Seine Rede war kurz. Er gab bekannt, daß der Führer Großadmiral Raeder beauftragt habe, die Invasion Großbritanniens vorzubereiten. In den an die Konferenzteilnehmer verteilten Aktenmappen sei einiges Hintergrundmaterial enthalten, das vielleicht hilfreich sein würde, allerdings schon aus dem November 1939 stamme. Die Operation habe den vom Führer persönlich ausgewählten Codenamen »Löwe« erhalten. Die anwesenden Offiziere seien von ihren Einheiten für ihre neue Aufgabe als Mitglieder des Stabes der »Operation Löwe« abgestellt worden. Die Arbeit beginne mit dem heutigen Tag, dem 25. Mai 1940.

Die versammelten Offiziere bekamen keine Gelegenheit, Fragen zu stellen. Aber die Kommentare schwirrten nur so durch den Raum, nachdem die drei leitenden Herren ihn verlassen hatten. Bayer ging ebenfalls hinaus und begab sich zu Zimmer 459.

Er wurde erwartet. Auf dem Ende des altmodischen Schreibtisches saß in lässiger Haltung ein Mann, dessen dunkle Hautfarbe auf einen Italiener oder Südtiroler hätte schließen lassen können, und sein schmales, aristokratisches Gesicht schien diese romantische Herkunft zu bestätigen. Er nickte und streckte Bayer die Hand entgegen.

»Kästner, Otto. Abwehr, Berlin.«

»Von Bayer.«

»Ich weiß. Setzen Sie sich.« Er wies auf einen abgewetzten Lederstuhl. Er selbst setzte sich hinter den Schreibtisch und legte die gekreuzten Arme auf die lederbezogene Tischplatte. Seine klugen braunen Augen musterten Bayers Gesicht, bevor er sprach.

»Sie sind vom Auswärtigen Amt zur ›Operation Löwe‹ abgestellt. Von jetzt an werden Sie in Zivil antreten. Sie werden für mich arbeiten.«

Er legte eine Pause ein, um Bayer die Gelegenheit für eine Erwiderung zu geben. Als sein Gegenüber schwieg, fuhr er fort: »Wir beide sind für besondere Aufgaben außerhalb der Arbeit des eigentlichen Stabes vorgesehen. Sie werden zu keiner Zeit und zu niemandem ein Wort über unsere Arbeit verlieren. Und ich meine wirklich zu *niemandem*, Generäle, Admirale und Politiker eingeschlossen. Wenn man Sie fragt, was Sie tun, sagen Sie, Sie seien Übersetzer im Archiv. Sie bekommen einen besonderen Ausweis der ›Operation Löwe‹, der Sie berechtigt, überall hinzufahren, jede Akte einzusehen und an jeder Konferenz teilzunehmen. Irgendwelche Fragen?«

»Was habe ich konkret zu tun?«

Kästner betrachtete das Gesicht des jungen Mannes und sagte dann, als hätte er die Frage nicht gehört: »Sie sind nicht von sich aus in die SS eingetreten, oder?«

»Nein.«

»Wofür hätten Sie sich entschieden, wenn Sie die Wahl gehabt hätten?«

»Für ein Kavallerieregiment.«

Kästner zeigte ein halbes Lächeln. »Um als Eskorte des Führers die Linden auf und ab zureiten, nehme ich an.«

»Vielleicht.«

Kästners Augen verwandelten sich schlagartig in die eines Adlers, drohend und unbarmherzig blickte er dem jungen Mann ins Gesicht. »Versuchen Sie nie wieder, unverschämt zu werden, von Bayer. Falls Sie es nicht wissen sollten, ich stehe im Rang eines Obersten, und dumme Bemerkungen dulde ich nicht. Auch nicht von Söhnen reicher Leute.«

Er schniefte, als wollte er eine proletarische Herkunft herausstreichen. »Ich habe veranlaßt, daß Sie die englischen Linien in Frankreich überfliegen. Was können Sie berichten?«

»Die britische Armee befand sich auf dem Rückzug zur Küste, auf Dünkirchen zu. Unsere 4. Armee war dabei, sie vom Meer abzuschneiden.«

»Werden die Engländer entkommen können?«

»Nicht, wenn die Luftwaffe unsere Truppen aus der Luft unterstützt.«

»Und die Franzosen, was werden die tun?«

»Sie sind am Ende. Ich würde sagen, es ist nur noch eine Frage von Wochen.«

»Wie vieler Wochen?«

»Sechs oder sieben.«

»Und was werden die Engländer unternehmen?«

»Ich weiß nicht. Das hängt von der Politik des Führers England gegenüber ab.«

»Wie wird die aussehen?«

»Ich habe gedacht, er würde mit der englischen Regierung verhandeln, aber jetzt glaube ich das nicht mehr.«

»Warum?«

»Wir wären nicht hier, um die ›Operation Löwe‹ zu planen, wenn der Führer vorhätte zu verhandeln.«

»Glauben Sie, daß die Invasion glücken wird?«

»Ohne Zweifel, Herr Oberst, sie wird glücken.«

»Erzählen Sie mir, warum Sie das annehmen?«

»Die britische Armee ist in diesem Feldzug vernichtend geschlagen worden. Wir können ihren Nachschub blockieren, wir haben die Luftüberlegenheit und die überlegenen Bodentruppen; und es sind nur dreißig Kilometer über den Kanal. Außerdem ist ihre Moral gebrochen, sie muß es einfach sein.«

Kästner nickte. »Wir werden morgen mit dem Rest des Stabes nach Brügge fahren. Wo befindet sich Ihr Gepäck?«

»In Berlin, Herr Oberst.«

»Nun, dann nehmen Sie ein paar Tage Urlaub und fahren nach

Hause. Ich werde mich bei Ihnen melden, sobald ich ein angemessenes Quartier gefunden habe.«

Kurze Abwesenheiten ausgenommen, hatte Otto Kästner sein ganzes Leben in Berlin verbracht. Er war in dem Haus in Dahlem geboren worden, in dem seine Mutter immer noch lebte. Sein Vater war Berufsoffizier in einem Kavallerieregiment gewesen, bis er 1919 aus einem englischen Kriegsgefangenenlager entlassen wurde, mit halb zerstörten Lungen, einer Folge des Phosgens, das ein plötzlich umschlagender Wind zurück über die deutschen Linien geblasen hatte. Er starb, als sein Sohn acht Jahre alt war.

Kästner erinnerte sich an seinen Vater nicht als den hustenden Invaliden, sondern als den gutaussehenden, charmanten Mann, der sich nie beklagte, sich vielmehr mit seiner bescheidenen Pension und einem kleinen privaten Einkommen einrichtete, so gut und stilvol es eben ging. Was waren sie für ein Paar gewesen, sein Vater und seine Mutter, wie diese Meißner Porzellanfiguren oder aus dem *Rosenkavalier*.

Wenn bei ihnen musikalische Abende stattfanden, schlich sich sein Vater zu ihm hoch, hob ihn aus dem Bett, legte ihm den Morgenmantel um und brachte ihn die Treppe hinunter in den Salon, wo er dann in einem großen Sessel im Hintergrund an seinen Süßigkeiten knabberte oder ein Stück Obst aß, während er den Darbietungen lauschte. Und er hatte einen Hauslehrer gehabt, einen alten Mann, der früher am Gymnasium unterrichtet hatte und nun jeden Tag vier Stunden zu ihnen ins Haus kam.

Die guten Zeiten waren mit dem Tag vorbei, an dem sein Vater starb. Es wurde still im Haus, und seine Mutter, voller Trauer und ziemlich gereizt, war von unsteten Gemütsbewegungen hin und her gerissen. Einmal war sie überzärtlich zu ihm und klammerte sich an ihn, ein andermal schien sie seine Anwesenheit überhaupt nicht zu bemerken. Auch die alten Freunde, die sie in der ersten Zeit noch besuchten, blieben, von ihren wechselnden Stimmungen vertrieben, nach und nach weg.

Er war fast zehn Jahre alt, als er eines Abends aufwachte, weil er seine Mutter unten in der Halle gehört hatte. Es war nicht zu unterscheiden, ob sie lachte oder weinte, und er ging leise aus dem Zimmer, um durch das Treppengeländer hinunterzusehen. Sie war in Begleitung eines großen Mannes gekommen, der entfernt an seinen Vater erinnerte. Er hielt sie eng umschlungen und küßte sie. Seine

Uniform war die gleiche wie die seines Vaters, und er trug die gleichen kleinen, runden Sporen an den Stiefelabsätzen. Ohne nachzudenken, schrie er auf, und das Paar trennte sich und sah zu ihm hoch. Der gutaussehende Offizier sagte: »Wie ich sehe, hast du einen Spanner zum Sohn.« Er hatte nicht verstanden, was damit gemeint war, sich aber ohne Widerspruch zurück ins Bett bringen lassen.

Major Kurrer war einige Jahre lang ein regelmäßiger Besucher, der sich in ihrem Haus heimischer zu fühlen schien als der Junge selbst und den Vorschlag aufbrachte, ihn in ein Internat zu stecken, wo man aus dem Schwächling schon einen »richtigen« Jungen machen würde. Der junge Otto Kästner hatte erkannt, welchen Einfluß Kurrer auf seine Mutter hatte, also überhörte er die Sticheleien und ging ihm, soweit es möglich war, aus dem Weg. An der Liebe zu seiner Mutter änderte das alles nichts, denn, so jung er war, spürte er doch, daß ihr neues Leben nur den verzweifelten Versuch darstellte, die glückliche Vergangenheit zu übertönen.

Es kamen noch andere männliche Besucher, die der schönen Witwe Blumen und Pralinen mitbrachten. Für gewöhnlich tauchten sie ein oder zwei Wochen bei ihnen auf, um dann wieder zu verschwinden. Nur einer von ihnen hielt es länger durch, ein noch recht junger Zivilist um die Dreißig, der den Jungen zu mögen schien. Es war ein liebeswürdiger Mann, etwas nachlässig gekleidet zwar, aber von heiterem Gemüt, und seine Mutter fand ihn amüsant.

An einem Novemberabend des Jahres 1933 wurde zu Ottos achtzehntem Geburtstag eine Party veranstaltet. Die Gäste waren überwiegend Reichswehroffiziere, und Otto hatte sich schließlich auf die oberste Treppenstufe zurückgezogen, wo ihn der amüsante junge Mann aufspürte. Er hatte ihm ein Glas Sekt mitgebracht und setzte sich neben ihn. Gemeinsam beobachteten sie die Gesellschaft unter ihnen.

»Was feiern die da unten eigentlich, Putzi?«

»Das Wahlergebnis; zweiundneunzig Prozent für den Führer.«

»Ich dachte, die Reichswehr sei nicht gerade scharf auf den Führer.«

Putzi lachte. »Ist sie auch nicht, aber sie mag die Vorstellung einer Aufstockung der Armee.«

»Wegen der Beförderungen?«

»Ja. Aber diese Dummköpfe werden sich noch wundern.«

»Warum?«

»Sie sind prähistorische Ungetüme. Sie glauben, die gute alte Zeit käme wieder, in der sie und ihresgleichen den Gang der Geschichte bestimmten.«

»Ich will Offizier werden, wenn ich alt genug dazu bin.«
»Warum?«
»Mein Vater war Berufsoffizier, bis das Gas kam.«
»Natürlich, das hatte ich ganz vergessen.« Er sah zu dem Jungen. »Wenn man dir irgendwelche Probleme macht, dann laß es mich nur wissen.«
Der junge Mann lächelte. »Danke, Putzi.«
Es dauerte bis 1935, ehe Otto Kästner sich der Kommission vorstellen konnte. Er hätte die Zustimmung aller fünf Offiziere, die ihr angehörten, gebraucht, um als Offizierskandidat angenommen zu sein, aber eines der Kommissionsmitglieder war der ehemalige Major und jetzige Oberstleutnant Kurrer. Er wurde nicht angenommen. Seine Mutter griff daraufhin entschlossen zum Telefon, wählte Putzis Nummer und erzählte ihm, was passiert war.
Eine Woche später sprach Otto Kästner im Auswärtigen Amt vor. Putzi war zwar nur ein untergeordnetes Mitglied des persönlichen Stabs des Führers, aber offensichtlich einflußreich. Der Bescheid, der Kästners weiteren Werdegang regelte, war von Ribbentrop persönlich gegengezeichnet. Seine Ausbildung durchlief er in der SS-Ordensburg in Bad Tölz. Danach wurde er als Verbindungsoffizier in den Planungsstab der Abwehr entsandt, die nicht sehr erbaut darüber war, ihre Geheimnisse mit einem niederen SS-Offizier zu teilen. Ihm schlug kaum verhüllte Ablehnung entgegen, was er mit der Verachtung des überlebten elitären Anspruchs der Abwehroffiziere beantwortete. Darüber hinaus machte ihn, trotz seines niederen Rangs, die Rückendeckung durch die Partei unangreifbar. So war auch den Versuchen, ihn loszuwerden, kein Erfolg beschieden. Er war der Wachhund der Nazis, der den militärischen Geheimdiensten auf die Finger schauen sollte und seine Nase hineinstecken konnte, worein immer er wollte. Und genau das tat er. Zweimal hatte man sich offiziell über ihn beschwert, und beide Male war eine Beförderung das Ergebnis gewesen. Sie lernten ihre Lektion schon noch, langsam zwar, aber dafür um so nachhaltiger. Er verabscheute sie alle.

Er ritt über die Hügel auf das große Haus zu, sich eng an den Pferdehals drückend, um den tiefhängenden Ästen der Kastanienbäume auszuweichen. Die Ohren des großen Grauschimmels zuckten im Schatten des Blätterdachs. Aus der Ferne war ein Flugzeug zu hören, sonst war alles still und friedlich. Er zügelte sein Pferd und hielt unter einem der alten Bäume an. Aus dem Wald kam der Ruf der Ringeltauben, und eine Herde von vielleicht hundert friesischen Milchkühen trottete über die untere Weide auf die Melkstation zu.

Er fragte sich, ob sie noch an ihn dachte, und auch, ob Moshe Aarons nicht langsam Angst bekam. All das Gerede davon, »die Wäsche an der Siegfried-Linie zum Trocknen aufzuhängen«, mußte ihnen jetzt ziemlich schrill in den Ohren klingen. Ihre Armee war inzwischen von Dünkirchen zurückgeholt worden, und die BBC tat ihr Bestes, um es wie einen Sieg und nicht als verheerende Niederlage erscheinen zu lassen. Sie konnte trotzdem nicht darüber hinwegtäuschen, daß Englands Schicksal an einem seidenen Faden hing, wie eine reife Pflaume im hellen Sommerlicht, die darauf wartet, gepflückt zu werden. Und er wollte dabeisein, wenn es soweit war.

Er drückte dem Grauen die Füße in den Leib, und das Pferd suchte sich vorsichtig einen Weg über Baumwurzeln und Steine hinweg.

Der Stallbursche kam aus dem Sattelraum und tätschelte den Kopf des Pferdes. »Der Herr Baron läßt ausrichten, daß ein Herr auf Sie wartet, im kleinen Wintergarten.«

»Wer ist es?«

»Ich weiß nicht, junger Herr.«

»Das Martingal ist zu kurz, Hans. Er kann den Kopf nicht schnell genug heben, wenn er springt.«

»Ich werd' mich drum kümmern.«

Er zog den Kopf ein, als er durch die niedrige Küchentür ins Haus ging. Durch die Wohnhalle gelangte er in das Musikzimmer, von wo eine Doppeltür in den kleinen Wintergarten führte. Kästner wartete in einem der Korbstühle auf ihn. »Es tut mir leid, daß ich Ihren Urlaub stören muß, von Bayer. Aber ich habe mir gedacht, daß es vielleicht besser wäre, hier mit Ihnen zu sprechen.«

»Möchten Sie etwas trinken? Sie sollten unseren Wein probieren, er ist nicht schlecht.«

»Nein, danke. Vielleicht später.«

Bayer schlüpfte aus seinen Reitstiefeln und rieb sich die Füße. Zur Hölle mit allen Abwehr-Obersten, er war hier zuhause. Dann wendete er sich zu Kästner. »Worum geht es?«

»Können Sie mir sagen, warum Sie zur SS und nicht zur Wehrmacht gegangen sind?«

»Man wollte es so.«

»Wer?«

»Ribbentrop.«

»Sind Sie Parteimitglied?«

»Nein.«
»Und Ihr Vater?«
»Auch nicht.«
»Warum nicht?«
Bayer zuckte die Achseln. »Politik interessiert mich nicht.«
»Aber daran, den Krieg zu gewinnen, sind Sie interessiert?«
»Verzeihen Sie, Herr Oberst, aber was sollen all diese Fragen?«
»Das erkläre ich Ihnen später. Was halten Sie von der Wehrmacht?«
»Darüber habe ich nie nachgedacht. Sie machen ihre Arbeit, wir tun unsere.«
»Es war die SS, die den Westfeldzug angeführt und sein Tempo bestimmt hat. Ihre Verluste waren prozentual höher als die der Wehrmacht.«
»Ist das offiziell?«
»Es ist eine Tatsache, mein Freund. Und im Osten wird es nicht anders sein.«
»Was versuchen Sie mir zu sagen?«
»Sie und ich, wir werden auf alles zu achten haben, was mit der ›Operation Löwe‹ zu tun hat. Wenn es nach den Generälen gegangen wäre, dann hätten wir weder das Rheinland noch Österreich oder die Tschechoslowakei besetzt. Wir hätten Polen nicht angegriffen und würden uns nicht mit einer ›Operation Löwe‹ beschäftigen. Der Führer hat die Befehle ausgegeben, sie haben nur getan, was ihnen gesagt wurde und ihre Pflicht war. Es gibt jedoch Leute, die ihnen nicht trauen und meinen, sie würden ihre Pflicht nicht erfüllen. Wir beide sind dazu da, sie zu beobachten und über alles, was sie tun, Bericht zu erstatten.«
»Warum wir?«
»Weil bestimmte Leute uns vertrauen. Außerdem kennen wir beide England, wir sprechen fließend Englisch, und wir sind dafür bekannt, alles anzugreifen, was dem Sieg im Wege steht.« Er lächelte, aber ohne Wärme. »Ich habe mir den Bericht über Ihre Ausbildung angesehen und mit Ihren Ausbildern gesprochen. Sie sind der Meinung, Sie seien zu schade für Routineaufgaben. Und meine Kollegen meinen, ich sei etwas zu extravagant für die Abwehr. Wir sollten gut miteinander auskommen.«
»Wem werden wir berichten?«
Kästner lächelte breit. »Sie berichten mir.«
»Aber es war Großadmiral Raeder, der dem Führer die ›Operation Löwe‹ vorgeschlagen hat.«

»Sicher, aber man könnte kalte Füße bekommen. Wir beide werden sie jedenfalls im Auge behalten.«

»Und unsere eigenen Leute ausspionieren?«

»Beobachten.«

Kästner stand auf. »Ich habe uns ein Quartier am Quai de la Rosaire, Nummer 57, besorgt. Sie können noch einen Tag hierbleiben, dann melden Sie sich dort bei mir.«

5

Kästner und Bayer saßen in ihre Lektüre vertieft an ihren Schreibtischen. Vor ihnen lag der Führerbefehl Nr. 16, den ihnen ein Eilbote des Planungsstabes überbracht hatte.

Es war der 16. Juli 1940, die französische Kapitulation lag schon beinahe einen Monat zurück.

Der Einfluß von Brauchitsch und Halder auf den Führerbefehl war nicht zu übersehen. Paragraph 1 sprach von »einer überraschenden Überquerung des Kanals auf breiter Front, etwa von der Höhe Ramsgates bis zu einem Punkt im Westen der Isle of Wight«. Anschließend wurde überlegt, ob es nicht vielleicht besser wäre, zunächst die Isle of Wight oder Cornwall zu besetzen, bevor die Invasion im ganzen Umfang begänne.

Paragraph 2 sprach sich für die Vernichtung der Widerstandskraft der Royal Air Force durch die deutsche Luftwaffe, die Verlegung unpassierbarer Minenfelder im Kanal und die Fesselung der Royal Navy in der Nordsee und im Mittelmeer aus.

Kästner beendete die Lektüre als erster. Er lehnte sich zurück und wartete darauf, daß Bayer von dem Papier aufsah. Fünf Minuten später seufzte Bayer auf und schob den schmalen Hefter beiseite.

»Was halten Sie davon, Max?«

»Daß es unmöglich ist, auf dieser Breite eine überraschende Landung durchzuführen. Der Rest geht in Ordnung. Die Luftwaffe muß die R. A. F. ausschalten, und die Marine hat unsere Truppen sicher über den Kanal zu befördern.«

»Irgendwelche weiteren Anmerkungen?«

»Ja. Ich denke, man sollte ein paar Leute über den Kanal schicken. Luftaufnahmen genügen nicht. Wir sollten ihre Verteidigungsanlagen an Ort und Stelle auskundschaften.«

»Sie meinen Stoßtrupps?«

»Nein. Sie könnten nur bestimmte strategische Punkte erkunden, die wichtigsten Landungsplätze und einige andere zur Ablenkung, damit die Engländer nicht darauf schließen können, wo wir angreifen werden. Nein, militärische Aktionen sind nicht nötig. Aber unsere Erkenntnisse über die Gegebenheiten sind überholt, sie sind Monate alt, und die Engländer haben sich seit Dünkirchen sicher auf eine Invasion vorbereitet. Wir müssen wissen, wie. Ein Gefechtsbefehl reicht nicht aus, und der Lagebericht beruht eher auf Spekulationen als auf Fakten.«

»Wie groß sollten die Trupps sein, und wie würden sie hinübergelangen?«

»Ich denke an fünf, höchstens sechs Männer. Sie könnten mit einem Schnellboot übergesetzt werden, oder mit einem U-Boot. Sie könnten auch mit Fallschirmen abspringen.«

Kästner blickte Bayer einige Minuten schweigend an, bevor er erwiderte: »Würden Sie solch einen Trupp anführen?«

»Natürlich, lieber heute als morgen.«

Kästner nickte. »Ich werde sehen, was Berlin dazu meint. Vor einigen Tagen ging das Gerücht, Großadmiral Raeder habe kalte Füße bekommen und beim Führer irgendwelche Schwierigkeiten vorschieben wollen.«

In London hatte, kaum zu glauben, bis Mitte Mai 1940 niemand auch nur einen Gedanken an die Möglichkeit einer Invasion verschwendet. Napoleon war an ihr gescheitert, die Spanische Armada war an ihr gescheitert, und Britannien ruhte sich auf der Erinnerung an neunhundert Jahre ohne eine Eroberung aus. Es gab nicht einmal irgendeinen exzentrischen pensionierten Admiral oder General, der seinen Ruhestand dazu benutzte, öffentlich für einen Plan zur Abwehr einer Invasion zu streiten. Invasionen waren wie Erdbeben: Sie fanden anderswo statt. Außerdem streckten die Deutschen, auch als Frankreich schon geschlagen war, immer noch über Stockholm, Madrid und Lissabon ihre Fühler aus, um die Aussichten für ein Übereinkommen zu erkunden. Sie wurden zurückgewiesen, und erst diese offene und öffentliche Ablehnung eines Handels mit der deutschen Regierung und ihrem Führer ließ den Gedanken aufkommen, daß eine Invasion im Bereich des Möglichen lag.

Im Juli begann die Royal Air Force mit ihren Luftangriffen auf Deutschland, und in der Nacht vom 1. zum 2. August warf die deutsche Luftwaffe über verschiedenen Gegenden Englands Tausende von Flugblättern ab. Sie gaben unter der Überschrift »Ein letzter Appell an die Vernunft« die englische Übersetzung der Reichstagsrede wieder, in der Hitler, beinahe ohne Bedingungen zu stellen, England den Frieden angeboten hatte. Das englische Publikum jedoch, das von dem Angebot bereits zwei Wochen vorher aus der Presse erfahren hatte, übergab die Flugblätter dem Roten Kreuz, das sie versteigerte, um so seinen finanziellen Rückhalt etwas aufzubessern.

Gold im Wert von sechshundertsiebenundzwanzig Millionen Pfund und staatliche Schuldverschreibungen im Wert von eineinviertel Milliarden Pfund wurden in Kisten verladen und an die Sun Life Insurance Company in Montreal und Ottawa verschickt. Und neuntausend Goldbarren waren an Bord des Kreuzers »Emerald« schon in Halifax, Kanada, eingetroffen.

Es war ein heißer Sommer, und überall in Südengland kamen die Leute ins Schwitzen, während sie Metallsperren auf den wichtigsten Überlandstraßen errichteten, um zu verhindern, daß die deutsche Luftwaffe sie als Landepisten benutzte. Auf einem Friedhof in Kent wurden Waffen und Munition in den Gräbern versteckt, und in Chatham wurden Gewehre und Munition in wasserdichten Kisten verpackt und bei Ebbe an mit kleinen Bojen markierten Stellen im Watt vergraben. General Sir Alan Brooke, Oberkommandierender der Heimatarmee, gab in seinem privaten Tagebuch jedoch zu, daß von seinen zweiundzwanzig Divisionen höchstens die Hälfte als einigermaßen einsatzfähig betrachtet werden konnte. Der Militärattaché an der britischen Botschaft in Washington streute das Gerücht aus, daß die Deutschen beabsichtigten, in Devon und Cornwall zu laden. Und Lord Haw-Haw malte Abend für Abend im Radio die gräßlichen Schrecken aus, die im Falle einer Invasion über die Bevölkerung der Landungsgebiete hereinbrechen würden.

Kästner und Bayer hatten die Ausbildung an den Barkassen beobachtet und waren entsetzt über deren Stand. Sie warteten ab, wie die Berichtete der Oberkommandos der 9. und der 16. Armee sie behandeln würden. Als keine Berichte eintrafen, sandte Kästner ihre eigene Darstellung der Angelegenheit nach Berlin. Sie erhielten nicht einmal eine Bestätigung des Eingangs, von einer Antwort ganz zu schweigen.

Aus Raeders Stab kamen Abhandlungen über die Schwierigkeiten, die geeigneten Schiffe für die Überfahrt zu finden und zusammenzuziehen, und Bayer konnte in so mancher Sitzung seine Wut über diese Marineoffiziere, die sich über die ganze Operation lustig machten, nur mühsam zurückhalten. Der Führerbefehl Nr. 16 hatte sie in »Operation Seelöwe« umgetauft, und diese Luftwaffen- und Marineoffiziere hatten nichts anderes zu tun, als sich mit dummen Witzen über Seelöwen zu unterhalten und über die Operation zu mokieren.

Eine besondere Verfügung des Führerhauptquartiers hatte bestimmt, daß Reinhard Heydrich als Reichsprotektor in Großbritannien wirken sollte. Er würde mit dem ersten Nachschub für die Landungstruppen nach England übersetzen und das Kommando übernehmen. Sein vorläufiges Hauptquartier sollte das »Spa Hotel« in Tunbridge Wells sein.

Kästner lachte auf, als er die Verfügung las. Bayer blickte überrascht hoch und sah ihn fragend an. »Wo ist der Witz, Herr Oberst?«

»Ich halte das für einen Rippenstoß des Führers für Großadmiral Raeder; ein kleiner Wink, sich endlich vorwärts zu bewegen.«

»Wie kommen Sie darauf?«

Kästner lächelte. »Heydrich war früher mal in der Marine, und Raeder höchstpersönlich hat ihn rausgeschmissen.«

»Warum?«

»Er ist homosexuell. Aber in der Partei ist das kein Hindernis, Raeder muß also auf der Hut sein. Die Nazis mögen ihn nicht, und Heydrich wartet sicherlich nur auf eine Gelegenheit, die alte Rechnung zu begleichen.«

Sogar das Oberkommando der Wehrmacht schien jetzt eher halbherzig an die Sache heranzugehen. Jedenfalls wurde immer deutlicher, daß die Kriegsmarine, die, in Gestalt Großadmiral Raeders, das Unternehmen in Gang gebracht hatte, die Verantwortung für den Erfolg der »Operation Seelöwe« nach und nach ganz der Luftwaffe zuschieben wollte. Es verging kaum ein Tag, an dem nicht Nachbesserungen am Führerbefehl Nr. 16 vorgenommen und Zusätze in ihn eingefügt wurden. Nur der Tag X stand fest, der 21. September, dem am 11. September ein endgültiger Marschbefehl des Führers vorausgehen sollte.

In der ersten Augustwoche wurden die Landungseinheiten in den Küstenstädten Belgiens und Frankreichs zusammengezogen. Sie wurden in Städten und Dörfern bis zu fünfzig Kilometer von der Küste entfernt und in den Villen und Hotels an der Küste selbst untergebracht. Schwere Geschütze warteten unter ihren Tarnnetzen in der

Nähe von Le Havre und dem Pas de Calais auf ihren Einsatz. Die Zivilbevölkerung wurde aus dem unmittelbaren Operationsgebiet evakuiert, und in aller Eile wurden neue Rollbahnen für die Bomber und Jagdflugzeuge errichtet. Das alles konnte der Zivilbevölkerung nicht verborgen bleiben; und je nach persönlicher Einstellung, war sie verzweifelt oder erfreut darüber, daß Britannien nun die gleiche Medizin zu schlucken bekommen sollte, die sie selbst schon hatte kosten müssen.

Die Hafenbecken und Quais wurden unter Hochdruck ausgebessert, und die Schiffe auf den Kanälen und anderen Wasserwegen fuhren nur in einer Richtung: zur Küste. Die Bevölkerung versuchte, nicht hinzusehen, wenn die Wehrmachteinheiten, bis hinauf zur Kompaniestärke, ihre Übungen abhielten, was sie fast ununterbrochen taten, und wieder und wieder in die Barkassen hinein- und aus ihnen herauskletterten. Tag für Tag und Nacht für Nacht dröhnten die Flugzeugmotoren über den Küstenstädten und -dörfern, strebten die Bomber der Luftwaffe nordwärts über den Kanal.

Nur Reichsmarschall Göring und das Oberkommando der Luftwaffe zeigten noch den ursprünglichen Enthusiasmus. Laut Görings Befehl, war mit der »Operation Adler« die große Schlacht der deutschen Luftwaffe gegen England ausgebrochen.

Anfang August fand eine große Konferenz aller Wehrmachtteile statt. Raeder, Brauchitsch und Göring waren zur Teilnahme verpflichtet, und als die Chefs der drei Wehrmachtteile den Saal betraten, wurden sie mit einem allgemeinen Murmeln empfangen. Dann atmeten die Anwesenden hörbar auf, und das Scharren zurückgeschobener Stühle erfüllte den Raum, als sie sich noch einmal erhoben und Haltung annahmen, um den Führer zu begrüßen.

Mit gespanntem Interesse wurde vermerkt, daß Hitler am Vorstandstisch nicht neben den drei Oberkommandierenden Platz nahm, sondern sich an eine der Längsseiten setzte und wie teilnahmslos in die Luft starrte, während Göring die Konferenz eröffnete. Die Luftwaffe, kündigte er an, werde in wenigen Tagen mit der Durchführung der »Operation Adler« beginnen. Ihre Aufgabe sei es, das Kommando der Jagdflieger und seine Anlagen im Südosten Englands zu zerstören und im Sinne der »Operation Seelöwe« die totale Luftherrschaft über dem Kanal zu erlangen. Es werde keine Probleme geben, die Luftwaffe sei bereit und begierig, ihren Teil zum Gelingen der Operation beizutragen.

Bayer beobachtete Raeders ausdrucksloses Gesicht, während ein höherer Offizier seines Planungsstabes ein Referat vorlas, das praktisch nur aus einer Liste der Schwierigkeiten bestand, die die Marine beim Transport von hunderttausend Soldaten über den Kanal zu überwinden hätte. Minen, schwere See, hohe Flut, ungeeignete Schiffe, Feindkräfte auf dem Kanal: nichts fehlte, nichts außer dem Schweigen, das dieser Rede folgte. Es war so still in dem großen Raum, daß man die Befehle hören konnte, die einen halben Kilometer entfernt einer Wehrmachteinheit gegeben wurden.

Der Bericht des Heeres stellte sorgfältig, aber kommentarlos zusammen, was über die britischen Gegenmaßnahmen in den südlichen Grafschaften bekannt war. Hitler folgte ihm mit einer Hand hinter dem Ohr, und Bayer fiel auf, daß in der Darstellung der britischen Schlachtordnung in der Gegend von Croyden eine Armeebrigade auftauchte, von der bisher noch niemand etwas gehört hatte, und eine Fantasiedivision im Norden von Tunbridge Wells stationiert wurde. Er blickte zu Kästner hinüber, aber der hörte aufmerksam zu und rührte sich nicht.

Draußen auf dem Paradeplatz verlieh der Führer anschließend Ritterkreuze und EKs an Angehörige aller drei Waffengattungen, und Bayer verspürte brennenden Ärger über das apathische Verhalten der Marine und des Heeres. Göring, Hitlers alter Kamerad aus Münchner Tagen, war als einziger mit Begeisterung bei der Sache. Kein Wunder, daß gemunkelt wurde, der Führer wolle das Oberkommando der Wehrmacht entlassen und sich nur noch auf Parteikader verlassen. Vielleicht hätte er recht damit. Die Berufssoldaten waren schon dagegen gewesen, in Wien und Prag einzumarschieren, und auch gegen den Angriff auf Polen. Wenn irgend jemand die Verantwortung übernahm und ihnen sagte, was sie tun sollten, dann erfüllten sie die gestellte Aufgabe gut, aber sie hatten keinen Mut zur eigenen Entscheidung. Hitler hatte ihn.

Kästner lud Bayer ein, mit ihm ein Stück den Kanal entlang zu gehen, der nach Sluis führte. Nachdem sie eine Weile gelaufen waren, setzten sie sich an den Rand eines Feldes und pflückten Erbsenschoten von den Pflanzen.

»Also, was halten Sie davon, mein Junge?« Er nickte zurück in die Richtung, aus der sie gekommen waren.

»Sie haben alle keinen Schneid, Herr Oberst. Und wir verschwenden nur unsere Zeit. Wir hätten gleich nach Dünkirchen hinübergehen sollen, bevor sie ihre Truppen reorganisieren konnten.«

»Und was, meinen Sie, wird jetzt geschehen?«

»Die Luftwaffe wird ihre Aufgabe erfüllen, und die anderen werden gezwungen sein nachzuziehen.«

Kästner warf eine leere Schote ins Wasser und sah zu, wie ein Hecht danach schnappte.

»Sind Sie Nationalsozialist, Max?«

»Ich habe Ihnen schon gesagt, daß ich kein Parteimitglied bin.«

»Ich weiß. Aber unterstützen Sie Hitler?«

»Mit jeder Faser.«

»Warum?«

»Sogar ich kann mich daran erinnern, daß eine Zeitung einmal eine Milliarde gekostet hat und einbeinige ehemalige Soldaten auf den Straßen gebettelt haben und Berlin voller Schwuler war. Hitler hat mit all dem ein Ende gemacht. Frankreich und England haben mit dem Versailler Vertrag versucht, uns an die Wand zu drücken. Wir mußten versprechen, mehr Geld an sie zu zahlen, als es überhaupt auf der Welt gab. Sie wollten ganz offenbar Ärger; nun, jetzt haben sie ihn. Wenn die Engländer geschlagen sind, ist alles wieder im Lot. Vielleicht können wir dann noch einmal neu anfangen.«

Kästner betrachtete Bayers verärgerten Gesichtsausdruck und sagte: »Die Generäle haben den Politikern noch nie vertraut, und die Geschichte hat ihnen bisher recht gegeben.«

»Hitler ist mehr als ein Politiker, er ist ein Führer, ein wirklicher Führer. Er hat in acht Jahren mehr für Deutschland getan, als jeder andere in einem Jahrhundert erreicht hätte.«

Kästner lächelte. »Glauben Sie, daß ›Seelöwe‹ durchführbar ist?«

»Natürlich. Die Luftwaffe schaltet die Jäger aus; der Rest ist ein Kinderspiel.«

»Und die britische Armee?«

»Ohne Luftunterstützung hat sie nicht den Hauch einer Chance.«

Kästner stand auf. »Gehen wir zurück in die Tretmühle.«

Am 8. August funkte die Luftwaffe ihre Herausforderung an das R. A. F.-Kommando der Jagdflieger: »Kommt rauf und kämpft, wenn ihr den Mut dazu habt.« Am Mut fehlte es nicht, aber das Kommando hatte nicht die Absicht, sich scheibchenweise in altmodischen Luftkämpfen aufreiben zu lassen. Die Radarüberwachung der Royal Air Force und seine eigenen wirksamen Kontrollsysteme hielten vielmehr die Verluste in Grenzen, so daß der leichte Vorteil der R. A. F. erhalten blieb.

Das Kommando der Küstenflieger teilte als Ergebnis mehrerer

Aufklärungsflüge mit, daß an der Küste von Frankreich, Belgien und Holland Schiffe und Truppen zusammengezogen wurden. Man setzte Brandbomben gegen sie ein.

Am 24. August konzentrierte die Luftwaffe ihre Angriffe auf die Rollbahnen des Kommandos der Jagdflieger und seine Abschnittsposten. Jetzt mußten die Spitfires und Hurricanes aufsteigen und ihre Nester verteidigen. Am 6. September befand sich das Kommando in ernsten Schwierigkeiten. Während der vergangenen zwei Wochen hatte es zweihundertfünfundneunzig Jagdflieger verloren, einhunderteinundsiebzig konnten ersetzt werden; dreihundert Piloten waren ausgefallen, und nur zweihundertsechzig frische Absolventen der Flugschulen waren neu hinzugekommen.

Luftwaffengeneral Sir Hugh Dowding, Oberkommandierender des Kommandos der Jagdflieger, entschied deshalb, daß sich die verbliebenen Jagdflieger, sollten die Verluste während der folgenden drei Tage ähnlich hoch sein, nach Nordengland zurückzuziehen hätten, gleichgültig, welche Zerstörungen die deutsche Luftwaffe in den dann schutzlosen südenglischen Städten anrichten würde.

6

Der 23. August war einer der heißesten Sommertage in Berlin, und die motorisierte Wehrmachteinheit stand schwitzend in der gleißenden Nachmittagssonne auf dem Flugplatz Tempelhof. Zwei Limousinen parkten vor dem Abfertigungsgebäude, daneben waren sechs BMW-Motorräder aufgebockt.

Die Startbahnen wurden von jedem Flugverkehr freigehalten. Die zweimotorige Cessna landete sicher und weich und rollte dann an dem üblichen Kontrollpunkt vorbei bis zum Abfertigungsgebäude. Ribbentrops persönlicher Adjutant ging dem Mann entgegen, der jetzt aus dem kleinen Flugzeug stieg.

Die beiden Männer fuhren in den großen, schwarzen Mercedes-Limousinen durch den Frachtgutausgang davon, gefolgt von der Motorradeskorte. Doch als der erste Mercedes an den Stufen der Reichskanzlei hielt, war weder von dem zweiten Wagen noch von der Motorradeskorte noch etwas zu sehen.

Lincoln Ames war Botschafter der Vereinigten Staaten in Portugal. Er war wohlhabend, wenn auch nicht wirklich reich, dank eines Familienvermögens, das aufgrund klug ausgewählter Anlagen den großen Börsenkrach überlebt hatte. Bis er von Roosevelt als der geeignete Mann für den Botschafterposten in London ausgewählt wurde, hatte er als Anwalt in Washington gearbeitet. Am Ende war dann allerdings Joe Kennedy nach London gegangen, während er den Posten in Lissabon bekam, das sich über Nacht von einem stillen, von den Weltereignissen weit entfernten Ort zu einer Drehscheibe der Spionage und Gerüchteküche beider Seiten verwandelt hatte. Außerdem fungierte es als der neutrale Platz, an dem Deutsche und Engländer miteinander reden konnten.

Als er nach Washington zurückgerufen wurde, hatte er angenommen, der Präsident wolle ihn gegen einen Demokraten austauschen. Auf die Aufgabe, die er ihm zugedacht hatte, hätte er beim besten Willen nicht kommen können, so lange er auch gerätselt hätte.

Was er dem deutschen Reichskanzler sagen würde, stand bis zum letzten I-Punkt fest, man hatte ihn genauestens instruiert; auch die Antworten auf eventuell gestellte zusätzliche Fragen waren ihm vorgegeben worden. Um seine Meinung über die Botschaft, die er zu überbringen hatte, hatte ihn niemand gebeten. Er war für diesen Auftrag ausgewählt worden, so hatte man ihm mitgeteilt, weil er vertrauenswürdig war, und fließend Deutsch sprach und sowohl der amerikanischen wie der ausländischen Presse unbekannt war.

Der Außenminister hatte ihn seinen Text wieder und wieder aufsagen lassen, und er hatte ein Papier unterschreiben müssen, das ihn zu absolutem Stillschweigen über seinen Auftrag verpflichtete, andernfalls er ernsteste Konsequenzen zu gewärtigen hätte. Er sollte kein Wort mehr sagen, als sein Textbuch vorschrieb, und hinterher über seinen Eindruck von Hitlers Reaktion berichten. Der Botschafter der Vereinigten Staaten in Berlin würde nichts von seinem Aufenthalt dort wissen und auch nicht davon unterrichtet werden. Er sollte Berlin unverzüglich wieder verlassen, es sei denn, die Deutschen bäten ihn, auf eine Antwort zu warten, oder hinderten ihn gewaltsam an der Abreise. Sie hätten ihm zwar freies Geleit zugesichert, aber darauf sollte man sich nicht unbedingt verlassen.

Die Deutschen ließen ihn drei Stunden lang in einem kleinen, kahlen Zimmer warten, mit einer Tasse Kaffee und der neuesten Ausgabe des *New Yorker*. Es ging bereits auf den Abend zu, als der persönliche Adjutant des Außenministers ihn abholte und in raschem Tempo durch einen dunklen Seitenflur zu einem Büro führte, das nur mit einer Nummer gekennzeichnet war: 701.

Es war offensichtlich nicht Hitlers Büro, auch nicht das von

Ribbentrop, aber mit seinem Mahagonipaneel und den Kristallkandelabern war es eindrucksvoll genug. Man bot ihm einen Stuhl vor dem wuchtigen Schreibtisch an, der bis auf einen Schreibblock und drei Bleistiften völlig leer war. An der Wand hinter dem Schreibtisch hing als einziger Zimmerschmuck ein großes Ölporträt von Bismarck.

Eine Tür am anderen Ende des Büros öffnete sich, und ein Beamter betrat den Raum und stellte sich neben die Tür, um Hitler und Ribbentrop vorbeizulassen. Ohne Ames auch nur eines Blickes zu würdigen, nahm Hitler hinter dem Schreibtisch Platz. Ribbentrop blieb neben ihm stehen. Er war es auch, der das Treffen eröffnete: »Was haben Sie uns mitzuteilen, Herr Ames?«

»Ich habe den Auftrag, dem deutschen Reichskanzler eine Botschaft zu überbringen, und zwar unter vier Augen.«

»Ich bin als Dolmetscher hier.«

»Nicht nötig, Exzellenz. Ich spreche Deutsch.«

Hitler hatte offenbar verstanden und nickte Ribbentrop, ohne zu zögern, zu, sie allein zu lassen. Ribbentrops Gesicht lief vor Verärgerung rot an, dann stapfte er hinaus. Nachdem die Tür sich hinter ihm geschlossen hatte, nickte Hitler Ames zu und sagte: »So, Herr Ames, fangen Sie bitte an.«

Langsam teilte Ames ihm den genauen Wortlaut der persönlichen Botschaft des Präsidenten der Vereinigten Staaten mit, nach der die Vereinigten Staaten von Amerika Deutschland, falls es selbst oder seine Verbündeten Großbritannien überfielen und Truppen auf britischem Boden landeten, innerhalb von vierundzwanzig Stunden den Krieg erklären würden.

Der deutsche Reichskanzler, im grauen Jackett mit tiefblauer Krawatte, zeigte keine Regung, während er zuhörte, aber seine dunklen Augen waren aufmerksam auf Ames' Gesicht gerichtet. Als Ames zu sprechen aufhörte, fragte Hitler mit leiser, beherrschter Stimme: »Ist die Presse von dieser Botschaft unterrichtet?«

»Nur drei Menschen kennen sie, Euer Exzellenz. Mit Ihnen sind es jetzt vier.«

»Wer sind die anderen?«

»Der Präsident, der Außenminister und ich.«

»Und Churchill?«

»Churchill wurde nicht informiert, Euer Exzellenz.«

»Erwarten Sie eine Antwort, Herr Ames?«

»Nein, Euer Exzellenz. Ich habe nur den Auftrag, die Botschaft zu übermitteln. Aber wenn Sie es wünschen, kann ich eine Antwort entgegennehmen.«

Der deutsche Reichskanzler stand auf und verließ den Raum, ohne Ames noch weiter zu beachten.

Einige Minuten später betrat ein ausgesprochen liebenswürdiger Ribbentrop das Büro. Er lud Ames zu einem privaten Abendessen ein. Anschließend wollte er ihn persönlich zum Flugplatz fahren. Während des Essens wurde deutlich, daß Hitler seinen Außenminister nicht über den Inhalt der Botschaft informiert hatte, denn Ribbentrop versuchte ziemlich unumwunden, Genaueres zu erfahren. Aber Ames hielt sich an seine Anweisungen und ließ sich auf kein Gespräch über die Botschaft ein, legte auch keine falsche Fährte über ihren Inhalt aus.

Die Einsatzbefehle im Rahmen der Luftwaffenoperation »Adler« führten genau bestimmte Ziele für die deutschen Bomber auf. Sie sollten sich auf die Flugplätze des Kommandos der Jagdflieger, die Leitstellen der Abschnitte und Regionen, die Radarstationen der R. A. F., Kommunikationsanlagen und Flugzeugfabriken beschränken. Hitler hatte persönlich angeordnet, daß London nicht bombardiert werden sollte.

In der Nacht vom 4. zum 5. September wurde über Manston eine Dornier getroffen. Sie versuchte in einem großen Bogen zur Küste zurückzugelangen, war aber kaum wieder unter Kontrolle zu bringen und verlor rasch an Höhe. In dem vergeblichen Versuch, wieder Höhe zu gewinnen, warf sie ihre Bombenlast ab, um kurz darauf in der Nähe von Reading doch abzustürzen. Die Bomben trafen Lambeth, und obwohl weder die Besatzung der Dornier noch irgend jemand anders es ahnen konnte, markierten diese Bomben wahrscheinlich den Wendepunkt des Krieges.

Wutentbrannt befahl Winston Churchill dem Kommando der Bombenflieger, am nächsten Tag zum ersten Mal Berlin anzufliegen. Die Stadt war wie gelähmt, als die Bomben auf sie niedergingen. Hermann Göring und Adolf Hitler hatten immer verkündet, daß britische Bomben niemals auf die Hauptstadt des Dritten Reichs fallen würden.

Am 7. September unternahm die deutsche Luftwaffe einen massiven Nachtangriff auf London. Damit begann der »Blitz«, der Nacht für Nacht die deutschen Bombergeschwader über die englische Hauptstadt brachte. Das Kommando der Jagdflieger konnte das Wunder kaum glauben; ihm standen nur noch eine Handvoll flugtüchtiger Jäger zur Verfügung, und jetzt wurde ihm die Gelegenheit geboten, seine gebeutelte Streitmacht aufzufüllen und neu zu organisieren. Die Opfer Londons und Görings Eitelkeit gab ihm die Zeit, wieder zu Atem zu kommen. Die Angehörigen des Kommandos sollten später davon sprechen, es sei das Werk Gottes gewesen. Aber sie taten es hinter vorgehaltener Hand, und keiner von ihnen kam aus London.

Bayer sollte in der zweiten Septemberwoche in Urlaub gehen, aber er lehnte es ab, so kurz vor dem Tag, an dem Hitler den endgültigen Marschbefehl für die »Operation Seelöwe« geben würde, seinen Posten zu verlassen. Hitler sollte den Befehl, nach dem letzten Stand, am 14. September ausgeben. Daraufhin würde die Marine damit beginnen, die Minenfelder zu legen und die Barkassen in ihren Starthäfen zusammenzuziehen. Die Heereseinheiten würden detaillierte Befehle sowie Karten und Handbücher ausgehändigt bekommen.

Bayer wartete am 14. September ungeduldig auf seine Kopie des Marschbefehls und wurde zusehends nervöser, als die Stunden verstrichen, ohne daß etwas geschah. Es wurde vier Uhr nachmittags, bis ein motorisierter Bote die großen grauen Umschläge für ihn und Kästner brachte. Kästner setzte sich an seinen Schreibtisch und ließ seinen Umschlag ungeöffnet liegen, während er Bayer dabei beobachtete, wie er das graue Kuvert ungeduldig aufriß und dann, immer noch im Stehen, den Text auf dem einen Blatt Papier, das er enthalten hatte, überflog. Als er fertig war, blickte Bayer, bleich geworden und mit ungläubiger Miene, auf. »Sie raten es nie, Otto, Sie raten es nie.«

Kästner erwiderte seinen Blick. »›Seelöwe‹ ist verschoben worden.«

»Woher zum Teufel wissen Sie das?«

»Ich habe es nicht gewußt, aber alles sprach dafür.«

»Was?«

»Die Luftwaffe hat es nicht geschafft, die R.A.F. auszuschalten. Die Marine hat eine Scheißangst, den Kanal zu überqueren. Zusammen ergibt das die Verschiebung. In zwei, drei Wochen werden wir alle wieder bei unseren Einheiten sein.«

»Ich kann es nicht glauben.«

Kästner zuckte die Achseln. »Die R.A.F. hat Göring eine blutige Nase verpaßt, Raeder wollte die Überfahrt über den Kanal von Anfang an nicht, und das Heer bewegt sich in den Barkassen wie Gott weiß wer. Diese verdammten Barkassen kämen nicht einmal über einen Dorfteich.«

»Warum hat man dann nicht geeignete Schiffe genommen?«

»Vielleicht wollte man das nicht. Denn es ist möglich, daß überhaupt keine geeigneten Schiffe vorhanden sind.«

»Aber der Befehl kam von Hitler persönlich, vom Oberbefehlshaber.«

»Er wird sich schon irgendwie dafür rächen, aber den ›Seelöwen‹ bekommt er nicht, darauf wette ich.«

»Diese Hunde, diese feigen Hunde.«

Bayer zerknüllte das Blatt Papier zu einem kleinen Ball und schmiß ihn in die Ecke, während er aus dem Zimmer stürmte.

Am nächsten Tag schossen R. A. F.-Jäger sechzig deutsche Flugzeuge ab, bei einem Verlust von nur zwanzig eigenen Maschinen, und das Kommando der Bombenflieger überzog die in den Häfen zusammengezogenen Landungsbarkassen mit einem Bombenteppich. In Kent wurden verbrannte Leichen in deutschen Uniformen angeschwemmt, und in Südengland ging das Gerücht um, es hätte ein Landungsversuch stattgefunden, der zurückgeschlagen werden konnte. Die britischen Behörden taten nichts, um das Gerücht zu stoppen oder zu widerlegen. Das Komitee der Stabschefs unterrichtete Churchill jedoch am gleichen Tag auch davon, daß mit den üblichen Herbstnebeln um den 19. Oktober herum noch mit einer Invasion gerechnet werden könnte.

In der Woche nach dem 14. September durchforstete Bayer sämtliche Abteilungen des Planungsstabes und sammelte Berichte und Karten, Einzelheiten über die Angriffsziele, Hintergrund- und Quellenmaterial. Kästner gab seine Witze über die abgeschabte hölzerne Teekiste dazu, in der Bayer seine Kollektion verstaute.

Der 21. September war wieder ein heißer Spätsommertag, und Bayer fuhr an die Küste nach Ostende. Das Meer war glatt, und die weißen Schäfchenwolken am strahlend blauen Himmel ließen auf gutes Wetter während der nächsten Tage schließen. Er ging in das Kino in der Rue Longue und sah sich Leni Riefenstahls Film über die Olympischen Spiele von 1936 an. Es schien schon sehr lange zurückzuliegen, was dort auf der Leinwand gezeigt wurde. Nach dem Ende des Films ging er zum Essen in eins der kleinen Hotels in den Nebenstraßen. Um zehn Uhr abends war er zurück in Brügge. Es war schon völlig dunkel, und der Kanal verströmte einen von der Hitze des Tages hervorgerufenen üblen Geruch.

Auf seinem Bett lag eine Nachricht von Kästner. Er sollte einen achtwöchtigen Urlaub antreten. Er eilte in Kästners Zimmer hinüber, ohne anzuklopfen, und überraschte Kästner mit einem Mädchen im Bett. Aber der Oberst der Abwehr reagierte nicht verärgert, sondern fragte nur: »Was gibt es, Max?«

Bayer wedelte mit dem Zettel, den Kästner ihm geschrieben hatte. »Das hier. Warum?«

»Wir haben alle acht Wochen Urlaub bekommen. Die Operation ist abgeblasen, ›auf unbestimmte Zeit verschoben‹, wie es offiziell heißt. Tatsache ist, die Feier ist vorbei, Schluß, aus.«

»Aber warum acht Wochen?«

Kästner grinste.»Es ist lang genug, daß wir alle vergessen, was wir hier zu tun hatten. Und ich empfehle Ihnen, es ebenfalls zu vergessen, alles.«

Bayer schloß die Tür hinter sich und ging langsam in sein Zimmer zurück. Am nächsten Tag packte er seinen Kleidersack und ging dann in den Planungsstab, um sich seinen Urlaubsschein und die Reisegenehmigung abzuholen. Bis auf die Reisestelle, wo man ihm die Dokumente aushändigte, waren alle Büros im Stabsgebäude verwaist.

Auf der Treppe vor dem Haus begegnete er Kästner.

»Kann ich einen Augenblick mit Ihnen sprechen, Oberst?«

»Natürlich. Und wenn Sie meinen Rat hören wollen: Tun Sie's nicht.«

Bayer war überrascht. »Sie wissen doch noch gar nicht, was ich im Sinn habe.«

»Oh, und ob ich das weiß. Es steht Ihnen schon seit Wochen deutlich genug im Gesicht geschrieben, besonders seit letzter Woche.«

»Und Sie meinen...«, sagte Bayer leise.

»Sie sind wohl ganz von Gott verlassen, hier mit mir darüber sprechen zu wollen. Erinnern Sie sich noch an den Platz am Kanal, wo wir die Erbsen gegessen haben?«

»Ja.«

»Dort können wir uns unterhalten, in einer Stunde.«

Kästner kam etwas zu spät. Er trug zwei Lederkoffer bei sich. Nachdem er sich neben Bayer gesetzt hatte, wandte er sich ihm zu und betrachtete seinen verbissenen Gesichtsausdruck. »So, jetzt können Sie reden, Sturmbannführer.«

»Sie haben doch gesagt, Sie wüßten schon alles.«

Kästner zuckte die Achseln. »Nachdem die Luftwaffe versagt und die Marine sich aus der Affäre gezogen hat, wird jetzt also unser Held Maximilian von Bayer über den Kanal schwimmen und dem Feind auf seinem eigenen Gebiet mutig eins aufs Haupt schlagen, oder irgend etwas in der Art.«

»Nicht ich allein. Ich werde andere finden.«

»Wissen Sie, was Sie brauchen, Max?«

»Was?«

»Ein nettes Mädchen, oder besser noch ein verdorbenes. Nur hübsch muß es sein, ein hübsches, verdorbenes Mädchen, das Sie acht Wochen lang nicht von sich runterläßt.«

»Mit einer Handvoll Männer könnte ich in ein paar Wochen mehr Zerstörungen anrichten, als die Luftwaffe mit ihrer ganzen ›Operation Adler‹ angerichtet hat.«

»Vielleicht könnten Sie das. Aber warum sollten Sie das tun?«

»Um diesen feigen Hunden zu zeigen, daß es möglich ist.«

»Was wollen Sie, ein Ritterkreuz? Ich kann es Ihnen verschaffen, in einer Woche.«

»Sie werfen einfach alles auf den Müll, was der Führer für uns gewonnen hat. Sie setzen sich über ihn hinweg. Er hat ihnen befohlen, etwas zu tun, und sie stellen sich hin und sagen nur, es sei undurchführbar. Sie haben nicht einen einzigen Aufklärungstrupp ausgeschickt. Sie haben nichts unternommen, um die britischen Verteidigungsmaßnahmen kennenzulernen. Statt dessen haben sie sich auf Luftaufnahmen und Gerüchte verlassen. Diese Dummköpfe haben auch nicht die elementarsten Schritte ausgeführt.«

»Und was könnten Sie und Ihr Trupp tun?«

»Flugzeuge am Boden zerstören, Radarstationen zerstören, Befehlsstände zerstören.«

Kästner schaute über den Kanal, während er mit der Hand selbstvergessen Grashalme aus dem Boden zupfte. »Sie könnten recht haben, Sturmbannführer. Wenn Ihre Mission glückt, könnten weitere folgen, größere. Vielleicht hätten wir das schon früher tun sollen, und die regulären Einheiten erst später einsetzen.«

»Werden Sie mir helfen?«

»Helfen? Wobei?«

»Die Männer zu finden und sie auszubilden.«

»Die Behörden würden es nie zulassen, Max.«

»Ich habe nicht vor, sie zu fragen.«

»Sprechen Sie weiter.«

»Ich brauche Experten – Zivilisten oder ehemalige Aktive, die verwundet wurden und ausgeschieden, aber noch verwendbar sind. Es wird alles inoffiziell ablaufen.«

»Und Sie selbst?«

»Ich werde am Ende des Urlaubs desertieren.«

»Jesus, man wird Sie erschießen, wenn Sie gefaßt werden.«

»Nicht, wenn ich Erfolg habe. Und das werde ich. Ich bin gut ausgebildet.«

»Und welche Ziele haben Sie ausgewählt?«

»Die Radarstationen in Rye und Lympne, die Jägergeschwader in Tangmere und West Malling und die Leitstelle in Biggin Hill. Außerdem jedes Objekt, an das wir nahe genug herankommen.«

»Und wer soll dieses Unternehmen finanzieren? Oder wollen Sie von dem leben, was Sie sich dort beschaffen können?«

»Ich finanziere das Unternehmen, und wir werden von dem leben, was wir dort bekommen können.«

Kästner blickte Bayer forschend an. »Sie wollen es also wirklich wagen?«

»Soll ich es beschwören?«

Kästner sah wieder über den Kanal und die flachen belgischen Felder, über denen eine Me 109 eine langsame Siegesrolle vollführte, ehe sie auf dem Flugplatz im Norden der Stadt landete. Es dauerte lange, ehe Kästner sich wieder Bayer zuwandte und sagte: »Wir könnten Sie in der Abwehr gut gebrauchen, Max. Ich kann Ihnen eine sofortige Beförderung garantieren.«

Bayer lächelte etwas und zuckte die Achseln. »Danke, Otto. Aber ich muß es tun.«

Kästner nickte und seufzte. »Es ist verrückt und zum Scheitern verurteilt, egal auf welcher Seite des Kanals. Aber ich kann Sie verstehen. Setzen Sie sich mit mir in Verbindung, wenn Sie Hilfe brauchen.«

»Wo kann ich Sie erreichen?«

»In Berlin. Meine Nummer steht im Telefonbuch.«

Sie gingen zusammen zur Stadt zurück, jeder mit einem Koffer in der Hand. Bayer brachte Kästner bis zum Bahnhof, dann ging Kästner allein durch die Schranke auf den Bahnsteig. Er blickte sich nicht um.

Bayer schlief zwölf Stunden lang durch, ohne aufzuwachen, tief und fest, nachdem er zuhause auf Schloß Eger angekommen war. Am Abend, als er auf dem Weg zu seinem Vater war, fand er eine

Nachricht vor. Jemand hatte aus Berlin angerufen und eine Telefonnummer hinterlassen, unter der er zu erreichen war.

Es war Kästner gewesen, und er war sehr kurz angebunden. Er schlug vor, sich so bald wie möglich in Berlin zu treffen. Gründe oder Erklärungen wollte er nicht geben, und Bayer sagte zu, ihn am nächsten Tag in Berlin aufzusuchen.

Kästners Wohnung lag in einer Nebenstraße des Kurfürstendamms und war teuer eingerichtet. Bayer wurde plötzlich bewußt, wie wenig er im Grunde von Kästner wußte. Nur soviel war klar, daß er sich eine solche Wohnung von den Bezügen eines Obersten allein nicht hätte leisten können. Kästner führte seinen Gast in sein Arbeitszimmer, wo auf einem Mahagonitisch mehrere Akten ausgebreitet waren. Am einen Ende des Tisches lag eine Karte von Deutschland und am anderen Ende eine Karte Südenglands. Vor dem Tisch standen zwei hochlehnige Stühle. Kästner wies auf einen der Stühle und sagte: »Setzen Sie sich, Max.«

Kästner setzte sich auf den zweiten Stuhl und griff über den Tisch, um die Karte von England zu ihnen herüberzuziehen. Dann wandte er sich zu Bayer und fragte: »Haben Sie noch einmal über Ihren verrückten Plan nachgedacht? Und sich vielleicht eines Besseren besonnen?«

»Ich habe viel darüber nachgedacht, Otto. Eines Besseren habe ich mich nicht besonnen.«

»Worüber genau haben Sie nachgedacht, und was ist dabei herausgekommen?«

»Ich habe über die Leute nachgedacht, die ich brauche.«

»Sprechen Sie.«

Bayer schüttelte den Kopf. »Ich brauche absolute Sicherheit, Otto. Es ist besser, wenn Sie nicht zuviel wissen.«

Kästner sah ihn mit einem halben Lächeln an. »Sie brauchen Hilfe, mein Junge, und nicht zuwenig.«

»Heißt das, das Sie mir helfen wollen?«

»Vielleicht.«

»Wie?«

Kästner lächelte freundlich. »Sehen wir uns die Sache erst einmal etwas genauer an, danach können wir immer noch über meine Hilfestellung reden.« Er wies mit einem Nicken auf die Karte. »Wo wollen Sie an Land gehen?«

Bayer zögerte einen Augenblick, dann sah er auf die Karte und zeigte mit dem Finger auf eine Stelle. »Ungefähr hier, zwischen

Camber und St. Mary's Bay. Ich habe Fotografien von diesem Küstenabschnitt.«

»Und gegen welche Ziele wollen Sie vorgehen?«

»Ich habe mich noch nicht endgültig entschieden, aber in der Gegend gibt es ein halbes Dutzend Flugplätze und außerdem die Radarstationen in Rye und Lympne.«

»Und die Männer, wen brauchen Sie?«

»Einen Sprengstoff- und Abrißexperten, einen Funker, einen Scharfschützen, einen erstklassigen Mechaniker, einen Waffenexperten und einen Panzermann, dazu vielleicht noch einen Fahrer und einen Koch.«

»Wo wollen Sie die Männer finden?«

»Das weiß ich noch nicht.«

»Vielleicht kann ich sie für Sie finden. Zwei Namen habe ich schon.«

Bayer sah weiter schweigend auf die Karte. Dann sagte er leise: »Habe ich Ihr Ehrenwort, daß Sie zu niemandem über die Sache reden werden?«

»Das haben Sie.«

»Ist das nicht gefährlich für Sie?«

»Wenn es schiefgeht, wird es brenzlig werden, oder wenn es herauskommt, bevor Sie überhaupt angefangen haben.«

»Ich würde Sie nicht verraten, Otto.«

Kästner lächelte. »Sie würden es tun, Max. Jeder redet – am Ende.«

Bayer blickte Kästner ins Gesicht. »Warum machen Sie dann mit, Otto?«

Kästner seufzte. »Weiß Gott. Teils, weil ich Ihren Mut bewundere, und teils, weil ich rein technisch daran interessiert bin, wie weit Sie kommen. Und teils, nehme ich an, weil ich denke, daß Sie recht haben.«

»Glauben Sie, daß ich Erfolg haben werde?«

»Seltsamerweise ja.«

»Erzählen Sie mir von den beiden Männern.«

»Der eine war Geschütz- und Sprengmeister bei einer Panzereinheit, der andere war Großwildjäger in Kenia.«

»Wann kann ich Sie treffen?«

»Der eine wohnt in Berlin, Sie können ihn heute noch sehen. Der andere lebt in Hamburg, Sie werden ihn dort aufsuchen müssen.«

»Wie wird ihre Antwort ausfallen, was meinen Sie?«

»Es sind verrückte Hunde. Ich bin sicher, daß beide zugreifen werden. Ich kann mich ja für die Ernsthaftigkeit Ihres Anliegens verbürgen. Hier sind die Adressen.«

Er schob Bayer ein Blatt Papier zu, der sich die Adressen genau ansah, den Zettel dann in seine Jackettasche steckte und aufstand.

»Erzählen Sie mir mehr von ihnen.«

»Nein, machen Sie sich selbst ein Bild von Ihnen, Max. Alles steht und fällt damit, ob Sie die richtige Wahl treffen. Meine Kriterien sind vielleicht nicht die Ihren.«

»Ich muß noch eine Übernachtungsmöglichkeit finden.«

»Das ›Adlon‹ macht Sonderpreise für SS-Angehörige.«

Bayer lächelte. »Natürlich, und wenn man nach mir sucht, werden sie dort zuerst nachschauen.«

Kästner grinste. »Hals- und Beinbruch.«

»Hals- und Beinbruch.«

7

Das Haus sah ziemlich altmodisch aus, war aber offenbar erst um die Jahrhundertwende gebaut worden, als die Grundstücke im vornehmen Tiergartenviertel noch billig genug waren, um sich einen ausgedehnten Garten um sein Haus herum leisten zu können.

Die Spaliere neben dem Eingang waren voller blühender Kletterrosen, und in einem Drahtkorb, der von dem Vordach herabhing, blühten Geranien. Der Rasen war gut gepflegt, kurz geschnitten und wurde von wahren Rabatten aus Margeriten, Sonnenblumen und süßlich duftenden Levkojen eingefaßt.

Bayer ging auf dem fliesenbelegten Weg zur Haustür und drückte auf den Klingelknopf. Eine schwarzgekleidete alte Frau öffnete die Tür, und als er nach Herrn Voss fragte, nickte sie nur und trat einen Schritt zurück, um ihn einzulassen. In der Diele wies sie, ohne etwas zu sagen, auf einen Stuhl, und er setzte sich.

Ein leichter Essensgeruch drang aus dem Inneren des Hauses zu ihm, und die Radionachrichten gaben bekannt, daß England und ein sogenanntes Freies Frankreich die französische Flotte vor Dakar erfolglos angegriffen hatten. Bayer konnte sich nicht entscheiden, ob die Atmosphäre des Hauses nun friedlich oder nur gedämpft zu nennen war. Die Stille rief jedenfalls ein Gefühl der Leere hervor. Doch plötzlich stand ein großer, dünner Mann neben ihm und betrachtete seinen Gast. Er mußte lautlos die Treppe heruntergekommen sein.

Der Mann streckte Bayer die Hand entgegen. »Erich Voss. Gehen wir in mein Arbeitszimmer.«

An den Wänden zog sich eine etwa einen Meter hohe dunkle Holzverkleidung entlang, die Wände waren weiß getüncht. Es gab weder Bilder noch sonstigen Zierat. Voss bemerkte, wie Bayer das Zimmer musterte, und sagte: »Suchen Sie nach einem Löwen- oder Kudukopf?«

»Unbewußt vielleicht.« Bayer lächelte.

»Das ist etwas für Amateure. Ich für meinen Teil muß nichts beweisen.«

»Hat Ihnen Ihre Arbeit in Kenia gefallen?«

»Manchmal. Ich wurde für etwas bezahlt, was ich ohne Bezahlung genauso getan hätte.«

»Warum sind Sie dann zurückgekommen?«

Voss zuckte die Achseln. »Die englischen Geier zogen ihre Kreise. Anfang August bin ich abgereist. Sie hätten mich interniert, wenn ich dort geblieben wäre.«

»Und womit beschäftigen Sie sich zur Zeit?«

Voss grinste. »Ich prüfe Jagdgewehre für vier oder fünf Büchsenmacher. Ich unterrichte Wehrmachtausbilder. Vor kurzem habe ich das OKW-Handbuch für Scharfschützen abgeliefert. Außerdem habe ich ein Nachtsichtgerät entwickelt, das die Wehrmacht hoffentlich ankaufen wird.« Er atmete geräuschvoll durch die Nase. »Ich habe jedenfalls für lange Zeit genug zum Leben, mein Freund.«

»Hat Otto Kästner erwähnt, weshalb ich hier bin?«

»Sicher hat er das. Wir sind alte Freunde, Kästner und ich. Otto ist ein erfahrener Mann, er wußte, daß ich mitmachen würde.«

»Sie wollen also in die Sache einsteigen?«

»Aber gewiß doch.«

»Sie wissen, was ich vorhabe und wohin es gehen soll?«

»Ja. Was mich betrifft, das geht in Ordnung.«

»Sie sprechen gut Englisch?«

»Ja. Ich habe drei Jahre in England gearbeitet und war zehn Jahre in Kenia.«

»Sind Sie verheiratet, Herr Voss?«

»Nein, und ohne Angehörige. Ich bin frei wie ein Vogel.«

»Werden Sie allein zu mir nach Hause, nach Schloß Eger finden?«

»Natürlich. Wann soll ich da sein?«

»Sagen wir, in drei Tagen.«

»Gut. Ich werde zwei Gewehre und einige Handfeuerwaffen mitbringen.«

Es war ein altes Haus in der Nähe des Gänsemarkts. Bayer stand auf der obersten Treppenstufe und schaute sich um, nachdem er auf den Klingelknopf neben dem Namensschild »W. Kleist« gedrückt hatte. Zum erstenmal sah er ein zerbombtes Gebäude mit eigenen Augen. Er hatte davon gehört, daß Hamburg zweimal bombardiert worden war, aber er hatte solche Nachrichten bisher nicht mit der Vorstellung zerstörter Häuser verbinden können, nicht in Deutschland.

Die Tür öffnete sich, und ein Mann mit einer Aktentasche kam heraus. Er zögerte, die Tür wieder zu schließen. »Zu wem wollen Sie?«

»Zu Herrn Kleist.«

Der Mann schüttelte den Kopf. »Sie werden ihn zu dieser Zeit hier nicht antreffen. Abends ist er immer im Club.«

»In welchem Club?«

Der Mann runzelte die Stirn und versuchte sich an den Namen zu erinnern. »Ein Baum, der Name eines Baums. Gott, wie war das nur? Kein großer Baum. Richtig, ›Die Linde‹, das ist er. ›Die Linde‹.«

»Können Sie mir sagen, wo sich der Club befindet?«

»Kennen Sie ›Die Vierjahreszeiten‹?«

»Ja.«

»Der Club ist in der Straße dahinter, in einem Keller, gleich neben einem Klaviergeschäft, das jetzt das Winterhilfswerk übernommen hat. Das Schild des Clubs ist eigentlich nicht zu übersehen.«

Es war noch ziemlich früh für einen Nachtclubbesuch, und kaum die Hälfte der Tische war besetzt. Der Mann an der Garderobe fragte ihn, ob er SS-Angehöriger sei, und nickte, als Bayer ihm seinen SS-Ausweis zeigte. Er schenkte ihm noch einen flüchtigen Blick und ging dann seinen Regenmantel aufhängen.

»Können Sie mir sagen, wo ich Herrn Kleist finde?«

»Er wird gleich spielen. Er ist unser Hauspianist.«

Bayer stand an der teppichbelegten Treppe, die zur Tanzfläche und den beiden Tischreihen hinunterführte. Das Barklavier war ein Bechsteinflügel, und der Mann, der an ihm spielte, improvisierte ruhig weiter, während er sich mit einer Frau unterhielt, die sich auf den Flügel gelehnt hatte, um hören zu können, was er sagte. Dann griff er mit der Linken einige lässige Akkorde, während er die Rechte nach der Hand der Frau ausstreckte, die sich zu ihm hinüberbeugte und ihm einen Kuß gab. Danach, wieder mit beiden Händen, schlug er die weichen Einleitungsakkorde eines Liedes an, das Bayer entfernt bekannt vorkam. Einige Paare im Raum klatschten, und die Frau richtete sich auf und blickte über ihre Schulter lächelnd in das Publikum. Ein Mann rief ihr irgend etwas zu. Sie nickte und ging auf den schweren Mikrofonständer zu.

Nachdem sie sich noch einmal umgedreht und dem Pianisten einen verliebten Blick zugeworfen hatte, begann sie zu singen. Die Barbesucher waren still geworden, und ein Scheinwerfer erfaßte ihr Gesicht. Bayer bemerkte, daß sie außergewöhnlich schön war, und war betroffen, nicht nur von dieser schönen Frau, sondern ebenso von ihrer Stimme und den Worten des Liedes, das sie sang – »Ich schenk' mein Herz nur einem Mann, dem ich in Liebe treu sein kann . . .«. Sie hatte eine volle, klare Stimme, und es klang, als meinte sie jedes Wort, das sie so mühelos artikulierte, todernst.

Die Ober standen in einer Gruppe zusammen und hörten ihr ergriffen zu, bis das Lied zu Ende war. Der Applaus war spontan und enthusiastisch. Sie blies einen Kuß von ihrer Hand zu dem Pianisten und ging dann zu einem Paar an einem der Tische.

Bayer stieg die Treppe hinunter und setzte sich an die kleine Bar. Er bestellte sich einen Drink, und als der Barkeeper ihn vor ihn hinstellte, fragte er: »Was trinkt der Pianist am liebsten?«

»Er trinkt nicht, mein Herr; vielleicht einen Tomatensaft. Er bringt sich jeden Abend eine Flasche Milch mit, die er dann trinkt. Er hat's mit der Brust, eine Verwundung, glaube ich, aus Polen. Aber hier ist jemand, der es genau weiß.«

Es war die Sängerin. Sie lächelte dem Barmann zu. »Was gibt es, Albert?«

»Der Herr wollte Herrn Kleist einen Drink spendieren. Ich habe ihm gesagt, daß er keinen Alkohol trinkt.«

Die Frau drehte sich zu Bayer um und betrachtete ihn. Sie war so schön, daß Bayer plötzlich die Worte fehlten.

»Kennen Sie Walter?« fragte sie lächelnd.

»Ich habe eine Empfehlung an ihn, und mir gefällt sein Klavierspiel. Genauso wie Ihr Gesang. Es war sehr bewegend.«

Jetzt musterten ihn die blauen Augen der Frau etwas genauer. »Ein seltsames Wort für einen Nachtclub – bewegend –; aber nett. Wollen Sie Walter kennenlernen?«

»Deshalb bin ich hier.«

Sie ging hinüber zu der kleinen Tanzfläche und lehnte sich über den Flügel. Kleist blickte zu Bayer, und einen Augenblick später stand er auf und kam zur Bar herüber. Es war deutlich zu erkennen, daß er sein linkes Bein nachzog. Er war ein gutaussehender Mann, groß, schlank, mit einem mageren, freundlichen Gesicht, und er schien es gewohnt zu sein, einen Smoking zu tragen. Als er bei Bayer angekommen war, streckte er ihm mit einem Lächeln die Hand entgegen. »Es freut mich, daß Ihnen Uschis Lied gefallen hat. Sie singt wirklich wunderschön, man muß sie nur immer zum Auftreten überreden.«

Bayer schüttelte die dargebotene Hand und erwiderte: »Ich komme von Otto Kästner, und ich hoffe, nicht zu ungelegen.«

Kleists Mund zeigte ein Lächeln, das aber nicht bis in die Augen gelangte. »Ah, ja. Einen Augenblick, ich hole nur schnell meinen Mantel, dann können wir uns ein wenig die Beine vertreten. Ich brauche ein bißchen frische Luft.«

Kleist stieg unter Schwierigkeiten die Treppe hinauf. »Meinen Mantel, Heinz. Sag Kurt, daß ich für zehn Minuten weg bin und frische Luft schnappe.«

Er legte sich den Mantel um die Schultern und trat als erster auf die Straße. Die Augen mußten sich erst an die Dunkelheit gewöhnen, und Kleist ging langsam voran, bis sie den großen Hafen an der Innenalster erreicht hatten. Die Strahlen von drei Suchscheinwerfern streiften langsam über den Nachthimmel, aber es gab keinen Luftalarm.

»Haben Sie Schmerzen im Bein vom Gehen?«

»Nein, im Gegenteil: Das Sitzen läßt mich hinken. Es unterbricht den Blutkreislauf. Aber machen Sie sich darüber keine Sorgen, es geht schon.«

»Wieviel hat Otto Ihnen gesagt?«

Bayers Augen hatten sich inzwischen auf das Mondlicht eingestellt, so daß er erkennen konnte, daß Kleist lächelte.

»Jedenfalls genug, mein Freund. Ich finde Ihren Plan großartig. Für mich wird es sein, als wären die alten Zeiten zurückgekommen.«

»Das heißt, Sie wollen mitmachen?«

»Natürlich will ich mitmachen. Ich würde diese Chance nicht um alles in der Welt auslassen. Aber es gibt ein Problem.«

»Was ist es?«

»Es ist kein Was, sondern ein Wer. Uschi.«

»Die Sängerin?«

»Ja.«

»Warum?«

»Wie lange werden wir weg sein?«

»Bis wir unsere Aufgabe erfüllt haben.«

»Ich weiß, aber wie lange wird das ungefähr dauern?«

»Gott, einen Monat, vielleicht zwei.«

»Nun, und genau darin liegt das Problem.«

»Sprechen Sie.«

»Uschi liebt mich. Sie würde mich hassen, wenn ich sie so lange allein ließe.«

»Lieben Sie sie auch?«

»Nicht ganz so, wie sie mich liebt, das kann ich mir nicht leisten. Aber ich verdanke ihr zuviel, um sie irgendwie verletzen zu wollen.«

»Ich verstehe nicht ganz.«

»Natürlich nicht. Als ich verwundet wurde, gab man mir keine großen Überlebenschancen. Sie haben mich zwar aus dem Krankenhaus entlassen, aber nur, damit ich mir irgendwo ein stilles Plätzchen zum Sterben suchen konnte. Uschi hat mich aufgelesen, und ich lebe immer noch, und zwar hauptsächlich, weil sie sich um mich gekümmert hat. Das war nicht immer angenehm für sie, wie ich zugeben muß. Und das ist es auch heute nicht immer. Sie ist ein Engel. Verstehen Sie jetzt?«

»Sie sagten, Sie können es sich nicht leisten, sie zu lieben. Warum nicht?«

»Der Grund ist ziemlich unerfreulich, alter Knabe.«

»Sagen Sie's trotzdem.«

»Ich werde kaum noch sechs Monate unter den Lebenden weilen. Sie weiß es nicht, aber ich verdanke ihr jede Minute, die ich noch am Leben bin.«

Bayer sah in das angenehme Gesicht seines Gegenübers. Jetzt lächelten auch die Augen.

»Sie lieben sie, nicht wahr?«

»Oh, ja. Aber es wäre unfair, es ihr zu sagen.«

»Wann machen Sie heute nacht Schluß?«

»Wir müssen um Mitternacht schließen. Das ist Vorschrift.«

»Ich bin im ›Adlon‹ abgestiegen. Können wir uns also nachher noch treffen, oder werden Sie dann zu müde sein?«

»Sicher können wir uns treffen. Ich bin gut in Form, glauben Sie mir.«

Bayer ging durch die Dunkelheit zurück ins »Adlon« und dachte über den Mann nach, der ihm eben gesagt hatte, er sei gut in Form; abgesehen von dem, was ihn, was immer es auch sein mochte, irgendwann während der nächsten Monate töten würde. Kleist war ganz der Typ des Berliner Playboys. Aber man bekam kein Ritterkreuz und wurde nicht in einem Panzer zum Invaliden geschossen, nur weil man Charme hatte.

Gegen ein Uhr früh rief die Rezeption bei Bayer an und teilte mit, ein Herr Kleist wolle ihn sprechen. Bayer erwiderte, man solle ihn zu ihm hochschicken. Dann ging er hinaus auf den Korridor und wartete am Fahrstuhl auf ihn. Er war überrascht und leicht verärgert, als er sah, daß Kleist die Sängerin aus dem Nachtclub mitgebracht hatte. Das hieß, daß sie nicht wirklich miteinander reden konnten.

Nachdem sie in seinem Zimmer angekommen waren, rief Bayer den Nachtkellner an und bestellte Kaffee.

Kleist hatte sich auf das altmodische kleine Sofa gesetzt und hielt die Hand der Frau. Seine Augen strahlten verträumt und waren voller Begeisterung. »Ich habe eine herrliche Idee, von Bayer. Wir nehmen Uschi einfach mit, als Mitglied unserer Gruppe.«

Bayer vermied es, der Frau in die Augen zu sehen. »Das können wir nicht, Kleist. Wir werden nur zu sechst sein, lauter Spezialisten mit genau bestimmten Aufgaben.«

»Aber einen Funker brauchen wir doch, oder?«

»Ja.«

Kleist lächelte und tätschelte das Knie der Frau. »Dieses liebenswerte Geschöpf Gottes ist voll ausgebildete Funktechnikerin. Das ist ihr Beruf, sie arbeitet für den Reichssender Hamburg.«

Bayer wandte sich ihr zu. »Und was genau ist dort Ihre Aufgabe?«

Sie zuckte die Achseln. »Ich habe die Technische Hochschule besucht und bin nach dem Abschluß direkt zum Reichssender Hamburg gegangen. Ich bin für sämtliche technische Anlagen verantwortlich.«

»Können Sie ein Wehrmachtfunkgerät bedienen? Und morsen?«

»Das lernt man an der Hochschule im ersten Jahr. Ich kann jeden Sender bedienen, vorausgesetzt, ich kenne die Armaturen. Ich kann Morsesignale schneller verstehen und senden, als es die Wehrmacht von ihren Funkern verlangt.«

»Und was wird mit Ihrer Arbeit?«

Sie grinste. »Ich könnte schwanger werden.«

»Aber es wird keine Vergnügungsreise werden, sondern mehr als schwierig. Das ist keine Frauenarbeit.«

»Es gibt Frauen, die Flaks bedienen, und Krankenschwestern, die unmittelbar an der Front arbeiten. Und man hört keine Klagen über sie.«

Das Paar schwieg und blickte Bayer gespannt ins Gesicht, der unschlüssig war. Ihm kam der unpassende Gedanke, daß sich die beiden verhielten, als fragten sie ihn um die Erlaubnis zu heiraten. So ähnlich mußte er Moshe Aarons erschienen sein.

Schließlich sah er die beiden fragend an. »Sind Sie sicher, daß sie es wirklich wollen? Sie beide?«

Kleist nickte. »Wenn Sie uns wollen, ja.«

Bayers Zweifel waren plötzlich wie weggeblasen. Er grinste. »Verrückt genug ist es ja, vielleicht funktioniert es dann auch. Bis wann können Sie sich freimachen?«

»Bei Uschi wird es wohl zwei Tage dauern. Ich könnte auf der Stelle mit Ihnen kommen.«

»Könnten Sie beide sich dann so schnell wie möglich zu mir nach Hause auf den Weg machen?«

»Natürlich.«

Er erklärte ihnen, wie man zum Schloß Eger kam, und gab ihnen für alle Fälle Kästners Telefonnummer. Anschließend saßen sie noch eine Stunde zusammen, Bayer erzählte ihnen vom Ende der »Operation Seelöwe«, und was er im einzelnen mit ihnen gemeinsam vorhatte.

Zurück in Berlin, erzählte er Kästner von dem Ergebnis seiner Reise nach Hamburg. Als Kästner ihm Vorhaltungen machte, weil er die Frau mitnehmen wollte, reagierte er abweisend.

»Es ist verrückt, Max. Sie handeln sich nur unnötigen Ärger ein. Fünf oder sechs Männer, in Feindesland, die ständig unter Hochdruck stehen, und keine andere Frau in der Nähe. Überlegen Sie es sich noch einmal.«

»Sie wissen, daß Walter Kleist nur noch wenige Monate zu leben hat?«

»Nein, das wußte ich nicht. Aber es ändert nichts. Sie werden Ärger bekommen. Doch mir scheint, ich rede da nur gegen eine Wand. Ich habe einen Sprengexperten und einen Mechaniker gefunden.«

»Wie haben Sie sie gefunden?«

»Den einen, den Sprengmeister, habe ich aus den Gestapoakten. Sie haben ihn überprüft, um herauszubekommen, wie er es geschafft hat, nicht eingezogen zu werden. Die Ermittlungen sind noch nicht abgeschlossen, Sie können sie also als Druckmittel verwenden. Es sieht so aus, als hätte er irgend jemanden geschmiert, um nicht zur Wehrmacht zu müssen. Der Mechaniker wurde vor einem halben Jahr von meinen Leuten überprüft. Er stand unter dem Verdacht, ein

Simulant zu sein, um die Einberufung zu umgehen. Er ist es aber nicht, sondern hat wirklich eine angegriffene Lunge. Außerdem ist er zu klein. Ansonsten würde er liebend gerne zur Wehrmacht gehen.«

»Sind irgendwelche Nachrichten für mich eingegangen?«

»Dort auf dem Tisch.«

Es war eine offizielle Bestätigung seines Urlaubs, einschließlich der Berliner Adresse, bei der er sich nach Ablauf seines Urlaubs am 24. November zu melden hätte. Lebensmittelkarten und Bezugsscheine für Kleidung lagen bei. Eine Nachricht von seinem Vater besagte, daß man ihn zum Wehrwirtschaftsführer gekürt hatte, in Anerkennung seiner der Partei geleisteten Dienste. Darunter lag eine Rechnung von seinem Schneider in Braunschweig, und dann bemerkte er endlich den malvenfarbenen Briefumschlag, der von den Stempeln des Feldpostbüros und der Zensur nur so übersät war. Abgestempelt war er ursprünglich in Cambridge, vor mehr als einem Jahr.

Er las den kurzen Text mindestens ein dutzendmal. Was sie schrieb, war so typisch für sie, daß es fast so war, als sei sie hier mit ihm im Zimmer. Der Brief war am 1. September 1939 aufgegeben worden, und es war fast ein Wunder, daß er durchgekommen war und ihn am Ende doch noch erreicht hatte. Sie war sicher in den Ferien zuhause gewesen und hatte an dem Eichentisch im Wohnzimmer gesessen, um den Brief zu schreiben. Die Fruchtschale hatte sie beiseite geschoben, und während sie nachdachte, hatte sie gedankenverloren mit der Kappe ihres Füllhalters gespielt. Er hatte immer gedacht, Musiker hätten lange, schmale Finger, aber ihre Finger waren kräftig, und an den Fingerspitzen hatten sich Hornhautverdickungen gebildet. Er steckte das Blatt Papier zurück in das Kuvert und das Kuvert in seine Hosentasche. Sie war sehr weit fort von ihm. Vielleicht war sie in London gewesen, als die Luftwaffe es bombardierte. Sein Plan, der ihn in einigen Wochen schon nach England führen würde, erschien ihm einen Moment lang wie ein unwirklicher Traum. Er schüttelte sich und ging zum Fenster hinüber, sah aber nicht hinaus, sondern schloß die Augen. Er mußte die beiden Männer aufsuchen und dann zum Schloß Eger, um mit der konkreten Vorbereitung zu beginnen.

Das gemalte Schild über dem großen Tor verkündete: *Gebrüder Schultz – Sprengkommando*. In das Tor eingelassen war eine kleinere Tür. Bayer öffnete sie und ging hinein.

Der kopfsteingepflasterte Hof lag voller gebrauchter Ziegelsteine, Holzbalken, Türen, Öfen, Dachrinnen, Glas und Fensterrahmen. Am anderen Ende des Hofes stand eine kleine Holzbaracke, das »Büro«, wie an der Tür zu lesen war. Eine Telefonleitung führte von einem Nachbargebäude zu der Baracke. Als Bayer noch einige Schritte entfernt war, trat ein junger, rotgesichtiger Mann mit aufgerollten Hemdsärmeln und einem breiten Lederstreifen um eines seiner kräftigen Handgelenke aus dem Büro. Seine Augenbrauen waren fragend und etwas unwirsch hochgezogen.

»Was kann ich für Sie tun, mein Herr?«

»Ich suche Otto Schultz.«

»Sie haben ihn gefunden.«

»Können wir uns hier irgendwo ungestört unterhalten?«

Schultz nickte in Richtung Baracke, drehte sich um und ging auf sein Büro zu.

Es war mit einem hölzernen Aktenschrank und einem Schreibtisch ausgestattet, der von ungeordneten Papieren überquoll. Hinter dem Schreibtisch stand ein Bürodrehstuhl mit Armlehnen, und an der Wand hing eine Straßenkarte von Berlin. Schultz setzte sich in den Drehstuhl und wies auf den Schreibtisch.

»Schieben Sie's beiseite.«

Bayer spürte die ablehnende Haltung des Mannes und war etwas irritiert. Schultz' schroffer Ton wurde von dem Berlinisch, das er sprach, nur noch verstärkt; der lauernde Vorbehalt war jedenfalls nicht zu überhören. Ein direkter Angriff war vielleicht besser als jede umwegige Einleitung.

»Soweit ich weiß, haben Sie ein Problem, Herr Schultz.«

»Davon höre ich zum erstenmal.«

»Vielleicht ist es Ihnen nicht klar, aber die Gestapo ist ein Problem.«

Die Augen des Mannes verengten sich zu Schlitzen, und die große Faust auf dem Schreibtisch ballte sich.

»Sind Sie von der Gestapo?«

»Wie alt sind Sie, Schultz?«

»Neunundzwanzig.«

»Warum sind Sie dann nicht bei der Wehrmacht?«

Schultz zuckte die Achseln. »Ich bin zurückgestellt worden. Sie brauchen mich, um die zerbombten Häuser zu sprengen.«

»Für welche Regierungsbehörde arbeiten Sie?«

»Nicht für die Regierung, für die Berliner Stadtverwaltung, Dr.-Ingenieur Rolf.«

»Was fahren Sie für einen Wagen?«

»Einen kleinen DKW.«

»Und wem gehört der große Mercedes im Hof?«

»Meinem Bruder.«

»Was arbeitet er?«

»Er macht die Verwaltungsarbeit. Ich bin nur für die Sprengungen zuständig.«

»Warum fahren Sie nicht auch einen Mercedes?«

»Das wäre Geldverschwendung. Es ist ein Auto für Angeber. Im übrigen könnte ich meinen Bruder auszahlen, wann immer mir danach ist.«

»Sind Sie verheiratet?«

Schultz lachte. »Sind Sie verrückt? Ich bekomme auch so alles, was ich will, ohne mich an die Leine legen zu lassen.«

»Bis wann sind Sie zurückgestellt?«

»Noch zwei Monate.«

»Wären Sie daran interessiert, für immer zurückgestellt zu werden?«

Schultz grinste. »Sie wollen mich aufs Glatteis führen, was, Kumpel? Wer sind Sie?«

Bayer griff in sein Jackett, holte seinen SS-Ausweis hervor und zeigte ihn Schultz, der ihn sich genau ansah und dann fragend aufsah.

»Ich verstehe immer noch nicht. Was ist los?«

»Ich möchte Sie für ein paar Wochen anheuern, Herr Schultz.«

»Sie meinen, eine meiner Abrißgruppen?«

»Nein, ich meine genau das, was ich gesagt habe. Ich möchte *Sie* anheuern. Es handelt sich um eine besondere Aufgabe, die nicht ungefährlich ist. Wenn Sie davor zurückschrecken, wenn sie Ihnen Angst einjagt, ich könnte es verstehen und würde es akzeptieren.«

Schultz schüttelte den Kopf. Dieser Besucher gab ihm Rätsel auf.

»Ich habe noch nie in meinem Leben vor irgend etwas Angst gehabt, mein Freund.«

»Dann sind Sie mein Mann.«

»Ist es ein Auftrag von der SS?«

»In gewisser Weise, ja. Es ist zwar inoffiziell, aber wenn wir Erfolg haben, wird man Ihren Beitrag zu würdigen wissen.«

»Wer ist ›wir‹?«

»Sie, ich und vier andere.«

Bayer bemerkte, daß Schultz zwar immer noch etwas befremdet war, aber auch über die Vorteile einer öffentlichen Anerkennung nachdachte; ohne die anderen Dinge darüber zu vergessen.

»Und was ist mit den Leuten aus der Prinz-Albrecht-Straße?«

»Sie werden für einige Wochen weg sein, und danach werden sie kein Problem mehr für Sie sein.«

»Wann soll es losgehen?«

»Wie lange werden Sie brauchen, um hier alles zu übergeben?«

»Ich habe zwei gute Vorarbeiter; das ist in wenigen Stunden erledigt.«

»Um es zu wiederholen, es ist wirklich gefährlich.«

Schultz grinste. »Ich glaube, ich kann der SS noch das eine oder andere beibringen, mein Freund.«

Bayer gab ihm Kästners Adresse und verbot ihm, mit irgend jemandem über die Angelegenheit zu sprechen, auch nicht mit seinem Bruder. Schultz sah ganz so aus, als würde er es genießen, etwas zu wissen, wovon andere keine Ahnung hatten.

Rudi Krüger wohnte im Wedding, in einem der Wohnblöcke, die die Stadt für Arbeiterfamilien hatte bauen lassen. Er kam selbst an die Tür, da seine Frau zur Arbeit war. Er war vierundzwanzig und hatte bis zum Kriegsausbruch als Automechaniker in einer Reparaturwerkstatt gearbeitet. Jetzt war er selbständig und konnte nicht über Beschäftigungsmangel klagen, da sein Lungenleiden es unwahrscheinlich machte, daß er eingezogen würde. Die meiste Zeit arbeitete er für den Fahrzeugpark der SS-Leibstandarte »Adolf Hitler«, Sepp Dietrichs Elite-Division, die sich nach dem Polenfeldzug und dem Marsch durch Holland nach Paris selbst als besondere Einheit ausgegliedert hatte.

Rudi Krüger lebte nur für seine Verbrennungsmotoren und arbeitete bis spät in den Abend an ihnen, obwohl man ihn nur schlecht bezahlte. Er betete die Helden der Leibstandarte an, und die Wände seines Zimmers waren bedeckt mit Fotografien von Obergruppenführer Sepp Dietrich und seinen Untergebenen. Einen Ehrenplatz nahm ein unter Glas gelegter und gerahmter Ärmelaufnäher der Leibstandarte ein.

Bayer wußte schon nach zehn Minuten, daß er in ihm einen idealen Rekruten gefunden hatte. Als er schließlich zur Sache kam, war er dennoch überrascht von dem Eifer, mit dem der junge Mann zugriff. Er stellte keine Fragen, wollte keine Einzelheiten wissen. Er würde für einen SS-Offizier arbeiten und mit Autos zu tun haben, das genügte ihm. Seiner Frau wollte er erklären, er müsse für einige Wochen an die Fahrschule der SS nach München. Er war schon öfter dorthin gerufen worden.

Auf dem Weg zurück zu Kästners Wohnung wurde sich Bayer bewußt, daß er jetzt für diese vier Männer und die Frau, die nur zum Teil wußten, was sie erwartete, und wahrscheinlich den Eindruck gewonnen hatten, ihr außergewöhnliches Unternehmen sei, trotz der Geheimhaltung, von höheren Stellen abgesegnet, die alleinige Verantwortung trug.

Er rief seinen Vater in dessen Berliner Wohnung an und verabredete sich mit ihm zum Abendessen. Kästner war unterwegs, um Schultz und Krüger abzuholen.

»Nicht in Uniform?«

»Ich habe Urlaub, Vater.«

»Mein Gott, Junge, wenn ich Sturmbannführer der SS wäre, würde ich die ganze Zeit in Paradeuniform umherlaufen. Nebenbei, der alte Helmut hat aus Schloß Eger angerufen. Wie es scheint, warten zuhause ein paar Freunde von dir auf dich, zwei Männer und eine Frau.«

»Ich weiß, Vater, ich hätte es dir sagen sollen. Ich habe es einfach vergessen.«

»Macht nichts, der alte Helmut mag sie. Er sagt, sie spielen ihm all die Wiener Lieder vor. Laß uns essen.«

Er schlug auf die Tischklingel, worauf eine alte Frau hereinkam, die sich vor dem jungen Mann verbeugte und dann den Baron, auf Befehle wartend, anblickte.

»Sie können auftragen, Maria. Was gibt es heute?«

»Omelette, Herr Baron, Champignonomelette.«

»Gut, gut. Bringen Sie es herein.«

Nach dem Essen gingen sie in das Nebenzimmer und setzten sich in die Barocksessel. Zwischen ihnen auf dem Tisch stand eine Karaffe mit Cognac.

»Wie lange willst du in Berlin bleiben, Vater?«

»Weiß Gott, Junge, einen Monat oder länger, das hängt davon ab. Wir haben die Anweisung erhalten, in Braunschweig Panzerketten herzustellen, in drei Schichten, sieben Tage die Woche. Die Produktion soll jeweils am selben Tag noch nach Dortmund und Essen ausgeliefert werden.«

Der alte Mann blickte seinen Sohn aus seinen klugen Augen heraus an. »Du weißt, was das bedeutet, Max?«

»Ja, einen Landkrieg.«

»Gegen die Russen?«

»Er hat immer gesagt, daß dort die Gefahr liegt.«

»Ich dachte, die Spannungen hätten sich etwas gelegt, nachdem Ribbentrop in Moskau den Vertrag unterschrieben hat.«

»Meiner Meinung nach ist dieser Vertrag auch nicht mehr wert als das Münchner Abkommen mit Chamberlain. Aber es wird noch sieben oder acht Monate dauern, ehe wir Rußland angreifen können.«

»Bist du sicher?«

»Ja, denn bis die Wehrmacht entsprechend umgruppiert und vorbereitet ist, wird es Winter sein, und dann ist das Gelände für Fahrzeuge nicht passierbar.«

»Wann wird es also losgehen?«

»Nächstes Jahr, im Mai vielleicht, eher noch im Juni.«

»Warum nur hat England sein Friedensangebot nicht angenommen? Es wird wieder unser alter Alptraum werden: ein Zweifrontenkrieg.«

»Sie haben mit einer Invasion gerechnet. Sie kam nicht, und jetzt rechnen sie nicht mehr mit ihr. Ich habe einen Geheimdienstbericht gelesen, in dem stand, daß Churchill im Mai vorausgesagt hat, wir würden eine Invasion nie wagen. Aber vielleicht beweisen wir ihm ja noch das Gegenteil, noch ist Zeit dazu.«

»Wie lange hast du Urlaub?«

»Noch sieben Wochen.«

»Ein langer Urlaub für Kriegszeiten.«

Bayer sah seinem Vater ernst ins Gesicht. »Würdest du die nächsten sechs oder sieben Wochen in Berlin bleiben, Vater? Ich möchte auf Schloß Eger ein paar Leute ausbilden.«

»Wie du willst, mein Junge. Es steht dir zur Verfügung.« Er lächelte. »Laß mich wissen, wann es wieder sicher für mich ist, nach Hause zu kommen.«

»Spielen wir eine Partie Schach? Du kannst mit Weiß spielen, ich gebe dir einen Turm vor.«

»Du weißt, du warst erst elf Jahre alt, als du mich das erstemal geschlagen hast.«

8

Sie brauchten vier Stunden für die Fahrt auf der Autobahn nach Braunschweig und weitere eineinhalb Stunden, bis sie Schloß Eger erreichten. Zweimal wurden sie angehalten, das eine Mal von der Feldgendarmerie und das andere Mal von der NSKK. Beide Male wurden sein SS-Ausweis und die Reisegenehmigungen anstandslos akzeptiert. Kästner hatte widerstrebend zugestimmt, mit nach Schloß Eger zu kommen und an der ersten Zusammenkunft der Gruppe teilzunehmen. Schultz und Krüger schliefen ungerührt auf den Rücksitzen des BMW.

Als Bayer den langen Weg vom Pförtnerhaus entlangfuhr, waren alle wieder wach. Der alte Helmut kam heraus, um die Koffer ins Haus zu tragen, und Bayer zeigte seinen Mitfahrern ihre Zimmer.

Zum Abendessen versammelten sie sich alle an dem langen Eichentisch im großen Saal. Die Diener hatten nicht an Kristall und Silber gespart und das beste gestärkte Tischtuch aufgedeckt, aber es gab nur Tomatensuppe und geschmorte Äpfel, beides vom eigenen Gut. Es wurde allerdings angedeutet, daß es am nächsten Tag Eier und Salat geben würde.

Nach dem Essen schickte Bayer die Diener aus dem Saal. Dann stand er auf und sagte: »Ich möchte Ihnen allen danken, daß Sie gekommen sind, obwohl Sie erst sehr wenig über das wissen, was ich mit Ihnen gemeinsam vorhabe. Bevor ich Sie einander vorstelle, möchte ich Ihnen daher eine allgemeine Vorstellung von dem geben, was Sie erwartet. Anschließend haben Sie noch einmal die Gelegenheit, es sich anders zu überlegen. Es wird die letzte Gelegenheit dazu sein. Wenn Sie aussteigen wollen, werde ich veranlassen, daß man Sie noch heute abend nach Berlin zurückbringt. Wenn Sie jedoch bleiben, dann ist das eine endgültige Entscheidung. Sobald Sie von meinen Plänen wissen, kann es sich unsere Gruppe nicht mehr leisten, ein Mitglied zu verlieren. Also, dies ist eine Geheimoperation. Sie ist nicht offiziell, weil das Risiko eines Fehlschlags zu groß ist. Aber Sie werden ausgebildet und erhalten Ihre Befehle, so als wären Sie Angehörige der regulären Streitkräfte. Ist das soweit klar?«

Bayer sah von einem zum anderen. Niemand zeigte Zustimmung oder Ablehnung, ausgenommen Krüger, der eifrig nickte.

»In einigen Wochen werden wir den Kanal überqueren und in England an Land gehen. Wir werden Flugzeuge, militärische Einrichtungen und Ausrüstung zerstören und anschließend, sobald unsere Mission beendet ist, zurückkehren. *Ich* habe das Kommando. Mein Name ist Max von Bayer, ich bin Offizier der SS, im Rang eines Sturmbannführers.« Er unterbrach sich einen Moment. »Mehr will ich Ihnen heute abend nicht sagen, meine Freunde. Ihre Zimmertüren sind nicht verschlossen, es steht Ihnen frei zu gehen. Falls Sie also nicht in Gegenwart der anderen gehen wollen, können Sie dies während der Nacht tun. Falls Sie auf der Stelle fort möchten, werde ich Ihnen einen Wagen zur Verfügung stellen. Ich danke Ihnen für Ihre Aufmerksamkeit.«

Die Stühle knarrten, als die Versammelten sich entspannten. Dann meldete sich Schultz, eine Zigarre im Mund, indem er die Hand hob.

»Sie haben gesagt: ›wir sechs.‹ Und dieser Herr dort« – er zeigte mit seiner Zigarre auf Kästner – »hat mir gesagt, er sei nur als Beobachter hier. Wer sind also die sechs?«

»Ich möchte Sie jetzt noch nicht einander vorstellen, nicht, bevor Sie alle Ihre Entscheidung getroffen haben. Aber vielleicht hilft es Ihnen, wenn ich Ihnen sage, daß die junge Frau dort mit uns kommen wird.«

Schultz lächelte ungläubig. »Was, um Himmels willen, soll sie für uns tun?«

»Sie ist, genau wie Sie, mein Freund, eine Fachkraft. Morgen werden Sie erfahren, welche Aufgaben sie übernehmen wird.«

Schultz zuckte die Achseln und sah, Unterstützung erwartend, lächelnd zu den anderen am Tisch. Nur die junge Frau reagierte und sah ihn grinsend an.

Bayer wartete auf weitere Fragen und nickte Voss zu, als er die Hand hob.

»Werden wir für diese Safari bezahlt?«

»Wieviel wollen Sie denn, mein Herr?«

Voss lächelte. »Ich brauche keine Bezahlung, Sturmbannführer; nicht für ein paar Wochen. Aber die anderen könnten sie vielleicht brauchen.«

Bayer sah sich in der Runde um. »Jeder, der eine Bezahlung wünscht, kann mir dies unter vier Augen mitteilen. Will jetzt irgend jemand einen Wagen, um uns zu verlassen?«

Niemand rührte sich oder sagte etwas. Bayer hob sein Glas und sagte: »Hals- und Beinbruch!«

Die Erwiderung war dünn, aber hörbar. Kleist trank nicht mit, sondern lächelte nur.

Danach unterhielt sich Bayer noch eine halbe Stunde mit seinen Gästen über seinen Vater, das Schloß und das umliegende Land, bevor er vorschlug, sie sollten jetzt alle besser zu Bett gehen. Man werde sie am nächsten Morgen um sechs Uhr wecken.

Kästner ging mit in Bayers Schlafzimmer und setzte sich aufs Bett, während Bayer sich auszog.

»Achten Sie auf Schultz, Max. Er scheint empfindlich zu sein, und aggressiv ist er auch. Er wird Sie herausfordern, und Sie sollten es ihm gleich beim erstenmal richtig geben, sonst bleibt er ein Unruhestifter.«

»Ich habe mir da schon etwas überlegt. Er wird keine Probleme machen.«

Kästner zuckte die Achseln. »In Ordnung. Ich fahre dann morgen nach Berlin zurück. Gibt es noch etwas, was Sie brauchen?«

»Ja, eine Menge.«

»Was?«

»Ich brauche falsche Papiere, englische und deutsche Ausweise und besondere Pässe für Sperrgebiete.«

Kästner sah Bayer fast nachsichtig an. »Selbst die Abwehr kommt nicht so leicht an falsche Papiere, wie man sich das vielleicht vorstellt, Max. Es kann Wochen dauern.«

»Zehn Tage, Otto. Mehr Zeit kann ich Ihnen nicht geben. Und da ist noch etwas, Otto.«

»Heraus damit.«

»Die Standorte zweier Einheiten in der Nähe von Hannover, die über gute Waffen- und Sprengstoffdepots verfügen.«

Kästner stand auf. »Ich nehme an, Sie wollen auch noch die *Bismarck*, um den Kanal zu überqueren. Gute Nacht, mein Freund. Und liegen Sie nicht zu lange wach, um zu hören, ob Ihre Freunde Sie verlassen. Ich habe so ein Gefühl, als hätten Sie sie schon alle gewonnen. Wissen Sie, an wen Sie mich heute abend erinnert haben?«

»An wen?«

»An den Rattenfänger von Hameln.«

Bayer lächelte und schlüpfte ins Bett. Kurz bevor er einschlief, fragte er sich, was es wohl für ein Gefühl sein würde, im selben Land wie Sadie Aarons zu sein.

Otto Schultz sah sich mit gemischten Gefühlen in seinem Zimmer um. Sprengmeister sind umgekehrte Architekten. Man muß etwas vom Hausbau verstehen, wenn man das aus Ziegelsteinen und Beton Gefügte wieder dem Erdboden gleichmachen will. Schloß Eger war in jeder Hinsicht solide gebaut, er vermutete, noch vor der Reichsgründung 1871, zu einer Zeit also, als Material und Bauarbeiter noch leicht und billig zu bekommen waren. Sogar die Innenwände waren doppelt gemauert, und die Fensterrahmen waren handgearbeitet und von gutem einheimischen Stein eingefaßt. Die Türklinke, die Scharniere und die Lampen waren aus Messing, und der Fußboden bestand aus solidem Eichenholz. Mit zwei Gruppen, überlegte er, würde es ein gutes halbes Jahr dauern, ehe Schloß Eger dem Erdboden gleichgemacht wäre, und etwas länger, wenn er die Teile von Wert vorher abmontieren dürfte.

Als Sprengmeister fand er Schloß Eger bewundernswert. Als Mensch fand er es entschieden anstößig. Es repräsentierte genau jene empörende Zurschaustellung von Macht und Reichtum, die für die mit dem »von« im Namen typisch war, die Fingerschnipper mit den kalten grauen Augen, die sich ständig über die Last der Steuern beklagen, aber nie welche bezahlen, und andere nur als Diener oder Arbeiter betrachten, die man je nach Laune einstellen oder feuern kann.

Otto Schultz und sein Bruder waren seit ihrem vierten beziehungsweise dritten Lebensjahr in einem Waisenhaus in der Nähe von Berlin aufgewachsen. Otto konnte sich noch daran erinnern, wie er in der düsteren Eingangshalle stand, während seine Mutter irgendwelche Papiere unterschrieb. Das war das letztemal gewesen, daß die Brüder sie gesehen hatten. Die meisten der Jungen in dem Heim waren Halb- oder Vollwaisen gewesen. Nur die Brüder Schultz hatten noch beide Elternteile besessen, aber ihre Eltern hatten sie nicht gewollt. Die beiden überlebten, wie das kleine Jungen eben tun, nur entwickelten sie dabei eine Aggressivität und einen Zynismus, die ans Pathologische grenzten. Keiner von ihnen hatte oder wünschte eine menschliche Beziehung, die über das Zweckhafte und Geschäftliche hinausging.

Sie hatten beide mit vierzehn als Arbeiter in einer Baufirma angefangen. Otto war als erster aus dem Waisenhaus entlassen worden, und Fritz war ein Jahr später zu ihm in sein schäbiges Zimmer gezogen. Ihr Verhältnis zueinander war von jeder Zuneigung frei, statt dessen eher von gegenseitiger Duldung bestimmt, und Versuche von außen, waren sie auch noch so vorsichtig, sich mit ihnen anzufreunden, stießen auf schroffe Ablehnung, ob sie nun von Frauen oder Männern unternommen wurden. Dabei waren sie weniger bösartig als direkt und ehrlich. Diese arrogante Unabhängigkeit war, wie man es oft beobachten kann, auf Frauen nicht ohne Wirkung. Mit sechzehn hatten sie beide ihre ersten sexuellen Erfahrungen gemacht, mit Frauen aus ihrer eigenen Schicht. Aber mit der Zeit und dem finanziellen Erfolg waren auch ihre Eroberungen exotischer geworden. Es gab junge Frauen, die die Brüder als Herausforderung betrachteten, als wilde Tiere, die sie zähmen würden, andere, die von einer reichen Heirat träumten, und die wahrhaft unschuldigen, die das animalische Vergnügen der Brüder als Zeichen von Zuneigung oder Liebe mißdeuteten. Die einzigen aber, die auf ihre Kosten kamen, waren diejenigen, die nichts als die animalische Lust erwarteten. Und nicht einmal die scharfsichtigsten Frauen erkannten in der eilig vollzogenen Kopulation die Rache an der Mutter, die sie weggegeben und verlassen hatte. Bei Fritz wirkte dieses Motiv eher unterbewußt, für Otto jedoch war es bewußter, einkalkulierter Bestandteil seines Vergnügens.

Auf einer gesellschaftsfähigeren Ebene wußten die Brüder Schultz durchaus, wie man ein erfolgreiches Geschäft führt. Fritz konnte mit Geld umgehen und wußte, wie der Fiskus zu umgehen war. Sie hatten zweiundzwanzig Konten eröffnet, und unter der Baracke auf dem Betriebshof waren vier große Metallkisten über einen Meter tief vergraben. Das Loch war, wie es sich für die Besitzer der Kisten geziemte, sorgfältig mit Eichenholzbalken verschalt und abgestützt. Dort unten lagerte der Schatz der Brüder, Juwelen, Goldbarren und ungeschliffene Diamanten, die sie von polnischen Flüchtlingen gekauft hatten.

Otto Schultz zog sich langsam aus und legte jedes Kleidungsstück sorgfältig zusammen und dann auf einen der Barockstühle im Zimmer. Als er die Bettdecke bis zum Kinn hochzog, dachte er kurz an das Mädchen. Sie war eine dieser kühlen Schönheiten »von Welt«, die immer so aussahen, als wüßten sie nicht, was vorgeht, die sich ungerührt langlegen und es dich tun lassen. Sie schien in diesen Kleist verliebt zu sein, aber der sah mit seinen großen, traurigen braunen Augen und den gewellten Haaren aus, als wäre er schwul. Schultz dreht sich auf die Seite und schlief fast sofort ein.

Walter Kleist lag auf dem Rücken und in ihrem Doppelbett. Seine dunkle Hautfarbe wurde durch das weiße Bettuch noch hervorgehoben. Uschi Lange hatte ein Exemplar der *Welt* unter ihm ausgebreitet, damit er das Laken nicht schmutzig machte. Er war nackt, und auf seinem flachen Bauch breitete sich ein großer bläulicher Fleck aus, der fast harmlos gewirkt hätte, wenn da nicht der feucht glänzende Muskelwulst mit der eiternden Brandwunde gewesen wäre. Langsam und vorsichtig strich die Frau das Öl über das rohe Fleisch. Kleist hatte sich die rechte Hand in den Mund gesteckt, um nicht laut loszuschreien. Die Wunde erstreckte sich vom Bauch abwärts über die Hüften bis auf die Vorderseite der Oberschenkel.

Krüger und Voss in ihren Zimmern verrichteten ihre Nachtgebete. Krüger kniete sich dazu neben das Bett, während Voss bequem im Bett liegend die Hände über der Bettdecke faltete. Krüger brauchte einige Zeit, um seine Aufregung darüber, daß er für solch ein gefährliches Unternehmen ausgewählt worden war, abklingen zu lassen. Voss las noch einige Minuten, dann schaltete er das Licht aus und schlief sofort ein.

9

Bayer wurde vom alten Helmut kurz vor fünf Uhr wachgerüttelt, und erst nachdem er seine heiße Schokolade getrunken hatte, kam ihm wieder zu Bewußtsein, wo er war und was er vorhatte. Für einen Moment erschien es ihm wie ein verrückter Traum, doch im nächsten Augenblick hatte er seine Gedanken wieder unter Kontrolle.

Niemand hatte das Schloß und die Gruppe während der Nacht verlassen, aber Bayer spürte, daß sich die Stimmung der Leute verändert hatte. Um sieben Uhr hatten alle ihr Frühstück beendet, und er bat sie in einen der kleineren Empfangsräume im Seitenflügel des Schlosses. Er hatte ihn schon für ihre Zusammenkunft vorbereitet, zwei Tische aufstellen lassen, an denen für jeden ein Stuhl stand, und an der Wand eine große Karte der Kanalküsten und des Hinterlandes auf beiden Seiten des Kanals aufgehängt.

Nachdem er jedes Gruppenmitglied mit kurzen Angaben zu seiner Herkunft und den Aufgaben, die es in der Operation übernehmen würde, vorgestellt und eine Stunde lang über die Planung der »Operation Seelöwe«, ohne jede Kritik an irgendeinem der Wehrmachtteile, berichtet hatte, gab er einen Überblick über seine eigenen Pläne.

Als er seinen Vortrag beendet hatte, wandte er sich an Schultz: »Otto, Sie werden dann bitte über Sprengstoffe und Sprengkommandos sprechen. Ich möchte, daß jeder von Ihnen fähig ist, eine einfache Sabotagesprengung durchzuführen, nachdem Otto Ihnen im einzelnen gesagt hat, was dabei zu tun ist. Sie haben vierzehn Tage Zeit, um sich die Spezialkenntnisse jedes anderen Gruppenmitglieds anzueignen.« Danach wandte er sich an Krüger: »Rudi, Sie werden Fräulein Lange unterstützen.« Zu Voss sagte er: »Erich, Sie werden jeden Tag eine Stunde Unterricht über Waffen erteilen. In einigen Tagen werden wir dann mit täglichen Schießübungen beginnen. Heute abend werde ich Ihnen die Handbücher vorlegen, die für die ›Operation Seelöwe‹

ausgearbeitet wurden, und Sie mit der gegenwärtigen Lage in England bekannt machen. Und jetzt, Otto, übernehmen Sie bitte.«

Bayer ging mit Kästner in das Arbeitszimmer seines Vaters. Nachdem er zwei Stühle für sie zurechtgerückt und sie sich gesetzt hatten, fragte er: »Kann ich Ihnen jetzt die genaue Liste der Papiere geben, die ich brauche?«

Kästner lächelte schief. »Sicher können Sie das, aber ich kann nicht dafür garantieren, daß Sie sie auch bekommen.«

»Ich möchte erstklassige britische Zivilausweise für jeden von uns, außerdem britische Krankenscheine sowie militärische Bescheinigungen und Wehrpässe, die uns als Versorgungseinheit oder als aus gesundheitlichen Gründen entlassen ausweisen. Und ich möchte dreitausend englische Pfund – echte. Ich werde Ihnen einen Scheck mit dem entsprechenden Betrag in Reichsmark mitgeben. Und ich möchte den Namen und den gegenwärtigen Standort des U-Boot-Kommandanten, den Generaladmiral Saalwächters Pariser Hauptquartier in die Planungsgruppe geschickt hatte; dieses vorlauten Kapitänleutnants, Sie wissen schon.«

Kästner seufzte. »Auf welchen Namen sollen die Papiere lauten?«

»Das liegt bei Ihnen, Otto, aber die Initialen sollten erhalten bleiben, und die Vornamen, wenn möglich, den deutschen entsprechen.«

»Der Kapitänleutnant heißt Karl Westphal, stationiert ist er in den U-Boot-Bunkern in Brest.«

»Sind unsere ›Seelöwe‹-Ausweise inzwischen für ungültig erklärt worden?«

»Nicht daß ich wüßte. Aber das kann jeden Tag passieren.«

»Sie scheinen voller Zweifel zu stecken, Otto. Was ist?«

Kästner sah an Bayer vorbei durch das Fenster, wo sich die Wiesen wellenförmig bis zum Waldrand hinzogen. In der Ferne waren weidende Schafe zu sehen. Kästner schloß für einen Augenblick seine Augen, und Bayer wartete still ab, bis er nach einigen Minuten schließlich erwiderte: »Als Sie vorhin zu den anderen gesprochen haben, ist mir klargeworden, wie verschieden wir im Grund sind, Sie und ich. Ich verbringe meine Zeit damit, Berichte zu lesen, die Lage zu analysieren, vorauszusagen, was als nächstes passieren könnte, mögliche Aktionen vorzuschlagen und bei ihrer Vorbereitung mitzuhelfen. Andere erledigen dann die Dreckarbeit. Ich habe nie in meinem Leben in irgendeiner Form Gewalt angewendet. Ich habe nie jemanden getötet oder verletzt. Ich kann mir auch nicht vorstellen, das je zu tun. Sie aber sind ein Tatmensch, Ihrer selbst gewiß und sicher, daß andere Ihnen folgen, nur weil Sie es Ihnen sagen. Sie haben Mut, moralischen und physischen, während auf meiner Seite die Klugheit und die Erfahrung stehen.«

»Das ergibt, alles in allem, eine gute Kombination, Otto.«

Kästner seufzte tief auf. »Ich weiß, Max. Ich weiß. Aber meine Klugheit oder meine Ignoranz sagen mir, daß dieser Haufen von Invaliden nicht gerade wie eine siegreiche Mannschaft aussieht. Wenn Sie ein halbes Dutzend Fallschirmspringer oder Panzerleute hätten, dann könnte ich vielleicht an den Erfolg glauben. Aber wenn ich an diese Leute denke, weiß ich nicht, ob ich Sie nun für todesmutig oder schlicht für verrückt halten soll.« Er blickte Bayer ernst und besorgt an. »Haben Sie sich das wirklich genau überlegt, Max?«

Bayer antwortete leise: »Sie haben doch beim ›Seelöwen‹ erlebt, Otto, was passiert, wenn man jede Kleinigkeit perfekt planen will, nämlich gar nichts. Ich kann auch mit meinen Invaliden durchaus Erfolg haben. Im übrigen sind sie nicht alle invalide, nur Kleist ist es wirklich.«

»Und Krüger, der nur einen funktionsfähigen Lungenflügel besitzt?«

»Na gut, also zwei Invalide. Aber es sind Freiwillige, und sie verstehen ihr Metier.«

Kästner stand auf. »In drei oder vier Tagen werde ich zurück sein, Max. Und wenn ich Glück habe, bringe ich mit, was Sie verlangt haben. Ich werde dann hierbleiben, bis Sie sich auf den Weg machen. Vielleicht kann ich Ihnen ja noch irgendwie nützlich sein.«

»Danke, Otto.«

»Bayer ging langsam zurück zu dem Zimmer, in dem er die anderen zurückgelassen hatte. Sie blickten kaum auf, als er eintrat und still neben der Tür stehenblieb. Schultz stand über einen der Tische gebeugt und wies auf ein Blatt Papier. Er nickte Uschi Lange zu. »Zeigen Sie mir, wo Sie die Sprengladung anbringen würden?«

Sie zeigte auf einen Punkt auf dem Papier.

»Nicht schlecht. Jetzt Sie.« Er nickte Voss zu, der sagte: »In der Ecke.«

»Warum?«

»Weil dann beide Wände zum Einsturz gebracht werden.«

Schultz nickte und sah sich in der Gruppe um. »Andere Vorschläge?«

Niemand meldete sich. »Nun, Sie hätten erhebliche Zerstörungen erreicht, aber erinnern Sie sich daran, was ich über die zweistufige Sprengung gesagt habe. Zunächst eine kleinere Sprengladung und erst danach die Hauptladung: damit hätten Sie einen Verstärkungseffekt, weil die Hauptladung auf ein schon erschüttertes Baugefüge trifft.«

Er unterbrach sich und drehte sich zu Bayer um. »Wollen Sie übernehmen, Sturmbannführer?«

Bayer nickte, bewegte sich aber nicht von seinem Platz fort. »Herr Voss, ich möchte, daß Sie, nachdem Sie die Waffen vorgeführt haben, mit den anderen ins Gelände gehen, irgendwohin innerhalb der Grenzen des zu Schloß Eger gehörenden Besitzes. Die Karten finden Sie dort auf dem Tisch in der Ecke. Zeigen Sie den anderen, wie man Karten liest, und beginnen Sie auch schon mit dem Felddienstunterricht. Mittagessen gibt es um ein Uhr, Brot und einen Apfel. Die Eier bekommen wir heute abend. Bitte, Herr Voss.«

Voss stand langsam auf und strich sich den Schnurrbart glatt, während er sich in der Runde umsah. Dann holte er eine Luger aus seiner Tasche und legte sie auf den Tisch. »Dies, meine Damen und Herren, ist eine Lugerpistole. Entwickelt wurde sie nach Borchards Original vom Sohn eines Zahnarztes. Das Magazin enthält acht Patronen, und ich werde Ihnen beibringen, wie man mit ihr schießt und wie man sie auseinandernimmt. Die Wehrmacht setzt bei der Ausbildung ihrer Rekruten sechs Wochen dafür an. Ich hoffe, es mit Ihnen in vier Tagen zu schaffen. Außer der Luger werden wir noch Gewehre und Maschinenpistolen durchnehmen.« Er griff nach der Pistole und entnahm ihr mit Zeigefinger und Daumen das Magazin. »Als Munition wird 9 mm Parabellum verwendet. Lassen Sie mich erklären, warum wir . . .«

Bayer öffnete leise die Tür und ging hinaus. Sie sind fantastisch, dachte er, und die unbestimmte Niedergeschlagenheit, die er seit dem Morgen zu bekämpfen hatte, verflüchtigte sich, während er zurück in das Arbeitszimmer seines Vaters ging.

Am frühen Abend klopfte es an der Tür des Arbeitszimmers. Nach dem zweiten Klopfen rief Bayer: »Herein.«

Es war Voss. »Entschuldigen Sie, Sturmbannführer, kann ich einen Augenblick mit Ihnen sprechen?«

»Setzen Sie sich, Erich. Was haben Sie für ein Problem?«

»Es geht um Walter Kleist. Es ist ein sehr mutiger Mann, aber er sollte an den Felddienstübungen nicht teilnehmen. Eigentlich gehörte er in ein Krankenhaus.«

»Wie kommen Sie darauf?«

»Nicht nur ich, wir alle meinen das.« Die blauen Augen blickten unverwandt auf Bayer. »Haben Sie seinen Körper gesehen?«

»Nein, das habe ich nicht.«

»Schultz hörte ihn schreien und hat ihn gesucht. Er hatte sich in einem Dornenbusch verfangen. Schultz mußte ihm das Hemd ausziehen, um ihn loszubekommen, und unser Walter fiel in Ohnmacht. Schultz kam mich holen. Sturmbannführer, der Körper dieses Mannes ist eine einzige offene Wunde. Er muß ständig unter Schmerzen leiden.«

»Was schlagen Sie vor?«

»Wir sollten ihn nicht mitnehmen, das wäre für ihn wie uns alle am besten. Ein kranker Mann auf Feindesgebiet wäre eine zu große Belastung.«

»Er hat nicht mehr lange zu leben, Erich. Und er weiß das. Ihn nicht mitzunehmen, würde zu den vorhandenen noch eine weitere Wunde hinzufügen. Und außerdem würde dann auch Uschi Lange nicht mitkommen wollen.«

»Und wenn er in Agonie fällt, während wir im Einsatz sind, was dann?«

»Dann müßte er selbst zusehen, wie er überlebt.«

»Und uns verraten.«

»Das würde er nicht tun, Erich, genausowenig wie Sie oder ich.«

»Es gibt immer Männer, die einen Krieg als Entschuldigung dafür vorschieben, daß sie sich wie die Tiere verhalten.«

»Ich werde darüber nachdenken, Erich. Danke dafür, daß Sie es mir gesagt haben. Und soweit haben Sie recht, Walter wird keinen Felddienst mehr leisten.«

Nachdem Voss gegangen war, setzte sich Bayer an den Schreibtisch seines Vaters und dachte nach. Kleist war also schon »unser Walter«. Das war ein gutes Zeichen.

Ein nachdrückliches Klopfen unterbrach seinen Gedankengang. Es war Schultz, der eintrat. »Sind Sie beschäftigt, Freund?«

»Kommen Sie nur herein, Otto. Setzen Sie sich.«

Schultz rauchte eine Zigarre, und seine Hemdsärmel waren, wie immer, bis zum Ellbogen hochgerollt.

»Hat der alte Voss mit Ihnen über Kleist gesprochen?«

»Ja.«

»Wir können ihn unmöglich mitnehmen, soviel ist sicher. Er wäre nur eine Last.«

»Warum?«

»Haben Sie seinen Körper gesehen? Als hätte man ihm die Haut abgezogen. Wie er dazu gekommen sein mag? Es sieht aus wie Verbrennungen.«

»Er war Offizier einer Panzereinheit in Polen. Die Wunden hat ein Flammenwerfer angerichtet. Er hat das Ritterkreuz dafür bekommen.«

Schultz sog an seiner Zigarre und ließ langsam den Rauch aus. Dann stand er auf, ging zum Fenster hinüber und starrte eine Weile schweigend hinaus. Schließlich drehte er sich um und sah Bayer fragend an. »Warum wollten Sie ihn haben? Was ist seine Aufgabe?«

»Ich wollte einen zweiten Mann mit militärischer Ausbildung. Seine Beurteilungen sind gut, und er hat Schneid. Und er hat sich freiwillig zur Verfügung gestellt.«

Schultz sah Bayer immer noch ins Gesicht. »Warum haben Sie keine Soldaten für dieses Unternehmen bekommen?«

»Es ist kein offizielles Unternehmen, Otto. Wir handeln auf eigene Faust. Wenn wir Erfolg haben, wird es an Auszeichnungen nicht fehlen; wenn nicht, wird kein Hahn nach uns krähen.«

»Sie wollen Kleist also mitnehmen?«

»Genau das. Und er will mitkommen.«

Schultz nickte langsam. »Ich werde mich um ihn kümmern, überlassen Sie das ruhig mir.«

»Ich wollte sowieso mit Ihnen sprechen, Otto.«

»Worüber?«

»Ich möchte Sie zu meinem Stellvertreter machen.«

Die Überraschung auf Schultz' Gesicht war echt. »Jesus, aber ich bin nicht einmal Soldat. Warum also ich?«

»In drei Wochen sind Sie es, Otto. Aber wenn Sie Angst haben . . .«

Schultz streckte Bayer aufgebracht den Zeigefinger entgegen, und sein Gesicht lief vor Ärger rot an. »Wenn Sie noch einmal . . .« Dann bemerkte er das Lächeln auf Bayers Gesicht und fuhr leise fort: »Bayer, Sie sind ein schlauer Fuchs.« Er hielt inne, dann sagte er: »Gut, ich werde also Ihr Stellvertreter sein.«

»Gehen wir essen, Otto. Der ›alte‹ Voss ist übrigens fünfundvierzig.«

»Alt genug«, erwiderte Schultz.

Bayer war zu Kleists Zimmer hochgegangen und klopfte an die Tür. Uschi Lange öffnete ihm mit dem Finger vor dem Mund.

»Wie geht es ihm?« fragte Bayer flüsternd.

Sie kam in den Korridor hinaus und schloß leise die Tür hinter sich. »Er schläft jetzt seit einer Stunde. Er wird in Ordnung sein, wenn er aufwacht.«

»Ich habe gehört, daß er schlimm verwundet wurde.«

Sie seufzte. »Nicht nach seinen Maßstäben, Max. Er war nachlässig gewesen, hat einen Fehler gemacht; die Schmerzen waren nicht neu für ihn. Aber er fürchtet, daß die anderen ihn jetzt nicht mehr wollen, weil sie seine Verbrennungen gesehen haben.«

»Otto Schultz hat sich als sein Beschützer angeboten.«

»Das verstehe ich nicht. Er ist so arrogant, so grob.«

Bayer nickte. »Er wird sich um Walter kümmern, Uschi. Meinen Sie, Walter könnte in einer halben Stunde herunterkommen und etwas für uns spielen?«

»Ich glaube schon, vorausgesetzt, er wacht bis dahin auf.«

»Würden Sie auch ohne seine Begleitung singen?«

Sie lächelte: »Ja. Ich werde *Ich schenk mein Herz* singen.«

Während des Abendessens wurde nicht viel gesprochen; es war klar, daß der Unfall von Kleist sie nachdenklich gemacht hatte. Sie waren hin und her gerissen zwischen der Sympathie für den Mann und der Befürchtung, er könnte sich als das schwache Glied in der Kette erweisen.

Bayer hatte Helmut angewiesen, den Kamin in der Wohnhalle anzuheizen, und auf dem niedrigen Tisch standen eine halbe Flasche Weinbrand und Gläser bereit.

Otto Schultz bemerkte Kleist und Uschi Lange als erster auf der Treppe. Er schob seinen Stuhl zurück, stand auf und ging zum Fuß der breiten Treppe hinüber. Kleist lächelte, als er unten ankam, aber sein Gesicht war von Schweißperlen bedeckt.

Bayer ging zu den dreien und fragte: »Wie fühlen Sie sich, Walter?«

»Gut, mein Junge. Es ist das Alter. Sie wollten, daß ich ein oder zwei Liedchen spiele?«

»Nur wenn Ihnen danach ist, Walter.«

»Dann wollen wir anfangen. Würden Sie so nett sein, den alten Helmut zu holen. Er mag die Art von Schmalz, die ich spiele.«

»Er gießt uns gerade den Kaffee ein.«

Kleist machte es sich auf dem Klavierstuhl bequem, und die Frau lehnte sich mit gekreuzten Armen auf das Klavier und betrachtete Kleists Gesicht, während er zu spielen begann. Er drehte sich halb auf dem Stuhl um und kündigte an: »Die ersten fünf Nummern sind für den alten Helmut.«

Die nächsten zehn Minuten spielte Kleist Straußwalzer, und zwar mit einer Lust und einer Energie, die seine Schmerzen Lügen straften. Er beendete den Potpourri mit dem Walzer aus dem *Rosenkavalier*. Nach dem letzten Akkord war es für eine Sekunde völlig still, bevor der Applaus einsetzte.

Danach folgten all die beliebten Wiener Operettenlieder. Uschi Lange sang *Ich schenk dir mein Herz* und am Ende, ganz sanft, *Sag beim Abschied leise Servus*. Der Applaus war enthusiastisch, und amüsiert erfüllte sie Bayers Bitte, ein Lied noch einmal zu wiederholen.

Als Kleist schließlich den Klavierdeckel schloß und sich zu den anderen umdrehte, stand Bayer auf und dankte ihnen beiden. Dann wandte er sich an die anderen: »Und nun, meine Herren, kommen wir zurück auf den Erdboden. Heute nacht werden wir zu Soldaten. Wir werden nicht zu Bett gehen, sondern unsere erste Nachtübung abhalten. Herr Voss wird Ihnen auf der Karte zeigen, wie Sie zu dem Waldstück, das Kleiner Mittelwald genannt wird, gelangen. In diesem Wald befindet sich eine Jagdhütte. Ich möchte, daß Sie einer nach dem anderen hinausgehen und innerhalb von neunzig Minunten mit einer Skizze des Waldes und Ihrer Route zu der Jagdhütte wieder zurück sind. Herr Voss, würden Sie das bitte in die Hand nehmen. Walter und Uschi, Sie bleiben hier. Walter wir die Skizzen prüfen, und Uschi wird das Wasser am Kochen halten, damit Sie einen Kaffee trinken können, wenn Sie zurück sind.« Er nickte Voss zu, aber bevor er etwas sagen konnte, trat Helmut in das Zimmer und sagte: »Junger Herr, ein Telefongespräch aus Berlin für Sie.«

Bayer nickte. »Machen Sie weiter, Herr Voss.«

Kästner war am anderen Ende der Leitung. Er klang müde. »Sind Sie allein, Max?«

»Mehr oder weniger.«

»Wollen Sie einen Kurzwellensender?«

»Welches Modell.«

»Siemens 127.«

»Ich werde Uschi fragen. Bleiben Sie dran.«

Nach wenigen Minuten war er wieder am Telefon. »Die Antwort lautet: ja, sofern wir zwei separate Kristalle bekommen können.«

»Das ist kein Problem. Übermorgen komme ich zu Ihnen zurück. Ihr Glück scheint anzuhalten.«

»Kommen Sie mit dem Auto?«
»Wenn ich Benzin bekomme, ja. Warum?«
»Ich rufe Sie morgen noch einmal an. Werden Sie zuhause sein?«
»Nicht vor dem Abend.«
»Dann melde ich mich so gegen sechs.«
»Wie geht's Ihrem Anhang?«
»Gut.«
Kästner lachte und hängte auf.
Die Nacht war fast vorbei, als Bayer ins Bett kam. Draußen dämmerte der Morgen.

10

Der Oberbürgermeister von London hatte einen Fonds zur Unterstützung der Ausgebombten ins Leben gerufen. Der Oberbürgermeister von Melbourne und der amerikanische Botschafter hatten ähnliche Fonds eingerichtet. Trotzdem kam es nachts zu häßlichen Szenen, wenn die Menge der Schutzsuchenden vor den verschlossenen U-Bahn-Stationen haltmachen mußte. Churchill überging daraufhin seine Berater und befahl, die Stationen über Nacht offenzuhalten.

Die Kriegsschiffe *Nelson* und *Hood* waren von Rosyth heruntergekommen, und Hunderte von Männern waren fieberhaft dabei, die Flugplätze des Kommandos der Jagdflieger und seine Einrichtungen zu reparieren, ehe der nächste Angriff der deutschen Luftwaffe erfolgte. Die Bomberformationen konnten zwar über Canterbury und Maidstone zerstreut werden, aber es kamen noch genug Flugzeuge durch, um Verheerung und Tod über London zu bringen.

Am letzten Tag des Septembers 1940 teilte Neville Chamberlain dem Premierminister mit, daß sein Krebsleiden ihn dazu zwinge, aus dem Kriegskabinett auszutreten. Die *Sunday Pictorial* und der *Daily Mirror* veröffentlichten vernichtende Kritiken über die Regierungspolitik; Churchill betrachtete sie als Teil eines finsteren Plans, das Land zum Aufgeben zu bewegen. Das ganze Land, von den führenden Politikern bis zu den Ausgebombten des East-Ends, hielt in Erwartung der Invasoren den Atem an. Zweimal wurde das Codewort »Cromwell« ausgegeben, weil die Invasion als unmittelbar bevorstehend angenommen wurde. Das eine Mal war es zwar ein Mißverständnis gewesen, das andere Mal aber kam der Befehl von den Stabschefs. Und die Kirchenglocken von Kent und Sussex hatten falschen Alarm gegeben, in der Annahme, die Invasion habe bereits begonnen. Nacht für Nacht tauchten die Bomber über einer völlig wehrlosen Hauptstadt auf. Sogar die in den U-Bahn-Stationen Schutz Suchenden starben an den Folgen der Bombardierung, und es gab Nächte, in denen die Feuerwehr der nach Tausenden zählenden Brände unmöglich Herr werden konnte. Am 1. Oktober konnten nur noch die Stationen Paddington und King's Cross benutzt werden. Die deutsche Luftwaffe bombardierte daneben immer noch Tag und Nacht die Hafenstädte an der Südküste, was allgemein als Vorbereitung der geplanten Invasion angesehen wurde.

Beunruhigende Berichte, die das Kriegskabinett über Madrid erhielt, sprachen von einem bevorstehenden Angriff der Deutschen auf Jugoslawien und Griechenland. Sie machten deutlich, daß die Wehrmacht in jeder beliebigen Richtung angreifen und an so vielen Fronten vorgehen konnte, wie sie wollte.

Doch während das Kriegskabinett und die Stabschefs sich mit den Tagesproblemen und den in nächster Zeit auf sie zukommenden Problemen herumschlugen, ohne die geringste Chance für einen Gegenangriff und mit der Verteidigung als einziger Möglichkeit, bildete sich das einfache Volk seine eigene Meinung. Der Mann von der Straße schien etwas zu wissen, was seine Politiker und selbst die Militärs nicht wußten. Er hatte entschieden, daß, was immer auch sonst geschehen mochte, die Invasion nicht mehr drohte. Gott oder das Schicksal hatte beschlossen, daß er leben und auch den nächsten Tag durchstehen sollte. Der Himmel mochte Nacht für Nacht vom Widerschein der Brände rotgefärbt sein, irgendwie wurde man damit fertig. Und während das Kriegskabinett mit den Problemen rang, die sich überall im Empire ergaben, lehnte sich die englische Bevölkerung zurück und bereitete sich auf einen langen Krieg vor. Sie erfuhr nichts von den Geheimdienstinformationen, nach denen Spanien kurz davorstand, auf der Seite der Achse in den Krieg einzutreten, und Vichy-Frankreich angeboten worden war, an der Neuordnung Europas zu partizipieren, wenn es Truppen gegen die Briten in Nordafrika in den Kampf schickte. Jeder Tag, jede Stunde brachten neue Probleme und Schreckensnachrichten. Von den britischen Botschaftern rund um die Welt trafen Berichte ein, die Informationen und Gerüchte über deutsche Aktivitäten von Norwegen bis Ägypten, von Washington bis Tokio enthielten. Churchill wunderte sich über das Vertrauen der Bevölkerung und war froh darüber, daß sie sich der unabwendbaren Katastrophen nicht bewußt war. Wo immer er sich zeigte, wurde er mit begeistertem Beifall begrüßt.

Moshe und Rachel Aarons saßen in der ersten Reihe und gaben sich alle Mühe, das Arrangement aus Hortensien und Geranien an der Bühnenrampe zu bewundern. Aber Moshe Aarons Gedanken waren bei seinem Vater. Wie stolz er heute abend gewesen wäre. Er hatte es weise akzeptiert, daß sein Sohn kein besonderes Interesse für die Musik hegte. Heute wäre er von seiner Enkelin für seine Resignation mehr als entschädigt worden.

Der Saal war voll. Hinter den Honoratioren der Stadt in den ersten beiden Reihen befanden sich ziemlich viele Soldaten und Flieger im Publikum. Moshe Aarons war ein sensibler Mann, und er wünschte sich, man würde die Beleuchtung etwas verdunkeln, damit er sich die Tränen aus den Augen wischen konnte. Er hätte keinen Grund für seine Tränen angeben können. Sicher war es keine Trauer, die seine Augen feucht werden ließ, eher schon das Gefühl, daß dieser Abend den Höhepunkt von so vielen Dingen darstellte. Er hatte versucht, sich die Lobeshymnen auf seine Tochter einzuprägen, aber vergeblich, das Lob als solches genügte ihm; die Gründe spielten keine Rolle. Man prophezeite ihr eine brillante Karriere, nicht als Wunderkind, dazu war sie zu alt, sondern als ausgereifte Musikerin. Sie würde zweifellos Erfolg haben, und das genügte Moshe Aarons.

Er hatte neunzig Pfund für ihr neues Cello ausgegeben. Es war zwar kein Instrument von Amati, aber aus seiner Schule hervorgegangen, und sie liebte diesen dunkelbraunen, wie eine Acht geformten Holzkörper fast mehr als ihr Leben. Heute abend war ihr erster Auftritt, für zehn Guineas; und das, obwohl sie noch am Konservatorium war. Ein kleiner Makel war nur, daß David nicht dabeisein konnte. Die Army hatte ihn in irgendeinen gottverlassenen Ort in Schottland geschickt, wo er irgendwelche deutsche Agenten verhören sollte, die von den U-Booten vor der Küste in Schlauchbooten ausgesetzt wurden. Sie kamen wie nach Fahrplan, konnten also keinen Schaden anrichten, bevor sie gefaßt wurden. Es waren Männer, die als Kellner oder Verkäufer in England gearbeitet hatten und nun wie die Schafe zur Schlachtbank an Land geschickt wurden.

Das Orchester nahm seine Plätze ein, und die Oboe gab den Kammerton vor. Der erste Programmpunkt war Beethovens *Leono-*

ren-Ouvertüre Nr. 3. Es hatte eine heftige öffentliche Debatte darüber gegeben, ob man diese »teutonische« Musik noch spielen sollte, aber die Toleranz hatte die Oberhand gewonnen.

Der Dirigent wurde mit lautem Applaus begrüßt. Er verbeugte sich kurz und drehte sich dann dem Orchester zu. Moshe Aarons versuchte, der Musik zu folgen, aber in Gedanken war er bei seiner Tochter. Er schickte ein kurzes Gebet für sie zum Himmel und anschließend eines für sich selbst, weil er am Freitag abend nicht zuhause geblieben war. Und plötzlich brandete Applaus auf, während das Mädchen auf der Bühne ihr Cello hochhielt und sich an den Notenständern vorbei zu dem Stuhl zur Linken des Dirigenten durch das Orchester schlängelte. Moshe Aarons empfand ein dankbares Gefühl für den Dirigenten, der offensichtlich bemüht war, dem jungen Mädchen bei ihrem ersten öffentlichen Auftreten beizustehen, so gut er konnte. Sie tauschten ein Lächeln aus, nickten sich zu, und dann setzte die Musik ein. Sie spielten Elgars Cellokonzert, und Moshe Aarons konnte sich denken, warum seine Tochter gerade dieses Stück ausgewählt hatte.

Er hörte angespannt und aufmerksam zu und hatte nur Augen für seine Tochter. Beinahe ehrfürchtig bestaunte er die Konzentration und Selbstsicherheit, die sich auf ihrem Gesicht spiegelten, wenn sie sich über ihr Instrument beugte oder, wenn sie nicht spielte, aufrichtete und sich die langen schwarzen Haare aus dem Gesicht schüttelte. Das war *seine* Tochter, er hätte hinausrennen und die Leute von den Straßen holen mögen, um sie zu Zeugen dieses Wunders zu machen. Das war nun aus dem dicken Baby mit dem ernsten Gesichtchen geworden, das in der altmodischen hölzernen Wiege am Fußende seines Bettes geschlafen hatte: Sadie Aarons, Solocellistin.

Der Beifall war enthusiastisch, nur Moshe Aarons klatschte kaum. Nach dem Konzert ging er mit seiner Frau in die Künstlergarderobe, die von den Freunden der Musiker völlig überfüllt war. Sie hatten Sadie nur einen kurzen Augenblick für sich, warfen einen Blick auf den Scheck, bewunderten drei prächtige Bouquets und erfuhren, daß Colin sie nach Hause bringen würde, spät, sie sollten nicht auf sie warten.

Moshe Aarons blieb trotzdem auf und wartete mit einem Glas Milch, zwei belegten Brötchen auf einem Silbertablett und einem Whisky für sich selbst auf sie. Es war fast zwei Uhr, als er sie die Tür öffnen hörte. Sie kam in das Zimmer, lehnte den Instrumentenkoffer an das Klavier und ging dann zu ihrem Vater, um ihm einen Kuß zu geben. Mit ihrem glühenden Gesicht und den regennassen Wangen sah sie aus wie eine Reklame für Ovaltine. Sie griff nach dem Glas Milch und setzte sich zu ihrem Vater auf das kleine Sofa.

»Hat Ihnen das Konzert gefallen, oh, Philistine?«

Er lächelte. »Ich mochte den Mittelteil. Sie war sehr schön.«

»Du bist unschlagbar, Papa.«

»Wie war es mit Colin?«

»Nett, wie immer. Er war ein bißchen gefühlig, aber das kam wahrscheinlich vom Elgar.« Sie beugte sich vor und stellte das Glas auf dem Couchtisch ab. »Er hat mich wieder gefragt, ob ich ihn heiraten will.«

»Wann hat er denn schon einmal gefragt?«

»Oh, das ist ein allmonatlich wiederkehrendes Ereignis.«

»Und was hast du geantwortet?«

»Nein; wie üblich.«

»Hat das auch etwas mit dem Elgar zu tun?«

Er verwünschte sich selbst, das gesagt zu haben, aber er hatte sich nicht zurückhalten können.

Die schönen braunen Augen sahen ihn ernst an, und sie sagte leise: »Wie kommst du darauf?«

»Ich bin ein alter Narr, deshalb.«

»Das bist du nicht. Was du auch sein magst, das bestimmt nicht.«

»Ist schon gut, ich ziehe die Frage zurück. Es ist Zeit, wir sollten beide schon lange im Bett liegen und schlafen.«

Aber sie rührte sich nicht vom Platz und sah ihn unverwandt an. »Du hast dich daran erinnert, nicht wahr?«

»Natürlich, Sadie. Ich liebe dich, und du warst unglücklich und verzweifelt, und es gab nichts, was ich hätte tun können, um dir zu helfen.«

»Du hast getan, was du deiner Ansicht nach tun mußtest, um mich zu schützen.«

»Was sonst hätte ich tun sollen, mein Liebes?«

Sie seufzte tief und blickte ihn wieder an. »Ich denke, du hast getan, was du tun mußtest. Aber ich werde nie aufhören, ihn zu lieben.«

»Hast du ihn damals geliebt?«

»Jetzt weiß ich, daß ich es getan habe. Aber damals war ich noch zu jung und dumm.«

»Hast du jemals einen anderen geliebt?«

»Nein, nie, und das wird auch nie geschehen. Ich werde auf ihn warten.«

»Vielleicht ist er inzwischen verheiratet, Liebling.«

»Das ist er nicht.«

»Woher willst du das wissen?«

»Ich weiß es.«

Zwei dicke Tränen rannen über ihre Wangen. Er griff nach ihrer Hand. »Gibt es irgend etwas, was ich für dich tun kann, was wir für dich tun können?«

Sie schluckte. »Ja. Sprecht manchmal über ihn, tut nicht so, als hätte es ihn nie gegeben.«

»Erzähl mir, was dir an ihm so gefallen hat.«

Sie lächelte trotz der Tränen. »Er sah gut aus, er war zärtlich, er hat mich geliebt, und er hat nie versucht, mich zu überrumpeln oder meine Naivität auszunutzen.«

Er lächelte. »Eine hübsche Liste, Liebes. Ich werde sie mir merken. Hast du ein Foto von ihm?«

Sie nickte. »Ja, aus der Zeitung.«

»Gut, dann werden wir es rahmen und auf das Klavier stellen, auf den Ehrenplatz.«

Sie legte den Kopf in die Hände und schluchzte, und alles, was er tun konnte, war, sich Vorwürfe zu machen und ihren schlanken, verwundbaren Nacken zu streicheln.

Am Ende der zweiten Oktoberwoche wußte Bayer, daß seine fünf Rekruten zu einem Team zusammengewachsen waren. Sie hatten lange Stunden ohne Klagen ihr Training absolviert und auch untergeordnete Aufgaben mit Gleichmut ausgeführt. Schultz und Krüger waren nach Berlin zurückgefahren, um aus Schultz' Betrieb Sprengstoff und Sprengkapseln und aus einem von Kästner ausfindig gemachten, unbewachten Depot der Abwehr Plastiksprengstoff zu holen. Voss hatte die anderen an allen zur Verfügung stehenden Waffen ausgebildet, und Uschi Lang hatte nur einen halb Tag gebraucht, um mit dem Wehrmachtfunkgerät zurechtzukommen.

Bayer hatte sie in Paare aufgeteilt: Krüger war Uschi Lange, Voss Kleist, Schultz ihm selbst zugeordnet. Bayer wußte, daß sie fast schon übertrainiert waren. Sie begannen, die Ausbildung zu zelebrieren, als wäre sie die Operation selbst. Kleist saß jeden Abend am Klavier, und Uschi Lange sang ihre Lieder. Bayers Lieblingslied war inzwischen so etwas wie ein Talisman der Gruppe geworden, Krüger pfiff die Melodie, wenn er Voss beim Waffenreinigen half, und selbst Schultz war dabei ertappt worden, wie er im Rhythmus des Liedes schaukelte. Sie kamen selten vor Mitternacht zum Schlafen, aber sie waren besser in Form, als sie es bei ihrer Ankunft auf Schloß Eger gewesen waren.

Kästner hatte die gewünschten Papiere mitgebracht, und diejenigen, die Englisch konnten, Voss, Kleist, Uschi Lange und Bayer, hörten Abend für Abend die Nachrichten der BBC ab. Bayer ging jeden Tag sein »Seelöwen«-Material durch und prägte sich die Fotografien der bis zu dreißig Kilometer hinter der Küste von Kent und Sussex liegenden Städte und Dörfer ein, die sie aus der Vogelperspektive zeigten. Aus ihren Kleidern waren alle Schilder, die sie als Deutsche verraten konnten, entfernt, und die Ausweise, Pässe, Lebensmittelkarten und Bezugsscheine für Kleidung waren ausgegeben. In den Zimmern lagen die Sachen, die mit auf die Reise gehen sollten, getrennt von den übrigen Habseligkeiten ihrer derzeitigen Bewohner, und Bayer hatte auf der Schreibmaschine im Arbeitszimmer seines Vaters eine Liste erstellt, die alles aufführte, was sie mitnehmen würden.

Bayer war naß bis auf die Haut, aber er ritt weiter im Schritt. Kästner würde frühestens in zwei Stunden zurück sein, und bis dahin mußte er sich die Zeit irgendwie vertreiben. Am Telefon war er zurückhaltend gewesen, und als Bayer versucht hatte, wenigstens eine Andeutung aus ihm herauszubekommen, hatte er aufgehängt. Die Verbindung nach Brest war stark gestört gewesen, und so hatte Bayer auch aus Kästners Stimme keinen Hinweis entnehmen können. Er war jetzt seit fünf Tagen weg, was entweder bedeutete, daß er Schwierigkeiten hatte, oder aber, daß die Besprechung der Einzelheiten soviel Zeit in Anspruch nahm. Kästner hatte ihm vor seiner Abreise geraten, er solle besser mit einer negativen Antwort rechnen, und als ob das noch nicht genug gewesen wäre, hatte er hinzugefügt, daß er sich schon unbehaglich fühle, wenn er daran denke, wie glatt alles bisher abgelaufen war. Bayer tröstete sich, indem er sich sagte, daß Kästner eben keine militärische Erfahrung besaß. Er war ein Stabsoffizier, kein Frontkämpfer. Und Bayer wußte aus seiner SS-Ausbildung, daß Dreistigkeit sich immer auszahlte. Er hatte sich damals mit Tricks Zugang zu Einrichtungen der höchsten Geheimhaltungsstufe verschafft, weil er selbst an seine Tricks geglaubt hatte. Nur einmal war er geschnappt worden, und das auch nur, weil die Ausbilder einen Soldaten aus seiner Gruppe mit der Kaltwassermethode behandelt und so alle Einzelheiten aus ihm herausgepreßt hatten. Sie hatten ihm eine Lektion erteilt, und er hatte sie gelernt. Niemand aus seiner

Sabotagegruppe, Kleist ausgenommen, wußte, wo sie landen und welche Ziele sie angreifen würden.

Der Regen hatte aufgehört, die Wolken rissen auf und zeigten einzelne Flecken blauen Himmels. An den Hügeln stieg ein Dunstschleier auf. Es würde ein schöner Abend werden, so daß sie auf einen Nachtmarsch gehen konnten, um ihre Fähigkeiten, sich mit dem Kompaß zu orientieren, zu prüfen. Nur Kleist und Voss fanden sich anhand der Sterne zurecht, wobei Voss noch manchmal nach dem Kreuz des Südens Ausschau hielt, bevor er sich erinnerte, wo er war. Wenn man sie zu lange unbeschäftigt ließ, konnte sich ihr Selbstgefühl rasch in Euphorie hineinsteigern oder von bösen Vorahnungen zerfressen werden. Bayer wollte sie im Gleichgewicht mit sich selbst halten, denn er wußte, wie schnell die problemlose Zusammenarbeit und Kameradschaft, die sie jetzt zeigten, gestört werden konnte, wenn sie erst einmal unter wirklichem Druck auf die Probe gestellt wurden. Nur Kompetenz und Selbstvertrauen konnten eine Gruppe unter Einsatzbedingungen zusammenhalten.

Am Stall angekommen, winkte er den Stallburschen fort. Er lockerte selbst den Bauchgurt und nahm den Sattel ab. Dann führte er das Pferd in seine Box und legte den Sattel an seinen Platz. Langsam und gründlich rieb er den Fuchs trocken und striegelte ihn, bis sein Fell glänzte und die Hufe schwarz vom Öl waren. Dabei versuchte er, jeden Gedanken an die Operation aus seinem Kopf zu verbannen. Denn wenn er allein war, ohne das Stimulans der Aktivität für die Operation, dann, das wußte er, verfiel er nur allzu leicht in Extreme und betrachtete die Operation entweder als ganz normales Routineunternehmen oder aber als tollkühne Verrücktheit, die nur zu einer Katastrophe führen konnte. Er mußte mit seiner Gruppe so schnell wie möglich über den Kanal, soviel war klar.

Kästner kam um neun Uhr abends auf Schloß Eger an und begab sich direkt in Bayers Zimmer. Bayer hörte gerade die BBC-Nachrichten und schaltete das Radio sofort ab, als Kästner das Zimmer betrat. Kästners Gesicht sah abgekämpft und blaß aus, um die Augen waren rote Ränder zu sehen.

»Schlechte Nachrichten, Otto?«

Kästner seufzte tief auf und schloß seine Augen. »Nein. Es könnte zu einer guten Neuigkeit werden. Kapitänleutnant Westphal sitzt draußen im Auto. Er müßte eigentlich schon wieder weg sein. Sie haben eine halbe Stunde, um ihn davon zu überzeugen, daß dies keine Falle ist, in der er zum Verräter würde.«

»Wir würden nicht in Feindesgebiet vordringen, wenn wir Verräter wären.«

»Warum nicht? Es könnte doch eine Flucht sein.«

»Mein Gott, daran habe ich nie gedacht. Was haben Sie ihm gesagt?«

»Alles. Er erinnert sich an Sie und sympathisiert mit Ihrem Vorhaben. Es würde auch mit seinem Einsatzplan zusammenpassen. Er will nur noch überredet werden.«

»Soll ich zum Auto hinausgehen?«

»Das wäre gut. Er hat sich geweigert, mit hereinzukommen.«

Bayer schlüpfte in sein Jackett und ging mit Kästner hinaus, wo der Wagen in der Kurve der Auffahrt ohne Licht parkte. Der Marineoffizier saß auf dem Rücksitz, und Bayer stieg neben ihm ein, während sich Kästner auf den Beifahrersitz setzte. Bayer streckte Westphal die Hand entgegen, der sie nach kurzem Zögern ergriff.

»Herr Kapitänleutnant, vielen Dank dafür, daß Sie sich herbemüht haben. Sagen Sie mir, wie ich Sie dazu bewegen kann, uns zu helfen?«

»Wie viele sind Sie?«

»Sechs, mich eingeschlossen; fünf Männer und eine Frau. Sie ist unser Funker.«

»Und wie viele von Ihnen sind Deserteure?«

»Keiner.«

»Ich denke, Sie sind SS-Offizier.«

»Das bin ich auch. Aber ich will nicht desertieren. Die anderen sind ausnahmslos Zivilisten, einer von ihnen ist ein in Ehren verabschiedeter Ritterkreuzträger.«

»Wie kann ich sicher sein, daß Sie nicht desertieren wollen?«

»Ich habe noch mehr als drei Wochen genehmigten Urlaub, und ich hoffe, innerhalb dieser Zeit wieder zurück zu sein.«

Westphal fragte leise: »Und wie denken Sie sich die Rückkehr?«

»Keine Ahnung. Wir werden mit Kästner in Funkkontakt stehen, und ich nehme an, er wird uns eine amtlich abgesegnete Rückkehr ermöglichen.«

»Haben Sie mit Kästner einen Plan für Ihre Rückkehr besprochen?«

»Nein.«

»Hat er?« Westphal sah zu Kästner.

»Bis jetzt noch nicht.«

»Glauben Sie seine Geschichte?«

»Ja. Ich habe ihm geholfen, die anderen anzuwerben.«

Westphal wandte sich wieder Bayer zu. »Nennen Sie mir eines Ihrer voraussichtlichen Ziele.«

»Die Radarstation in Lympne.«

»Wie sieht sie aus?«

»Ich habe Fotografien von ihr. Sie besteht aus vier hohen Sende- und Empfangsmasten, die schon fünfzehn Kilometer vor der Küste auszumachen sind.«

»Wo wollen Sie an Land gehen?«

»Etwa sechs Kilometer östlich von Camber, an der Küste von Rye.«

Westphal schwieg eine Weile und wandte sich dann an Kästner. »Ihr Dienstausweis sagt, daß Sie Oberst der Abwehr sind, stimmt das?«

»Ja.«

»Würden Sie eine von mir diktierte Erklärung unterschreiben, in der Sie die volle Verantwortung dafür übernehmen, daß diese Leute wirklich eine verdeckte Aktion gegen den Feind durchführen?«

»Ich werde nichts unterschreiben, was als amtlicher Auftrag gelten könnte.«

»Darum habe ich Sie auch nicht gebeten.«

»Dann unterschreibe ich gern. Wollen Sie sich mit Berlin in Verbindung setzen, um sich bestätigen zu lassen, daß ich tatsächlich Offizier der Abwehr bin?«

»Das habe ich schon nach unserem ersten Gespräch getan, Herr Oberst.« An Bayer gerichtet, fragte er: »Haben Sie eine Seekarte der Küste von Camber?«

»Ja. Ich habe die Karten von ›Seelöwe‹.«

»Wo sind sie?«

»Im Haus.«

»Dann muß ich wohl ins Haus kommen.«

Die drei setzten sich an den Tisch im Arbeitszimmer des alten Barons und breiteten die Karten vor sich aus. Daneben lag das »Seelöwe«-Handbuch, das Fotografien und Skizzen der gesamten Küste von Kent und Sussex enthielt. Die Skizzen stammten von deutschen Touristen oder aus der örtlichen Presse, die Fotografien waren Postkarten der Küstenorte oder von Handelsschiffen und U-Booten aus aufgenommen.

Westphal betrachtete schweigend die Karten. Schließlich blickte er auf und wandte sich an Bayer. »Ich habe Befehl, am 21. oder 22. auszulaufen, um zu den anderen U-Booten in der Nordsee zu stoßen. Wir sollen eine neue Taktik im Kampf gegen die Konvois ausprobieren, die von Methil in Schottland aus in See stechen. Ich könnte Sie vor der Küste in einem Beiboot aussetzen. Ich werde auf Rye zuhalten, und dann wird es von den Minenfeldern abhängen, wie nah ich Sie an Camber heranbringen kann. Waren Sie oder irgend jemand aus Ihrer Gruppe schon einmal an Bord eines U-Boots?«

»Nein, soweit ich weiß, war noch niemand von uns auf einem U-Boot.«

»Es wird eine sehr unbequeme Reise für Sie werden. Sie werden zwei Tage lang auf scharfen Torpedos schlafen müssen und ziemlich erschöpft drüben ankommen.«

»Das ist egal.«

»Wieviel Ausrüstung wollen Sie mitnehmen?«

»Fast eine Tonne.«

»Sperrige Güter?«

»Nein.«

»Gut, stellen Sie eine Liste der Gegenstände auf, auf die Sie nötigenfalls verzichten könnten, etwa zweihundert Kilo.«

»Unsere Ausrüstung besteht schon nur aus dem Notwendigsten, Herr Kapitänleutnant.«

»Das ist Ihre Sache. Halten Sie sich an meine Anweisungen.«

»Was für ein Beiboot werden wir bekommen?«

»Ein Schlauchboot. Sie werden es zerstören müssen, wenn es Sie nicht verraten soll. Aber versuchen Sie nicht, es zu verbrennen, es brennt wie die Hölle. Sie müssen es zerkleinern und vergraben.«

»Wann sollen wir in Brest sein?«

»Ich werde Ihnen sechsunddreißig Stunden vorher Bescheid geben. Sie melden sich dann direkt bei mir auf U 210.«

»Können Sie uns Passierscheine für den U-Boot-Bunker besorgen?«

»Ja, aber dazu müßte einer von Ihnen mit mir nach Brest kommen.« Er wandte sich Kästner zu. »Können Sie vielleicht wieder mitkommen?«

»Ein bißchen Schlaf wäre vorher nicht schlecht.«

»Sie können im Auto schlafen. Ich werde fahren.«

»Warum bleiben Sie nicht noch etwas und essen mit uns?«

Westphal sah fragend auf Kästner, der nickte. »Gut, eine Stunde, aber nicht länger.«

Wie bei den meisten Deutschen standen die Kriegsmarine und ihre Offiziere auch beim alten Helmut in höchstem Ansehen, das nahe daran war, in Anbetung überzugehen. Mit einem U-Boot-Kommandanten in voller Uniform im Haus mußte das Abendessen etwas

Besonderes werden. Der Stallbursche wurde mit einer Taschenlampe losgeschickt, um die Fallen am Waldrand abzusuchen, und so kam nach der guten Zwiebelsuppe ein Hasenbraten auf den Tisch, gefolgt von geschmorten Äpfeln mit Rosinen und Schlagsahne. Anschließend sang Westpahl ein Duett mit Uschi Lange. Westphal besaß eine angenehme Tenorstimme, und erst nachdem sie *Wien, Wien, nur du allein* wiederholt hatten, kam er zu seinem wohlverdienten Weinbrand. Es war nach Mitternacht, als Kästner und Westphal auf die lange Reise nach Brest gingen.

Ihnen blieben noch fünf Tage, und Bayer konzentrierte die Ausbildung auf das Geländetraining. So saß er Stunde um Stunde in der Jagdhütte im Wald und wartete auf das verräterische Schweigen der Vögel oder das Geräusch eines brechenden Zweiges, während Voss die Gruppe durch das Unterholz führte. Es kam jetzt aber auch vor, daß sie sich bis auf zwei Meter an die Jagdhütte heranpirschen konnten, ohne sich zu verraten, und auch nachts hatten sie keine Schwierigkeiten, die gestellte Aufgabe zu erfüllen.

Kästner hatte aus Brest die von Westphal unterschriebenen Passierscheine mitgebracht, die es ihnen erlauben würden, in die Sperrzone und zu den U-Booten zu gelangen. Sie wiesen sie als zivile Munitionsexperten und Waffenmeister aus.

Am vierten Tag kam der erwartete Anruf von Westphal. Sie sollten sich am 22. um 18.00 Uhr am U-Boot melden. Sie hatten also zwei Tage und zwei Nächte Zeit für die Reise, wenn sie noch am selben Tag um Mitternacht aufbrachen. Bayer hatte eigentlich einen etwas formelleren Aufbruch vorgesehen, aber nachdem die beiden Limousinen und der kleine Lieferwagen beladen waren, schickte er alle auf ihre Zimmer, um sich auszuruhen, bis es soweit war. Als er sie einen nach dem anderen weckte, entstand eine kleine Panik, weil Schultz nicht in seinem Zimmer und sein Bett offensichtlich unbenutzt war. Es dauerte zehn Minuten, ehe sie ihn bereits auf seinem Platz im Auto fanden, schlafend.

Kästner ging mit Bayer zu dem Mercedes und reichte ihm die Hand. »Ich werde von neun Uhr abends bis Mitternacht jeweils zur vollen Stunde am Funkgerät sein, nach Ihrer Ortszeit. Senden Sie mit unserem einfachen Code, kurz, aber in klaren Worten. Viel Glück.« Er legte eine Hand auf Bayers Schulter. »Hals- und Beinbruch!«

»Hals- und Beinbruch!«

Bayer fuhr mit dem Mercedes an der Spitze, dann folgte Krüger mit dem Lieferwagen, und das Schlußlicht bildete Kleist mit dem BMW. Bis zur Grenze hinter Aachen wurden sie nicht angehalten. Bayers »Seelöwe«-Ausweis und die Marschbefehle für Brest wurden anstandslos akzeptiert. Bayer war in Uniform, und weder die zivile Polizei noch die Feldgendarmerie waren erpicht darauf, mit einem SS-Sturmbannführer aneinanderzugeraten.

An einem Waldrand in der Nähe von Cambrai machten sie Rast, und gegen Abend waren sie in Louviers, nicht weit von Rouen. Sie aßen und ruhten sich für eine Stunde aus, dann wechselten sie die Fahrer und brachen wieder auf. Einige Kilometer vor Rennes hielt sie eine Wehrmachtstreife an, aber trotz eingehender Prüfung war nichts an ihren Papieren auszusetzen. Sie konnten weiterfahren.

Von Morlaix aus telefonierte Bayer mit Westphal, der sie am Eingangstor seines Standorts erwarten wollte. Sie mußten bis Brest zwei weitere Kontrollen über sich ergehen lassen, und auch im U-Boot-Hafen wurden sie, trotz der Begleitung von Westphal, noch zweimal von Sicherheitsbeamten überprüft. Aber ihre Papiere waren echt, und niemand außerhalb des Planungsstabes wußte mit Sicherheit, daß »Seelöwe« nicht mehr aktiv war.

Westphals Mannschaft verstaute ihre Ausrüstung, während Westphal selbst mit ihnen in die Kantine ging. Der Kaffee war kein Ersatz, und die Eier waren frisch. Die Marine sorgte offenbar gut für sich.

Auf dem Rückweg zum U-Boot hielt Westphal seine Passagiere für einen Augenblick zurück. »Meine Männer wissen, daß Sie keine Seeleute sind und daß Ihre Aufgabe geheim und gefährlich ist. Ich erwarte von Ihnen, daß Sie vor meinen Männern nicht über Ihr Vorhaben sprechen, kein Wort. Verstanden?«

Sie nickten und gingen weiter. »Sobald wir Sie mit Ihrem Schlauchboot ausgesetzt haben, werden wir wieder abtauchen und unsere Fahrt fortsetzen. Von da an sind Sie auf sich allein gestellt, eine Rückkehr ist ausgeschlossen. Wir werden nicht mehr dasein. Falls man Sie entdecken sollte, können wir Ihnen nicht helfen, wir haben dann selbst schon Probleme genug. Wenn Sie ein Erinnerungsbild brauchen, sehen Sie sich um. Das Kriegsschiff dort ist die *Gneisenau*. Nach dem Ende des Ersten Weltkrieges, als die deutsche Flotte im Firth of Forth kapitulierte, gab Admiral Beatty einen Befehl aus – er sagte: ›Die deutsche Flagge wird bei Sonnenuntergang gestrichen und nie wieder aufgezogen werden.‹ Die *Gneisenau* ist ein Teil unserer Antwort an Admiral Beatty, und vielleicht sind

Sie auch ein Teil dieser Antwort. Meine Mannschaft und ich wünschen Ihnen viel Glück. Wir werden auf unserem Weg nach Norden an Sie denken.«

Steif und förmlich reichte er jedem seiner Passagiere die Hand.

Man hatte ihnen ihre Unterkunft angewiesen und Decken an sie ausgeteilt, die sie in den Zwischenräumen zwischen den Torpedos ausbreiteten. Der Raum wurde nur von einer kleinen Lampe über dem Schott beleuchtet, und die Luft war stickig und roch nach heißem Öl und Chlor. An den Seiten ihrer zeitweisen Behausung liefen bündelweise Rohre mit einem Gewirr von Ventilen entlang. Während das U-Boot zum Auslaufen fertiggemacht wurde, war ein anhaltendes Klirren von der Wandung des Schiffes her zu hören. Instinktiv sprachen sie nur flüsternd miteinander.

Eine Stunde später wirkte die Luft noch heißer, und aus dem Kontrollraum klang das Klappern der Enigma-Kodiermaschine zu ihnen herüber. Dann schien sich das ganze Boot zu schütteln, während es aus seinem Bunker auslief. Sie hörten Befehlsrufe und Antworten, konnten aber nicht verstehen, was dort gerufen wurde. Nach weiteren zwei Stunden kam Westphal zu ihnen, um zu sehen, wie es ihnen erging. Nur Kleist und Uschi Lange waren wach. Westphal sagte: »Sagen Sie Bayer, daß wir zur Zeit aufgetaucht fahren und auch noch für die nächsten drei Stunden an der Wasseroberfläche bleiben werden. Danach werden wir tauchen. Es wäre gut, wenn Sie dann alle wach wären. Sie werden das Hornsignal hören, machen Sie sich also keine Sorgen, es ist kein Notfall, obwohl es ziemlich erschrecken kann, wenn man es zum erstenmal hört. Aber wie gesagt, es ist nur ein Routinesignal. Wenn wir auf Einsatztiefe sind, werde ich Ihnen etwas Warmes zu trinken und ein paar Kekse bringen lassen.«

»Wie lange werden wir bis zu unserem Ziel brauchen?«

»Das hängt davon ab, was über uns passiert und was uns die Marinegruppe West mitzuteilen hat. Sie ist unsere Leitstelle, bis wir weit genug im Kanal sind. Es könnten neue Minenfelder gelegt worden sein oder Feindpatrouillen an der Oberfläche auftauchen. Doch machen Sie sich keine Sorgen, es ist alles unter Kontrolle.«

Er lächelte und verließ den Torpedoraum.

Nur Schultz schlief noch, als das Signalhorn aufheulte, und kurz darauf spürten sie, wie sich das U-Boot neigte und tauchte. Das metallische Klirren war nicht mehr zu hören, und die Stimmen der

Mannschaft klangen gedämpft, während das Boot tiefer und tiefer sank, und obwohl es nur langsam getaucht war, fühlten sie sich, als es sich auf der Einsatztiefe eingepegelt hatte, doch ungemütlich und desorientiert. Schultz stand auf und fiel mit ausgestreckten Armen über das nächste Torpedo; sein Gleichgewichtssinn hatte sich noch nicht an die neue Situation gewöhnt. Es schien sehr lange zu dauern, bis endlich der versprochene Kaffee gebracht wurde.

Sie sprachen nur wenig, und bald waren sie alle wieder eingeschlafen. Unruhig suchten sich ihre Körper im Schlaf eine halbwegs bequeme Stellung in den engen, unnachgiebig begrenzten Gängen zwischen den Torpedos.

Sie waren seit zehn Stunden unterwegs, als Westphal wieder zu ihnen kam, um nach ihnen zu sehen. Er sah zu Bayer hinüber und fragte: »Wenn wir die Wahl haben, was wäre Ihnen lieber: wenn wir Sie vor oder nach Mitternacht aussetzen?«

»Wie lange werden wir ungefähr bis zum Ufer brauchen?«

»Sie werden bei Flut an Land gehen. Ich würde sagen, etwa zwanzig Minuten, plus minus fünf Minuten.«

»Ich möchte gegen ein Uhr an Land sein.«

»Wir machen bessere Fahrt, als ich erwartet hatte, aber in ungefähr fünfzehn Kilometern fährt ein britischer Konvoi, der im Augenblick von den Bombern aus Calais angegriffen wird. Wenn er sich zerstreut, könnte uns das aufhalten.«

»Wäre der Konvoi kein Ziel für Sie?«

»Nein. Unser Befehl lautet, uns mit den anderen U-Booten in der Nordsee zu vereinen. Wir sollen eine neue Taktik namens ›Wolfsrudel‹ erproben, das heißt mit vier oder fünf U-Booten gemeinsam einen Konvoi angreifen. Die Idee stammt von Kretschmer. Nun gut, ich lasse Ihnen dann Kaffee und belegte Brote bringen. Die Toiletten sind backbord.« Er klatschte mit der Hand auf die Seitenwand, um die Richtung anzuzeigen.

Bayer saß unbequem an ein Schott gelehnt, während er ihren Weg von der Küste zu den Verteidigungsgräben und weiter zu dem Bauernhaus rekapitulierte. Das Haus stand leer, seit es bei einem deutschen Luftangriff teilweise zerstört worden war. Anderthalb Kilometer von dem Haus entfernt hätte die 9. Armee im Invasionsfall ihr erstes Hauptquartier aufgeschlagen.

Bayer kam plötzlich zu sich. Ein Matrose hatte sich über ihn gebeugt und ihn mit leichten Klapsen auf die Wange geweckt. »Einen schönen

Gruß vom Kaleu. Er erwartet Sie mitschiffs.« Bayer rappelte sich mit Mühen auf die Füße und stieg über schlafende Körper, bis er die Torpedos hinter sich hatte. Am Schott hielt er inne und lehnte sich mit einem Arm an die Wand, bis die Welle der Seekrankheit, die ihn erfaßt hatte, vorüber war. Der Matrose wartete geduldig auf ihn, und nach ein paar Minuten gingen sie weiter, durch eine kleine Kombüse und an einer Reihe von Kojen vorbei.

Westphal stand mit eingeknickten Beinen am Periskop und drehte es in verschiedene Richtungen. Nach einer Weile richtete er sich auf und sagte zu Bayer: »Sehen Sie hindurch. Im Norden ist Hastings zu sehen. Wir liegen ungefähr sechs Kilometer vor der Küste.«

Bayer beugte sich hinunter zu dem Doppelokular und sah zuerst gar nichts, nur ein tiefschwarzes Rund. Dann, als seine Augen sich auf die Lichtverhältnisse eingestellt hatten, erkannte er einen Sperrballon, auf dem sich das Mondlicht spiegelte, und eine blaßgraue Linie, die die Silhouette einer Stadt sein konnte. Dann sagte Westphal: »Drehen Sie es langsam nach 230 auf der Meßskala. Langsam. Halten Sie nach einer schwachen weißen Linie Ausschau. Das ist die Sperre vor dem Hafen von Rye.« Bayer suchte vergeblich danach und richtete sich schließlich, sich die Augen reibend, wieder auf. »Ich konnte es nicht ausmachen. Ich bin nicht einmal sicher, ob ich überhaupt irgend etwas gesehen habe.«

Westphal zuckte die Achseln und nickte, klappte die Griffe des Periskops hoch und gab einem Matrosen das Zeichen, es einzuziehen.

»Wir müssen unseren Plan ändern, Bayer. Es gibt hier eine ganze Reihe von Sandbänken, die Four Fathoms Sand Ridge und die Boulder Banks. Ich wollte eigentlich zwischen ihnen hindurch, aber unsere Leute haben mir Nachricht gegeben, daß die Engländer vorletzte Nacht neue Minen verlegt haben. Damit fällt, was mich betrifft, dieser Weg flach. Das heißt, ich muß Sie vor der Stevernson Shoal absetzen, dreieinhalb Kilometer vor der Küste. Sie werden also länger als geplant mit dem Schlauchboot unterwegs sein. Aber ich habe mich entschieden, ein Risiko einzugehen und Ihnen zwei meiner Männer mitzugeben, erfahrene Seeleute, die Sie sicher an Land bringen, Ihnen beim Ausladen helfen und dann mit dem Schlauchboot zurückkehren werden. Außerdem bekommen Sie noch ein kleineres Schlauchboot für Ihre Ausrüstung. Das müssen Sie dann an Land verschwinden lassen.«

»Werden wir dort landen, wo es vorgesehen war?«

»Mehr oder weniger, bis auf einen Kilometer Abweichung nach beiden Seiten etwa.«

Bayer blickte auf seine Uhr. Es war kurz nach Mitternacht, Greenwichzeit. Dann sah er wieder zu Westphal. »Wann werden wir aussteigen?«

»In einer halben Stunde, falls keine neuen Probleme auftauchen.«

»Wir werden uns bereithalten.«

Bayer stand mit der Liste in der Hand an der Leiter, die zum Turm hochführte, und hakte die Ausrüstungsteile ab, die die Matrosen hochtrugen. Durch die offene Luke strömte salzige Seeluft herein. Als er alle Posten auf seiner Liste abgehakt hatte, stieg Bayer selbst die Leiter hoch und stellte sich neben Westphal auf das kleine, runde Deck des Turms. Die Nachtluft war kühl, aber erfrischend nach der stinkenden Luft an Bord des U-Boots. Der Turm ragte höher aus dem Wasser, als er erwartet hatte. Zwei Strickleitern führten hinunter zu den Schlauchbooten, und bis auf den Wind, der sich in den Verstrebungen verfing, und die an die Bootswände klatschenden Wellen war alles still.

Einer nach dem anderen kam jetzt auch seine Gruppe auf den Turm, als letzte Uschi Lange, und Westphal sagte: »Viel Glück!« Dann stieg Bayer über die Reling und tastete mit den Füßen nach der ersten Holzsprosse der Strickleiter. Die Schlauchboote lagen drei Meter unter dem Deck, und Bayer hangelte sich vorsichtig von Sprosse zu Sprosse, bis eine kräftige Hand seine Fessel umfaßte und seinen Fuß auf die nächste Sprosse setzte und von dort weiter auf die nächste. Sekunden später traf ihn die Gischt einer Welle und durchnäßte ihn bis auf die Haut. Dann hatten ihm sichere Hände in das Schlauchboot geholfen.

Nachdem die Matrosen die Leinen gelöst hatten, trieb das Schlauchboot mit der Flut von dem U-Boot weg, und die beiden Matrosen benutzten die Ruder, um es auf Kurs zu halten. Bayer konnte, auch als sich seine Augen auf die Dunkelheit eingestellt hatten, nichts vor ihnen sehen, während das Boot von den Wellen auf und nieder getragen wurde. Auf dem Boden des Schlauchboots stand zwanzig Zentimeter hoch Wasser und umspülte Bayers Füße. Er saß am hinteren Ende des Bootes und hielt sich an dem Halteseil fest. Der Himmel war fast wolkenlos, eine weite blauschwarze Fläche, auf die als übergroße goldene Scheibe der niedrigstehende Mond geheftet war, der mit seinem gelben Licht die zu ihm aufschauenden, gespannten Gesichter der Gruppe erhellte. Nur Kleist hatte sich umgedreht und winkte Bayer mit einem halben Lächeln zu. Und jetzt hörte Bayer auch das quietschende Geräusch des in die Dollen gepreßten Lederstreifens um die Ruder, wenn die Matrosen die Ruder mit aller Kraft zu sich heranzogen. Vor ihnen in der Dunkelheit war der dumpfe Aufprall der Wellen auf den Strand zu hören. Bayer wußte aus dem »Seelöwe«-Material, daß die Strände an dieser Küste aus Sand bestanden und in Dünen übergingen, hinter denen eine schmale Schotterstraße lag, die zu den Ferienhäusern von Camber führte.

Plötzlich sprangen die beiden Matrosen fast im selben Augenblick aus dem Boot und standen bis zur Brust im Wasser. Stolpernd schleppten sie es an den Halteseilen vorwärts, bis sie schneller laufen konnten und das Boot über seichtes Wasser schlitterte und schließlich über den feuchten Sand schürfte. Einer nach dem anderen erhoben sich und sprangen in das flache Wasser. Schultz und Krüger halfen den Matrosen, das erste Schlauchboot auf den Strand zu ziehen. Das zweite schaukelte in bedrohlicher Seitenlage auf den Wellen, nur das Gewicht der Ausrüstung verhinderte, daß es kenterte. Als auch das zweite Boot an Land geholt worden war, löschten sie in aller Eile die Ladung und trugen sie zu den Dünen. Eine Viertelstunde später hatten die beiden Matrosen das größere Schlauchboot wieder zu Wasser gelassen und sich auf den Rückweg gemacht. Nach wenigen Minuten war nichts mehr von ihnen zu sehen.

Bayer ging mit seiner Gruppe in die Dünen hinauf und schickte Voss auf einen kurzen Erkundungsgang. Er kannte die Karten mindestens so gut wie Bayer selbst. Sie wußten, daß dieser Küstenstreifen nicht vermint war. Luftwaffenpiloten hatten berichtet, sie hätten gesehen, daß hier am frühen Morgen Pferde ausgebildet wurden. Sie gehörten wahrscheinlich zu dem Regiment berittener Miliz, das man in Rye identifiziert hatte.

Voss kam nach zehn Minuten zurück und setzte sich zu Bayer in den Sand. Dicht an Bayers Ohr sagte er: »Die Ferienhäuser sind alle leer. Vor den Zäunen liegen Stacheldrahtrollen mit Zetteln, auf denen steht: ›Mines‹. Es gibt aber keine Minen, der Sand ist voller Fußspuren. In dem leeren Laden, einer Holzbaracke, können wir unsere Ausrüstung unterbringen. Die ersten beiden Häuser sind noch möbliert, wir könnten sie benutzen, wenn wir kein Licht machen.«

»Haben Sie sich alle Häuser angesehen?«

»Ja, sie sind alle verlassen.«

»Gut, nehmen Sie sich Schultz und Krüger und bringen Sie die

Ausrüstung in den Laden. Ich werde mit den anderen beiden in das erste Haus gehen. Sie kommen dann auch dorthin, wenn Sie fertig sind.«

Voss tippte den beiden Männern auf die Schulter und forderte sie mit einer Handbewegung auf, ihm zu folgen. Bayer ging mit Kleist und Uschi Lange durch die Dünen zu der schmalen Schotterstraße. Noch im Schatten der Dünen hielt er die beiden anderen mit ausgebreiteten Armen zurück und beobachtete die Straße. Dann rannten sie über die offene Straße bis zu den Stacheldrahtrollen, denen sie bis zu dem ersten der Ferienhäuser folgten.

Das Küchenfenster stand halb offen, und Bayer griff hinein und öffnete es ganz. Dann schwang er sich auf das Fensterbrett und kletterte über die unter dem Fenster angebrachte Spüle in die Küche. Sekunden später hatte er die Hintertür geöffnet und ließ Kleist und die Frau herein.

Das Haus war spärlich möbliert: Liegestühle, zwei Klapptische und zwei Korbstühle. Aber in der Küche gab es eine Menge Geschirr und Besteck, Kochtöpfe, Pfannen, einen kleinen elektrischen Herd und einen Tauchsieder. Bayer entfernte alle Glühbirnen aus den Lampen und drehte dann die Hauptsicherung unter der Treppe hinein. Der Herd war nach einigen Sekunden heiß. Er schaltete ihn aus und ging dann die Treppe hinauf. Oben standen zwei Etagenbetten und ein Kinderbett. Aus den Wasserhähnen kam kein Wasser, als er sie aufdrehte.

Sie setzten sich in das kleine Wohnzimmer und warteten auf die anderen. Kleist sagte leise: »Nun sind wir also hier, Max. Es ist kaum zu glauben.«

Bayer zuckte die Achseln. »Nicht für mich. Es ist erst der Anfang.« Er drehte sich zu Uschi Lange um. »Wir beide werden morgen nach Rye gehen und uns ein Auto besorgen.«

Sie blickte auf. »Ich habe Angst, Max.«

Bayer lächelte sie an. »Nein, Sie haben keine Angst, Sie sind nur nervös, wie wir alle.«

»Sie auch?«

»Nein, aber ich bin hier gewissermaßen zuhause. Es ist leichter für mich.«

Er wandte sich wieder Kleist zu. »Wie fühlen Sie sich, Walter?«

Kleist zuckte die Achseln und lächelte. »Naß, verkühlt; ich wünschte, wir wären auf Schloß Eger und ich spielte *Ich schenk mein Herz*.«

Bayer lachte leise. »Wir werden bald wieder dort sein, Walter.«

Die großen braunen Augen sahen ihn fragend an. »Sie meinen also, wir schaffen es zurück?«

»Natürlich.«

»Wie?«

»Kästner wird das für uns klarmachen.«

Dann unterbrachen die anderen das Gespräch. Schultz sah verärgert aus. »Sagen Sie Krüger, daß er zu tun hat, was man ihm sagt.«

»Was ist passiert, Otto?«

»Sehen Sie.« Er drehte sich um und zeigte auf Krüger, der lächelnd eine ausgehungerte schwarze Katze auf dem Arm trug und streichelte.

»Es ist nur eine streunende Katze, Sturmbannführer. Sie wird uns Glück bringen.«

»Rudi, das Wasser ist abgestellt. Suchen Sie den Haupthahn, und drehen Sie ihn auf, damit wir uns etwas zu essen und trinken machen können.«

»Jawohl, Sturmbannführer.«

11

Bayer trug einen sportlichen Tweedmantel und graue Flanellhosen. Hand in Hand schlenderte er mit Uschi Lange die Straße nach Rye entlang, am Golfplatz mit seinem verlassenen Clubhaus vorbei und über die kleine, bucklige Brücke über den Rother. Danach bogen sie nach links auf die Hauptstraße ein. Auf der anderen Seite der großen Brücke vor ihnen konnten sie die Geschäfte sehen.

Die Werkstatt lag etwas zurückgesetzt von der Hauptstraße. Ein Mann beobachtete sie, während sie auf das kleine verglaste Büro zugingen. Hinter einem der Fenster hing ein Plakat, das fragte: »Ist Ihre Reise wirklich notwendig?« Bayer öffnete die Bürotür, und eine Glocke schlug in der Werkstatt an. Ein älterer Mann im blauen Overall kam nach vorn in das kleine Büro.

»'n Morgen, mein Herr. Was kann ich für Sie tun?«

»Ich möchte ein Auto kaufen. Was können Sie mir anbieten?«

Der Mann fuhr sich mit der Hand über das Gesicht und schob seine Mütze in den Nacken, während er sich die Stirn kratzte. »Kommt drauf an, was Sie wollen. Ich hätte einen kleinen 37er Austin, einen fast neuen Anglia und einen großen 36er Standard.«

»Kann ich sie mir einmal ansehen?«

»Sicher. Sie stehen in der Werkstatt. Die Seeluft auf dem Hof würde sie nur kaputtmachen.«

Er führte sie durch das Büro in die alte Werkstatt, wo er das Licht anschaltete und die Schutzhüllen von den Autos nahm.

»Der Austin ist ausgezeichnet in Schuß; für den Standard brauchen Sie mindestens fünfundvierzig Liter, dafür hat er eine abgetrennte Fahrgastkabine, und die alte Lady, der er gehört hat, hat ihn erst vor vier Jahren von mir gekauft. Er hat noch keine zehntausend Kilometer auf dem Buckel.«

»Würden Sie ihn mir empfehlen?«

»O ja. Mit dem würden Sie gut liegen, mein Herr. Sie müßten sich nur Abdeckungen für die Scheinwerfer besorgen. Die alte Lady hat ihn seit Kriegsbeginn nicht mehr gefahren.«

»Was kostet er?«

»Bar oder auf Raten?«

»Bar.«

»Sagen wir einhundertzehn Pfund, inklusive der Scheinwerferabdeckungen.«

»Können Sie ihn fertigmachen, während ich zur Bank gehe?«

»Sicher, das ist in zehn Minuten erledigt.«

»Und Benzin?«

Der alte Mann lächelte. »Ich habe noch die Kupons vom letzten Monat. Ich werde ihn also auftanken, und dann haben Sie immer noch fast fünfzig Liter für den November. In Ordnung?«

»Sehr gut. Wir werden in zehn Minuten wieder hiersein.«

Während sie den Hügel hinauf in die Stadt gingen, fragte Uschi Lange: »Warum haben Sie nicht gleich bezahlt?«

»Niemand trägt für gewöhnlich so viel Bargeld bei sich. Außerdem verschafft das Gerede von der Bank dem Verkäufer den Eindruck, es nicht mit Fremden zu tun zu haben.«

»Ich dachte, er hätte bemerkt, wie ich zitterte.«

Bayer lachte und nahm ihre Hand. »Sie müssen nur so tun, als *wären* Sie Engländerin. Etwas anderes mache ich doch auch nicht. Ich *bin* Engländer, von der Army ausgemustert wegen zu hohen Blutdrucks.«

»Haben Sie wirklich zu hohen Blutdruck?«

Bayer lachte. »Wenn ich den Atem anhalte . . .«

Sie kamen an der Kirche vorbei zu dem kopfsteingepflasterten Platz, und Bayer blieb wie angewurzelt stehen. Auf der anderen Seite des Platzes hing an einem Haus das blauweiße Zeichen des Polizeireviers. Ein Sergeant stand auf der Treppe und starrte zu ihnen herüber.

Bayer preßte die Hand der Frau und ging mit ihr um den Platz auf das Polizeirevier zu. Vor der Treppe blieb er stehen. »Entschuldigung, können Sie mir sagen, wie ich zu Cooks Autowerkstatt komme?«

Der Konstabler kam die Stufe herunter und zeigte in die Richtung, aus der sie gekommen waren. »Sie müssen über den Platz, den Hügel hinunter, durch den Torweg, und dann sehen Sie sie schon auf der linken Seite, kurz vor der Brücke.«

»Vielen Dank, Sergeant.«

Auf Bayers Gesicht waren Schweißperlen zu sehen, und während sie über den Platz zurückgingen, sagte sie leise: »Das war unvorsichtig und dumm.«

Das Auto wartete schon auf sie. Als sie durch Rye auf die Straße nach Camber zufuhren, sagte Bayer: »Heute abend um neun nehmen Sie den Funkverkehr auf. Kästner wird bestimmt schon ungeduldig warten.«

»Was haben wir heute noch vor?«

»Ich werde heute nachmittag nach Tenderden fahren und sehen, ob ich eine Cottage oder ein Bauernhaus mieten kann.«

»Wo?«

»Irgendwo in Richtung Cranbrook.«

»Was ist mit dem Ort, den Sie vorgesehen hatten? Diesem zerbombten Bauernhaus?«

»Zu nah an der Küste. Es läßt sich sicher etwas Besseres finden.«

Sie parkten das Auto am Anfang der Reihe der Ferienhäuser und gingen zu Fuß bis zu ihrem jetzigen Quartier. Außer der Brandung war nichts zu hören, und das Haus sah genauso verlassen aus wie die anderen. Nur Bayer bemerkte den Reflex des Sonnenscheins auf dem Gewehrlauf im Fenster des Obergeschosses.

Es war Voss, der oben hinter dem Fenster stand. Die anderen hatten die beiden Maschinenpistolen, die Voss von der Wehrmacht »entliehen« hatte, auseinandergenommen und waren dabei, sie zu reinigen. Es waren beides Thompson-Maschinenpistolen, die bei Dünkirchen erbeutet worden waren.

Die erste Maklerfirma in der von Bäumen gesäumten High Street in Tenderden hatte er nur besucht, um herauszufinden, ob es irgendwelche einschränkenden Vorschriften für die Verteidigungszone gab. Nachdem er annehmen durfte, daß davon nicht die Rede sein konnte, brachte er in der zweiten sein Anliegen ohne Scheu vor. Die Frau hinter dem Schreibtisch holte einige Hefter hervor, und Bayer sah sich die Fotografien und Beschreibungen der vier Häuser, die sie ihm anbot, sorgfältig an. Drei Hefter gab er der Angestellten zurück, den vierten las er noch einmal durch. Das Anwesen wurde Cragg's Farm genannt und lag an der Straße nach Cranbrock, es bestand aus einem Haus mit vier Schlafzimmern und zwei Scheunen.

»Wie hoch ist die Miete für Craggs's Farm?«

»Nun, es *waren* fünf Pfund pro Woche, aber wir haben sie schon fast ein Jahr im Angebot. Wir sind ermächtigt, jedes einigermaßen vernünftige Angebot zu akzeptieren.«

»Wären vier Pfund pro Woche auf ein Vierteljahr angemessen?«

»Da ist ein Haken. Die Robinsons, die Eigentümer, haben den Hof selbst bewirtschaftet, bis sie sich entschlossen, das Land an die Perkins zu verkaufen und nur das Haus zu behalten. Ein Punkt des Handels ist nun, daß die Perkins zweimal wöchentlich ihre Kühe die Zufahrtsstraße entlangtreiben dürfen. Wenn das kein Hindernis für Sie ist?«

Bayer runzelte die Stirn und sagte dann lächelnd: »Nicht, wenn es nur zweimal in der Woche vorkommt. Wann können wir einziehen?«

»Eine Monatsmiete ist im voraus zu entrichten, dann können Sie auf der Stelle einziehen. Außerdem müßten Sie noch zehn Pfund als Kaution hinterlegen für den Fall, daß das Mobiliar oder sonstige Einrichtungsgegenstände beschädigt werden. Die Schlüssel können Sie sofort bekommen.«

»Wie ist das Haus eingerichtet?«

»Es ist sehr hübsch. Sie können es sich natürlich zuerst einmal ansehen.«

Bayer zählte zweiundsechzig Pfund auf den Schreibtisch und erhielt eine Quittung sowie drei Schlüssel an einem Stück dickem Sisalseil ausgehändigt. Auf einem Kärtchen, das ebenfalls an dem Seilstück befestigt war, stand: »Cragg's Farm/Robinson.«

Sie fuhren von Tenderden aus in westliche Richtung und bogen von der Hastings Road nach rechts ab. Die Straße schlängelte sich zwischen hohen Hecken hindurch. Die Straßengräben waren offensichtlich seit Kriegsbeginn nicht mehr gepflegt worden, sie standen voller hochgewachsener Wiesenkerbel mit seinen trockenen Blütenständen und Unkraut.

Sie wären beinahe an dem kleinen Holzschild mit der Aufschrift »Craig's Farm« vorbeigefahren. Es war hinter hohen, dicken Grasbüscheln kaum noch zu sehen und wies auf die breite Einfahrt. Das Lattentor stand offen. Es war von grünen Ranken überwachsen und scheinbar seit Jahren nicht mehr geschlossen worden. Der Weg war von Furchen durchzogen und durch die Rinderhufe aufgewühlt. Er zog sich vom Tor bis zum Haus ungefähr vierhundert Meter hin und führte sanft bergan. Das Haus stand auf dem Kamm des Hügels.

Es war ein solider, rechteckiger Backsteinbau und machte einen anspruchslosen, aber freundlichen Eindruck. Die schwache Oktobersonne spiegelte sich in den Fenstern, und die niedrige Holztür, die in den kleinen Garten führte, schwang in der leichten Brise hin und her. Sie gingen auf die massive Eichentür zu. Der zweite Schlüssel paßte, und sie betraten das Haus.

Um acht Uhr abends waren sie zurück in dem Ferienhaus in Camber. Ein Konstabler war am Nachmittag langsam an den Häusern vorbeigeritten, und ein Meldefahrer der Army war vor einer Stunde auf der Hauptstraße vorbeigekommen. Er hatte eine blau und weiß gestreifte Armbinde getragen. Das Motorrad war, laut Krüger, eine 500-ccm-BSA gewesen. »Royal Corps of Signals«, sagte Bayer.

In der Thermoskanne stand Kaffee bereit. Dazu gab es eine Scheibe kaltes Corned beef. Nachdem sie gegessen hatten und Bayer den anderen von dem Bauernhaus erzählt hatte, gingen er und Uschi Lange in das kleinere der beiden Schlafzimmer. Bayer holt das Funkgerät unter dem Bett hervor, und Uschi löste die Schraube für die Antenne, die Krüger an der Decke befestigt hatte. Bayer schrieb eine kurze Mitteilung. Es war vereinbart worden, daß Bayers Gruppe sich mit wiederholtem K melden sollten, während Kästner umgekehrt wiederholte B benutzen würde. Kästner hatte Bayer gewarnt, daß seine Morsekenntnisse ziemlich eingerostet wären, aber Uschi Lange hatte ihm einige Nachhilfestunden gegeben, so daß sie seine »Handschrift« kannte. Die Nachricht an Kästner besagte schlicht, daß die Gruppe nach Plan angekommen war.

Um 8.55 Uhr schob sich Uschi Lange die unförmigen Kopfhörer über die Ohren und berührte kurz die Seite des Funkgerätes, um zu prüfen, ob es warmgelaufen war. Ihre Augen wanderten zu der großen Frequenzwahlscheibe, und sie berührte sie leicht mit der Hand, ohne sie zu bewegen. Dann sah sie hinunter auf den Zettel, auf dem in Großbuchstaben die Nachricht stand, die sie durchgeben sollte. Sie benutzten einen Plus-eins-Code. Vom Sicherheitsstandpunkt aus gesehen war er wertlos; eher für ein Pfadfinderspiel geeignet als für militärische Zwecke. Aber sie hatten entschieden, nicht im Klarext zu senden, und die Kodierungssysteme, die sie sich hätten beschaffen können, waren zu kompliziert, als daß sie sie hätten benutzen können. Ihr Code verschob jeden Buchstaben um eine Stelle: A = B, B = C usw. Personen wurden nicht verschlüsselt, und Namen oder ihr Aufenthaltsort sollten nicht übermittelt werden.

Bayer sah auf die Uhr und nickte. Dann beobachtete er die Nadel des Meßgerätes, die hin und her zitterte, während Uschi den Morseknopf betätigte. Sie hielt inne und schaltete das Gerät auf Empfang um. Beide warteten gespannt und etwas besorgt auf die Antwort. Aber schon Sekunden später sah Bayer, wie die Meßnadel heftig ausschlug. Uschi lächelte, während sie irgend etwas auf den Block kritzelte. Ein oder zwei Minuten später schaltete sie wieder auf Sendung, und Bayer beobachtete angespannt, wie ihr Blick zwischen dem Zettel mit der Nachricht und dem Meßgerät hin und her wanderte, während sie sie durchgab. Nachdem sie wieder auf Empfang umgestellt hatte, griff sie nach dem Bleistift und begann zu schreiben. Bayer wartete ungeduldig, denn es schien ein langer Text zu werden, obwohl sie vereinbart hatten, sich kurz zu fassen. Glücklicherweise bestand beim Empfang nicht wie beim Senden die Gefahr, geortet zu werden. Seite um Seite füllte sich; das war unmöglich Kästners langsames Morsen.

Die Vorhänge waren geschlossen, und sie benutzten als Lichtquelle nur eine Taschenlampe. Uschis Gesicht sah in dem gelben Licht gebräunt und sehr gesund aus, so als wäre sie gerade erst aus dem Urlaub gekommen, und für einen Augenblick spürte Bayer so etwas wie Rührung durch das Gefühl, das sie mit Kleist verband. Sie war jung und schön, sie hatte Talent: Sie hätte es so einfach gehabt, wenn sie in Hamburg geblieben wäre, tagsüber bei ihrem Sender gearbeitet und nachts in dem Club gesungen hätte. Es hätten sich gewiß auch viele Männer gefunden, die sich um sie kümmern wollten. Statt dessen saß sie in einem kühlen Ferienhaus, über einen Tisch gebeugt, und schrieb auf, was ein Mann in Berlin zu senden hatte. Und in ihrer Handtasche befand sich ein Ausweis, der sie zu einer Ursula Long aus Newcastle machte, mit einer Adresse, von der die Luftwaffe wußte, daß sie nicht mehr existierte.

Schließlich legte sie den Bleistift aus der Hand, schaltete auf Sendung, schickte noch einige Morsezeichen auf den weiten Weg nach Berlin und knipste das Funkgerät aus. Dann schüttelte sie ihre langen blonden Haare, während sie den Kopfhörer absetzte. »Mein Gott, Max«, sagte sie, »diese Kopfhörer sind wirklich zu altmodisch. Sie wiegen eine Tonne.«

Sie übergab ihm die beschriebenen Blätter und danach den Block und den Bleistift, damit er die Nachricht entschlüsseln konnte. Er sah ihr einen Moment ins Gesicht und sagte weich: »Ich bin froh, daß du mitgekommen bist, Uschi. Ohne es zu wollen, bewahrst du uns davor, unser zivilisiertes Verhalten aufzugeben. Danke.«

Tränen standen in ihren Augenwinkeln, als sie erwiderte: »Ich gäbe ein Bein, einen Arm oder beides, wenn ich Walter damit helfen könnte. Ich liebe ihn so sehr.«

»Ich weiß, Uschi. Ich liebe jemanden ganz genauso.« Er legte seine Hand auf ihre. »Ich werde auf dich aufpassen, Uschi. Auf euch beide.«

Mit Tränen auf den Wangen stand sie auf und ging aus dem Zimmer.

Bayer brauchte eine Viertelstunde, bis er die erste Nachricht von Kästner entschlüsselt hatte. Als er fertig war, las er sie wieder und wieder beklommen durch. Sie lautete: »BBB Stop Gratulation Stop Bedaure mitteilen zu müssen daß während letzter Nacht in SE im Dorf ein Mädchen vergewaltigt und mißhandelt Stop Genaueres weiß Ihr OS Stop Polizeiermittlungen ergaben schwere Verdachtsmomente Stop Treffen Sie Maßregeln Stop Viel Glück KKK Ende der Nachricht.«

Er schaltete die Taschenlampe aus, um die Batterie zu schonen, und blieb im Dunkeln sitzen. Er erinnerte sich daran, daß er in der Nacht, in der sie Schloß Eger verließen, zu Schultz' Zimmer gegangen war und sein Bett unberührt vorgefunden hatte. Er erinnerte sich auch an das blasse, übermüdete Gesicht, als er ihn endlich schlafend im Auto fand, kurz bevor sie nach Brest aufbrachen. Es schien Jahre zurückzuliegen, aber es war nur eine Woche her. Er fragte sich, ob die Ermittlungen der Polizei sie nach Schloß Eger führen würden. Er hatte keine Nachricht, keinen Brief für seinen Vater zurückgelassen. Die latente Gewalttätigkeit von Schultz hatte er vom ersten Augenblick an gespürt – und halb bewußt als Vorteil angesehen, als ein Plus, nicht als Minus. Er faltete die beschriebenen Blätter zusammen und steckte sie in die Tasche. Und er sagte sich, daß die Nachricht aus Berlin nichts änderte; Schultz' Gewalttätigkeit blieb ein Plus im Sinne ihrer Operation. Sie waren in diesem Ferienhaus, weil er, Bayer, Gewaltaktionen geplant hatte. Deshalb waren sie hier: um Gewalt anzuwenden.

Er ging langsam die Treppe hinunter. In dem kleinen Wohnzimmer schaltete er für einen Moment die Taschenlampe ein und hielt sie über seinen Kopf. Dann beugte er sich zu Schultz und Krüger hinunter und weckte sie auf.

»Kommen Sie mit. Wir wollen die Ausrüstung verladen.«

12

Funker Knight war, trotz seines niedrigen Rangs in der Army, im Zivilberuf Dozent an der Sorbonne in Paris gewesen. Schon als Student und dann als Graduierter hatte er sich in Oxford einen Namen gemacht mit seinen Studien über die Beziehungen zwischen Cartesianern und Okkasionalisten. An der Sorbonne hatte er, als Engländer, vorzugsweise über Descartes und seine Zeitgenossen gelesen. Nur der französische Chauvinismus war ihm, als Frankophilem, unangenehm aufgestoßen. Nach dem Fall Frankreichs war er als Freiwilliger in die Army eingetreten, und seine ausgezeichneten Abschlüsse in Deutsch und Französisch hatten ihn in den Funkwagen in Bosham, nahe Chichester, gebracht, in dem er sich jetzt befand. Nach schrecklichen sechs Monaten im Catterick Camp in Yorkshire hatte er sich genügend Kenntnisse angeeignet, um die Anlagen der Funküberwachung für die verschiedensten Aufgaben bedienen zu können.

Einer der Nachteile der Vichy-Franzosen in Madagaskar war es, daß die gesamte Nachrichtenverbindung mit dem Heimatland über eine Schaltstelle in Nairobi lief, so daß alle Funksprüche vor ihrer Weiterleitung nach Frankreich durch die Hände des britischen Geheimdienstes gingen. Funker Knight war einer der Überwacher, er verschlüsselte und entschlüsselte die Funksprüche, bevor sie weitergegeben wurden, und notierte alles, was von ihrem Inhalt irgendwie von Interesse sein könnte. Da die Absender wußten, daß ihre Nachrichten einen unsicheren Weg nehmen würden, beschäftigten sie sich in ihnen nur mit rein geschäftlichen Dingen oder benutzten einen Code, um den Londoner Dekodierern einen kurzen Zeitvertreib zu verschaffen. Aber sogar die üblichen geschäftlichen Transaktionen konnten brauchbare Hinweise für ein Land enthalten, das sich in einem totalen Krieg befand. Und ein Geist, der fähig gewesen war, Beziehungen zwischen Descartes und den Okkasionalisten herzustellen, war wie geschaffen für die Aufgabe, diese möglichen Informationen aus den madagassischen Nachrichten herauszufiltern, etwa aus den Schiffspapieren eines Kaufmanns aus Diego Suarez, die dieser an seine Bank in Paris übermittelte, einen verwertbaren Hinweis für die im Indischen Ozean operierenden Einheiten der Royal Navy zu entnehmen.

Aber es gab auch Zwangspausen, besonders langweilige Nächte, in denen sich seine Kameraden bei *Lilliput* und *Men Only* entspannten. Seine Sache war das nicht, er ging lieber nichtautorisierte Wege, hörte Frequenzen ab, die nicht zu seinem Aufgabenbereich gehörten, oder revanchierte sich auf boshafte Weise für den französischen Chauvinismus, indem er die Geldbeträge, die aus Madagaskar auf die Banken in Paris oder Lyon transferiert werden sollten, um erhebliche Summen änderte.

An diesem Abend schnappte er einen kurzen Funkverkehr auf, der auf einer ehemals vom deutschen Geheimdienst benutzten Frequenz gesendet wurde. Da er nichts anderes zu tun hatte, schrieb er die zögernd und unbeholfen getippten Morsesignale mit. Als er sich den Funkspruch hinterher ansah, schüttelte er amüsiert den Kopf über den einfältigen Code, der das Alphabet nur um einen Buchstaben veschob, und transponierte den Text. Nur um sich wach zu halten, übersetzte er ihn anschließend noch ins Englische. Sein Inhalt war merkwürdig, sicher nicht militärisch, eher der eines persönlichen Telegramms nach dem Muster: »Mir geht's gut. Wünschte, du wärst hier.« Aber wer benachrichtigte da wen über eine Vergewaltigung, und das fast im Plauderton? Er versuchte einige Anagramme der drei B und K, des SE und OS, aber ergebnislos. Die andere Merkwürdigkeit war, daß auf der einen Seite offenbar ein geübter Funker gesendet hatte, während auf der anderen Seite ein Anfänger am Werk gewesen war.

Funker Knight war ein pflichtbewußter, gewissenhafter Soldat und schrieb einen Bericht über seinen Zufallsfund. Er legte den übersetzten Text bei und schickte ihn mit den anderen Berichten wie üblich am nächsten Morgen an seine Vorgesetzten in Croydon. Dort war bereits ein ähnlicher Bericht, nur ohne Übersetzung, von der Nachrichtendiensteinheit einer in Ashford, Kent, stationierten Brigade der Army eingegangen. In ihm wurde die Stärke der Signale mit R7 angegeben, während Knight sie auf nicht mehr als R5 geschätzt hatte. Beide Berichte wurden an die Auswertungseinheiten in der obersten Etage des Peter-Robinson-Lagerhauses am Oxford Circus weitergeleitet. Dort wurden sie als nebensächlich angesehen und abgelegt.

Sie hatten drei Fahrten und zwei Tage gebraucht, um ihre Ausrüstung von Camber in das Bauernhaus an der Straße nach Cranbrook zu schaffen, doch Bayers Stimmung war gut. Er war von einer Streife der Army an einer Straßensperre in Wittersham angehalten und kontrolliert worden, aber sein Ausweis, das ärztliche Attest und die Adresse von Craig's Farm waren ohne weiteres akzeptiert worden. Die Streife hatte außerdem eine Flasche mit seinem Benzin gefüllt und sie gegen die Sonne gehalten, bevor sie sie wieder in den Tank gefüllt und den

Verschluß zugeschraubt hatten. Einen Grund für dieses seltsame Verhalten konnte er sich nicht denken.

Bayer ging auf eine kleine Gruppe Eichen zu, die ungefähr fünfzig Meter vom Haus entfernt auf dem höchsten Punkt über dem Umland stand. Vom Garten aus hatte man einen weiten Blick über die Felder, die sich hinter den Eichen in sanften Wellen den Hügel hinabzogen, bis sie in mehr als drei Kilometern Entfernung wieder aufwärts führten. Bis auf eine uneinsehbare Geländefalte im Norden war die gesamte Umgebung des Hauses von den Schlafzimmerfenstern aus zu überschauen.

Auf den Blättern und der Feldkrume lag Rauhreif, aber der Boden war noch nicht hart gefroren. Es war zehn Uhr vormittags, und der Nebel, der das Tal am Morgen bedeckt hatte, hatte sich aufgelöst. Der Himmel war blau und wolkenlos, von jenem blassen herbstlichen Blau, das den Winter ankündigt. Bayer hatte die Hände in die Hosentaschen gesteckt und dachte darüber nach, ob er einen der anderen Englisch Sprechenden allein losschicken konnte. Uschi Lange ohne Begleitung auf Erkundung gehen zu lassen, wäre unvorsichtig. Aber sie war eine gute Tarnung für einen der Männer; ein Paar fiel weniger auf als ein Mann allein. Kleist und Uschi, das ginge.

Sie saßen um den großen Küchentisch, auf dem eine Karte und zwei Fotografien lagen. Voss sah auf, als Bayer eintrat. »Was besagen diese Markierungen bestimmter Gebäude, Max?«

Bayer beugte sich über den Tisch, um zu sehen, worauf Voss zeigte. »Unsere Karten sind speziell für die ›Operation Seelöwe‹ hergestellt worden. Es sind englische Generalstabskarten, im Maßstab ein Inch für eine Meile. Die lila eingekreisten Gebäude sollten von der Wehrmacht übernommen werden, sobald sie erobert waren. Die rot eingekreisten waren für die Protektoratsverwaltung vorgesehen. Was haben Sie inzwischen entschieden?«

Voss lächelte. »Wir streiten uns noch. Das einzige, worüber wir uns einig sind, ist, daß wir nicht von der Seeseite aus hineingehen.«

Bayer nickte. »Es ginge auch von dieser Seite, aber wenn Sie einen Angriff erwarten, dann von dort, von der See her. Wo sollen die Sprengladungen angebracht werden?«

Er schüttelte den Kopf, als Schultz zu einer Antwort ansetzte, um ihn zurückzuhalten.

Voss sagte: »Mein Vorschlag war, sie an dem Generatorenhäuschen anzubringen.«

Bayer sah zu Krüger. »Und Sie, Rudi?«

»Ich denke, an der Zentrale.«

Bayer wendete sich Uschi Lange zu. »Du weißt, wo sie angebracht werden müssen, nicht wahr?«

»An den Masten.«

»Richtig. Die Gebäude sind aus Holz, wir würden nur eine geringe Wirkung erzielen. Außerdem hat die Luftwaffe diese Radarstation schon mehrere Male angegriffen. In zwei Tagen wäre alles wieder aufgebaut. Wenn wir aber einen Mast sprengen, dann brauchen sie viel länger, bis sie wieder einsatzbereit ist. Schauen Sie.« Er beugte sich über den Tisch und legte die beiden Fotografien nebeneinander. »Diese drei höheren Maste tragen die Sendeantennen und diese vier die zum Empfangen. Nur die Sendeantennen sind wichtig, ohne sie ist die Station nicht funktionstüchtig.« Er wandte sich Schultz zu. »Sind wir in der Lage dazu, Otto? Können wir einen Mast herunterholen?«

»Sind die Fundamente aus Beton?«

»Ja, aber ich weiß nicht, wie dick sie sind.«

»Das spielt keine Rolle, je dicker, je besser. Muß der Mast ganz zerstört werden?«

»Ja.«

»Zu machen wäre es, aber es würde ein Viertel, vielleicht sogar ein Drittel unseres Sprengstoffs verschlingen.«

»Für jeden Turm?« fragte Bayer erschrocken.

»Nein, für alle zusammen.«

Bayer lächelte. »Sie sind wunderbar, Schultz, ganz wunderbar. Zeigen Sie mir, wie wir es machen sollen.«

Schultz markierte auf den Fotografien, wo er die Sprengladungen angebracht haben wollte. Danach diskutierten sie zwei Stunden darüber, wie sie auf das Gelände der Radarstation gelangen konnten, wieviel Zeit sie brauchen würden und wie sie sich hinterher absetzen konnten. Bis auf ihren Rückzug wurden alle Fragen geklärt. Den offenen Punkt sollten Kleist und Bayer entscheiden.

Am Nachmittag fuhren beide zusammen nach Rye. Das Auto stellten sie in Cooks Werkstatt ab.

»Ist mit dem Auto alles in Ordnung?« fragte der alte Mann.

»Ausgezeichnet, danke. Würden Sie bitte zehn Liter nachtanken?«

Bayer holte den Fahrzeugschein und die Kupons heraus, doch der alte Mann winkte ab. »Lassen Sie nur, mein Herr, es geht schon so.«

Sie gingen auf der unteren Straße zu dem kleinen Hafenviertel und weiter den schmalen Hafendamm entlang. In der Ferne konnten sie die Antennenmasten sehen, aber keine Einzelheiten der Gebäude oder der Schutzmaßnahmen ausmachen. Sie gingen die Mermaid Street hinauf bis ans Ende, an dem Polizeirevier vorbei und über einen kleinen, kopfsteingepflasterten Platz wieder hinunter. Nördlich des Ortes waren parallel zur Küste zwei Streifen Gras zu sehen, die blasser und brauner aussahen als das Grasland daneben. Auf den anderen drei Seiten war nichts Ähnliches zu entdecken. Ein kleiner Army-Laster parkte auf dem Gelände der Radarstation hinter dem Drahtzaun neben einem kleinen Holzgebäude, das das Wachhäuschen zu sein schien.

Der alte Mann sagte: »Ich habe fünfzehn Liter nachgetankt. Das macht ein Pfund.«

Bayer war klar, daß es sich um Schwarzmarktbenzin handeln mußte. Der normale Preis betrug ein Shilling, sechs Pence für fünf Liter. Er dankte dem alten Mann und gab ihm fünfundzwanzig Shilling.

Aus Neugier fuhr Bayer einen Umweg, um sich das zerbombte Gehöft anzusehen, das sie ursprünglich als Quartier ausersehen hatten. Es sah genau so aus wie auf den Fotos, finster aus leeren Fensterhöhlen starrend; von der Rückfront war nur ein Geröllhaufen übriggeblieben. Er fuhr nach Appledore hinein und bog nach links auf die Straße nach Tenderden ein. Als sie endlich Cragg's Farm erreicht hatten, schaltete Bayer den Motor aus und saß eine Weile schweigend da. Nach einigen Minuten sagte er schließlich: »Es geht, Walter. Sie erwarten keinerlei Angriff, es sei denn aus der Luft. Wir müssen ein Maximum an Zerstörung erreichen, denn eine Aktion gegen die Station wird auf alle Fälle intensivste Nachforschungen zur Folge haben.«

»Haben Sie die Luftabwehrkanonen unter den Tarnnetzen gesehen, Max?«

»Ja.« Er drehte sich zu Kleist und lächelte. »Denken Sie das gleiche wie ich?«

»Wir würden Sprengstoff sparen, und es wäre eine eindrucksvolle Geste, sie mit ihren eigenen Waffen zu schlagen.«

Bayer lachte. »Halten wir uns lieber an unseren Plan.«

Er erzählte den anderen, was sie gesehen hatten und daß die Aktion in der nächsten Nacht durchgeführt werden sollte. Uschi Lange sollte im Haus zurückbleiben.

Am nächsten Morgen gingen sie ihren Plan wieder und wieder durch, aber wie sehr sie auch an ihm feilten, Kleist, Krüger und

Schultz würden mindestens zwölf Minuten brauchen, um die Sprengladungen anzubringen. Und sie würden die Zündschnur doppelt so lang wie nötig auslegen müssen, wenn sie eine Chance haben wollten, hinterher zu verschwinden. Krüger sollte das Gelände als erster verlassen und das Auto fahrbereit halten, während Bayer die Meldungen der anderen erwartete.

Kurz bevor sie aufbrachen wurde in den Nachrichten der BBC mitgeteilt, daß Roosevelt zum drittenmal zum Präsidenten der USA gewählt worden war.

Um halb acht Uhr hatten sie den Stadtrand von Rye erreicht. Bayer fuhr noch über die Brücke und parkte dann vor dem Baustofflager. Er ging mit Schultz und Voss voran, gefolgt von Kleist und Krüger. Der Mond war noch nicht aufgegangen, und so gingen sie vorsichtig auf dem Trampelpfad, der um das Gelände der Radarstation herumführte, bis sie nach fast einer Stunde auf der Ostseite angekommen waren, wo sie sich in der kalten Herbstluft hinkauerten und warteten.

Kurz nach zehn hörten sie aus der Richtung von Hythe das Feuer von Luftabwehrkanonen und danach das anschwellende Dröhnen von schweren Bombern, die über den Kanal eingeflogen kamen. Sie flogen einen Kurs, der zu den Midlands führte. Weit hinter ihnen schweiften die Suchscheinwerfer über den Himmel. Dann erklang das Geratter der Bordkanonen der Jägerbegleitung der Bomber, die sich den angreifenden englischen Nachtjägern stellten. Doch plötzlich war alles wieder still, bis die Sirenen in der Stadt aufheulten und Luftalarm gaben.

Die zweite Welle Bomber flog an, und Bayer sagte leise: »In Ordnung. Fangen wir an.«

Tief geduckt stolperten sie über die Grasbüschel los. Am Zaun legte sich Bayer flach auf den Boden, schnitt die beiden untersten Drähte durch und hob sie mit seiner behandschuhten Hand hoch. Schultz kroch als erster unter dem Zaun durch, gefolgt von Krüger, der den Stacheldraht noch höher zerrte, um Kleist hindurchzulassen. Der Mond war inzwischen aufgegangen, und Bayer und Voss konnten das Gittergefüge der beiden nächsten Maste erkennen. Sie knieten sich hin, die Thompson-MPs in Händen, und ruhten sich einen Moment aus. Bayer sah auf seine Uhr; es waren erst drei Minuten vergangen, obwohl es ihnen wie eine ganze Stunde vorkam.

Die Bomber waren jetzt über ihnen. Sie hörten einen Befehlsruf, und die Luftabwehrkanonen, die Bayer und Kleist auf ihrem Erkundungsgang unter den Tarnnetzen gesehen hatten, begannen zu feuern. Sekunden später hörten sie das Schwirren eines Schrapnells, das in ungefähr zehn Metern Entfernung von ihnen einschlug.

Bayer, Voss und Krüger brachten die Sprengladungen an, wo Schultz sie haben wollte, wonach Schultz selbst die Zündkapseln einsetzte und anschließend auf die Masten kletterte, um die Hilfsladungen drei Meter über dem Betonfundament anzubringen. Sein Atem und das Geräusch seiner Schuhe auf den Stahlstreben der Masten war beängstigend laut, jedenfalls empfanden es Kleist und Krüger so. Als Schultz die letzte Ladung untergebracht hatte, verlegte er die Zündschnüre in verschiedene Richtungen. Die drei Hauptladungen verband er durch eine zweite Zündschnur.

Danach zog er Krüger dicht zu sich heran und sagte: »Ab zum Wagen. Ich komme mit Kleist nach.« Ohne eine Erwiderung abzuwarten, zog er sein Jackett aus, hielt es über die erste Zündschnur und entzündete sie mit seinem Feuerzeug. Als die Schnur Funken sprühte, blies er scharf darauf und fluchte leise.

Er fand Kleist an der zweiten Zündschnur und schickte ihn fort zum Zaun. Die dritte Zündschnur fing erst beim zweiten Versuch Feuer, dann war alles erledigt, und er machte sich auf den Weg zurück zum Zaun. Als er unter ihm hindurchkroch, ertönte das Entwarnungssignal.

Der Wind war aufgefrischt, und Schultz fluchte, weil dadurch die Zündschnüre schneller verbrannten. Er nahm Kleist am Arm, und gemeinsam stolperten sie den Schatten von Bayer und Voss hinterher. Am Wegrand legten sie sich alle flach auf den Grasboden. Kurz darauf war Krüger mit dem Auto zur Stelle.

Bayer setzte sich auf den Beifahrersitz, und als alle eingestiegen und die Türen geschlossen waren, sagte er: »Zurück zur Brücke, dann rechts in die Nebenstraße. So schnell wie möglich.« Er drehte sich um und fragte Schultz: »Wie lange noch, Otto?«

»Sieben Minuten.«

Bayer setzte sich wieder in Fahrtrichtung. »Dort entlang, Rudi. Jetzt links. Schneller.«

Fünf Minuten später waren sie bei dem zerbombten Bauernhaus angekommen.

»Auf die Auffahrt, Rudi. Ganz hinein, unter die Bäume.« Er sah auf die Uhr. »Noch zwei Minuten, Otto.«

Noch während er sprach, hörten sie die Explosion, und Schultz sagte: »Das war dieser verdammte Wind. Er hat die Zündschnüre schneller abbrennen lassen.«

Bayer drehte sich zu ihm um. »Wie hat es geklungen, Otto?«
Schultz grinste. »Es klang wie unser Walter am Klavier, verdammt gut.«

Bayer fragte sich, wie lange sie wohl brauchen würden, um die Spur zu finden, die er ausgelegt hatte, einen irischen Paß auf den Namen O'Keefe. Er war einer seiner Wünsche an Kästner gewesen, und er war echt, obwohl sein Besitzer schon lange tot war. Bayer hatte die Protokolle der Verhandlungen gelesen, die man in Berlin mit IRA-Männern geführt hatte, die nach Deutschland gekommen waren, um Geld, Waffen und moralische Unterstützung zu erhalten. Und er hatte ihre eigenen Beschreibungen der Bombenanschläge gelesen, die sie seit Kriegsbeginn in England verübt hatten.

Sie verbrachten die ganze Nacht im Auto. Es war schon seit einer Stunde hell, als sie aufbrachen. Bayer wollte eventuell aufgebaute Straßensperren wenigstens sehen, bevor sie sie erreichten. Er fuhr selbst, und als sie nach Tenderden kamen, schien dort alles seinen gewohnten Gang zu gehen.

Um halb elf Uhr waren sie zurück auf Cragg's Farm. Bayer rasierte sich und fuhr anschließend zu der Telefonzelle auf der kleinen Grünfläche der Kreuzung. Er warf die Münzen in den Schlitz und wählte. Er erkannte die Stimme des alten Mannes und fragte: »Ist dort Cook's Werkstatt?«

»Ja, hier ist Joe Cook.«

»'n Morgen, Mr. Cook. Ich habe den Standard bei Ihnen gekauft. Und jetzt habe ich eine Frage, und zwar, ob ich ihn vielleicht zu Ihnen bringen könnte, damit Sie sich einmal den Vergaser ansehen. Er fährt etwas schwerfällig.«

»Nicht heute, Sir. Sie würden nicht durchkommen. Man hat die Hauptstraße und die Straße nach Winchelsea abgesperrt, wegen des Bombenangriffs letzte Nacht.«

»Ich hoffe, es gab nicht zu große Zerstörungen.«

»Die Saukerle haben zwei der Masten umgehauen, soweit ich sehen kann.«

»Ich werde es dann morgen noch einmal probieren, Mr. Cook.«

»In Ordnung. Wahrscheinlich muß nur der Filter gereinigt werden.«

Sie hatten jeden Abend eine nichtssagende kurze Nachricht an Kästner durchgegeben, aber heute abend war es anders, und Bayer schrieb die Nachricht mit der Begeisterung eines kleinen Jungen:

»KKK Stop Schlag vor HGB-Knaben besuchen Ziel zwei Stop BBB.« Als Antwort kam nur die übliche Eingangsbestätigung.

Kleist und Bayer tranken zusammen Kaffee und lasen den *Kent Messenger*, jeder eine Hälfte. Sie blickten beide auf, als Krüger in das Zimmer stürmte. »Da kommt ein Auto die Auffahrt hoch.«

Kleist ging mit Krüger die Treppe hoch, und Bayer rief Uschi Lange zu sich. Das Klopfen an der Tür war laut und entschieden. Bayer öffnete. Vor ihm stand eine ungefähr fünfzigjährige Frau in einem braunen Tweedmantel, braunem Pullover, über dem sie eine Perlenkette trug, derben braunen Schuhen und einem enganliegenden Filzhut. Ihr eckiges Gesicht war glatt und freundlich. Sie blickte Bayer aus ihren hübschen grauen Augen entschuldigend an. »Ich kenne leider Ihren Namen nicht. Ich bin Patsy Waring, vom Barn House, dort ein Stück die Straße hinauf. Ich bin dabei, Geld zu sammeln, und natürlich hätte ich vorher anrufen sollen, aber ich hoffe, ich komme trotzdem nicht ungelegen.«

Bayer lächelte. »Aber nicht im geringsten. Treten Sie ein.«

Sie kam herein und ging weiter bis ins Wohnzimmer, ohne auf Bayers Einladung zu warten. Als sie Uschi Lange sah, blieb sie stehen.

Bayer sagte: »Darf ich vorstellen? Dies ist Ursula Long. Ursula, Mrs. Waring.« Er wandte sich Mrs. Waring zu. »Sie sind doch verheiratet, nicht wahr?«

»O ja.«

Sie betrachtete Bayer. »Ich habe gehört, daß ein Paar Cragg's Farm gemietet hat, und da dachte ich mir, ich sollte Sie beide hier bei uns begrüßen.«

»Setzen Sie sich doch, Mrs. Waring.«

Sie setzte sich in einen der Sessel und sah sich im Zimmer um. »Wie ich sehe, haben die Robinsons ihr Porzellan mitgenommen. Man hat hier ein bißchen darüber geredet. Es war Meißner Porzellan und für den Kaiser hergestellt worden. Nicht eben geschmackvoll in diesen Zeiten, wenn sie verstehen, was ich meine.«

Bayer lächelte, und Mrs. Waring fuhr fort: »Sie müssen Hugo, meinen Mann, kennenlernen. Er ist im Heeresministerium. Ich sehe ihn nur alle vierzehn Tage. Jetzt aber ...«, kündigte sie in einem Ton an, als hätte Bayer ihre Zeit verschwendet, »jetzt aber zu meiner Sammlung.« Sie lächelte, ein eingeübtes, geschäftsmäßiges Lächeln. »Genaugenommen sind es zwei Sammlungen, eine für das Rot Kreuz und eine für den Spitfire-Fonds. Wir haben beschlossen, als Mindestsatz beim Adel ein Pfund und bei den andern zwei Shilling anzusetzen. Hugo, mein Mann, sagt, jetzt, wo die Deutschen gewissermaßen auf unserer Türschwelle stehen, müssen wir hier in der Gefahrenzone besonders freigiebig sein. Ich bin sicher, Sie stimmen dem zu.«

Bayer nahm zwei Pfundnoten aus seiner Brieftasche. »Ihr Mann hat ganz recht, Mrs. Waring. Wir müssen die Kriegsanstrengungen unterstützen, wo immer wir können.«

»Sie sind nicht von hier, Mr. – äh...?«

»Barnes, Max Barnes. Nein, ich komme aus der Gegend von Cambridge.«

Sie stand auf. »Ah ja. Nun, ich muß weiter. Kommen Sie doch in den nächsten Tagen einmal zum Essen zu uns.«

Nachdem sie gegangen war, sagte Uschi Lange: »Du warst fantastisch, Max.«

Er lächelte. »Ich bin diese Sorte Frauen gewöhnt, Uschi. Sie sind leicht zu nehmen.«

In einem altmodischen Zimmer des »Mermaid« in Rye saßen Major Hastings von den Pionieren und Captain Phillips vom Nachrichtendienst zusammen und betrachteten die kleine Sammlung von Gegenständen, die auf dem Tisch lag. Hastings saß auf dem Fußende des Betts; es war sein Zimmer. Phillips saß auf einem Klappstuhl und pustete den Rauch von Hastings Zigarre von sich weg. Dann strich er sich die Haare aus der Stirn und sagte: »Ich weiß, George, es paßt alles zusammen. Aber sie haben bisher noch nie ein militärisches Objekt angegriffen.«

Hastings zuckte die Achseln. »Wir haben einen irischen Paß, und Ihre Leute schwören, daß er nicht gefälscht ist. Die Zündkapseln kommen aus Deutschland, und Ihre Leute bestätigen, daß die IRA Abgesandte nach Berlin geschickt hat, die Geld, Waffen, Munition und ein paar Ratschläge wollten. Das scheint mir zu genügen. Es waren diese verdammten Micks, glauben Sie mir.«

»Aber warum dieses Zielobjekt? Von der Bombardierung alter Damen auf der Victoria Station liegt es doch ziemlich weit weg.«

»Sicher, aber inzwischen haben die Krauts ihnen geholfen. Sie sind anspruchsvoller geworden.«

»Wenn Sie die Masten hätten zerstören wollen, wo hätten Sie die Sprengladungen angebracht?«

Hastings zuckte die Achseln. »Genau da, wo sie sie angebracht haben.«

Phillips seufzte. »Und warum ist der dritte Mast nicht genauso zerstört worden wie die anderen beiden?«

»Weiß Gott. Die Sprengladungen waren an den gleichen Stellen. Vielleicht hatten sie nicht genug Gelatinedynamit und haben sparsam kalkuliert. Oder sie hatten es eilig, möglicherweise aus Angst vor den Bombern.«

»Also nichts, was Sie als unprofessionell einschätzen würden?«

»Nein, eigentlich nicht. Worauf wollen Sie hinaus?«

Phillips sah seinen Gegenüber nachdenklich an. »Könnten es vielleicht die Jerrys selbst gewesen sein? Irgendein Stoßtrupp, der sofort wieder verschwunden ist?«

»Hat man irgendwelche Boote gesehen?«

»Nein, aber ihre U-Boote sind dauernd im Kanal unterwegs. Vor einem Monat haben sie zwei Agenten in der Nähe von Dymchurch abgesetzt. Wir haben sie am Morgen nach ihrer Landung gefaßt. Sie waren mit einem U-Boot gekommen, und wir hatten keine Meldung über ein Boot oder ihre Landung.«

»Wie haben Sie sie entdeckt?«

»Sie sprachen kaum Englisch, ganz untergeordnete Leute. Der eine von ihnen ist in Hythe in einen Pub gegangen und hat einen großen Whisky bestellt, früh um acht.«

Hastings lachte. »Das spricht aber auch für die Micks, jedenfalls gegen die Deutschen.«

»Was würde Sie davon überzeugen, daß es die Jerrys waren?«

»Nun, zum Beispiel, wenn Sie Plastiksprengstoff benutzt hätten.«

Phillips stand auf. »Wahrscheinlich haben Sie recht. Fahren Sie zurück nach London?«

»Nein, ich fahre nach Ashford.«

Uschi Lang und Bayer gingen Hand in Hand an dem umgepflügten Feld entlang. Als der Regen einsetzte, flüchteten sie unter eine Kastanie. Ihre gelbbraunen Blätter waren vom Wind bis zum Waldrand und auf die schwere, dunkle Erde des Feldes getragen worden. Ein paar Blätter hingen noch an den Ästen. Die beiden machten es sich, so gut es ging, bequem und setzten sich unter den Baum, mit dem Rücken an seinen massiven Stamm gelehnt. Drei Jagdflieger flogen über dem Wald am anderen Ende des Feldes, und Uschi Lange beschattete ihre Augen mit der Hand, während sie zu ihnen hochsah.

»Sind das Spitfires, Max?«

»Nein, Hurricanes, vom 615. Geschwader.«

»Wie erkennt man das?«

»Die Spitfires haben runde Tragflächen, die der Hurricanes sind rechtwinklig abgeschnitten. Und ihre Gipfelhöhe ist viel geringer.«

Die Hurricanes waren bald sehr weit weg, doch als sie sich in eine Kurve legten, konnten sie ein kurzes Aufblinken vor den grauen Wolken wahrnehmen, wo ein Sonnenstrahl sie erfaßt hatte. Während sie zurück zum Weg gingen, bildete sich ein Regenbogen am Himmel. Das Auto stand am Ende des Waldes. Sie hatten es nicht gerade versteckt, aber es war auch nicht zu auffällig geparkt. Als sie um die Waldecke bogen, stockte Uschi Lange und preßte Bayers Hand.

»Dort«, flüsterte sie.

Zwei Polizisten standen neben dem Auto, und ein Fahrrad lehnte an der Einzäunung, die sich am Wald entlangzog. Die Motorhaube des Autos stand weit offen.

»Keine Angst, Uschi. Die übliche Geschichte: Du bist meine Freundin, und wir überlegen uns, hier irgendwo ein Haus zu kaufen, *a smallholding*.«

»Was ist ein *smallholding*?«

»Ein kleiner Landbesitz.«

Damit waren sie bei dem Auto angekommen, und jetzt bemerkte Bayer auch das zweite Fahrrad. Einer der Polizisten war ein Sergeant. Er ging auf die beiden zu und fragte: »Ist das Ihr Auto, Sir?«

»Ja.«

»Haben Sie den Fahrzeugschein dabei?«

»Sicher.«

Er griff in die Innentasche seines Jacketts und holte ihn heraus, zusammen mit den Benzinmarken. Er übergab beides dem Sergeant, der sich den Fahrzeugschein sorgfältig durchlas und dann die Benzinmarken prüfte.

»Könnte ich Ihren Ausweis sehen?«

Bayer gab ihn ihm und beobachtete, wie er ihn langsam durchlas. Schließlich fragte der Sergeant, die Papiere immer noch in der Hand: »Und was tun Sie in dieser Gegend, Sir?«

»Wir sehen uns nach einem Haus um.«

Der Sergeant betrachtete Bayer aus seinen braunen Augen von oben bis unten, während er sich mit der Zunge die Lippen anfeuchtete.

»Mir scheint, Sie wollen den Deutschen helfen.«

»Ich verstehe nicht, Sergeant.«

Der Sergeant wies auf den Motor unter der offenen Motorhaube. »Sie befinden sich in einer Verteidigungszone, und Sie kennen die Bestimmungen. Ein Auto muß bei Verlassen fahruntauglich gemacht werden, und bei Ihnen ist weder die Verteilerkappe noch der Verteilerfinger entfernt.«

»Oh, das war sehr dumm von mir. Ich hatte einen Fasan auf dem Feld gesehen und habe angehalten, um ihn meiner Freundin zu zeigen. Ich habe nicht daran gedacht.«

Der Sergeant zögerte kurz und gab ihm dann die Papiere zurück.

»Wo wohnen Sie zur Zeit?«

»Zwischen Cranbrook und Tenderden.«

»Das liegt auch in der Verteidigungszone. Sie müßten es also wissen, Sir. Denken Sie das nächste Mal daran.«

»Das werde ich sicher tun, Sergeant.«

Der zweite Polizist drückte die Motorhaube nach unten, bis sie einrastete, und beide sahen ihnen nach, während sie davonfuhren. Bayer blickte starr geradeaus.

»Nicht zurücksehen, Uschi, um Gottes willen.«

Sie fuhren südlich an Ashford vorbei und waren zwei Stunden später wieder in ihrem Bauernhaus.

Bayer unterrichtete Kästner, daß sie in den nächsten zwei Tagen Ziel vier aufs Korn nehmen würden. Kästners Antwort enthielt überschwengliche Glückwünsche. Er hatte inzwischen offenbar herausgefunden, was mit den Masten von Ziel zwei geschehen war.

13

Bayers Skizzen des Jagdfliegerhorsts von Hawkinge und seiner unmittelbaren Umgebung erfaßten ein quadratisches Areal von ungefähr einem Kilometer Seitenlänge, dessen Ecken in die vier Himmelsrichtungen zeigten. Im Nordosten wurde es von der Landstraße begrenzt, die aus Folkestone kam und durch das Dorf Hawkinge hindurchführte. Die anderen drei Seiten bildeten kleinere Straßen, die, außer von landwirtschaftlichen Fahrzeugen, kaum befahren wurden. Sie führten zu kleinen Weilern von vier oder fünf Höfen, die sich wahllos an den Enden der gewundenen Straßen zusammendrängten. Im Nordwesten lag ein Friedhof mit einem Krematorium und einer Kirche in der Mitte, einem guten Orientierungspunkt für die drei Messerschmitt 110 der Erprobungsgruppe 210, die sich darauf spezialisiert hatten, von ihrer Basis Calais-Marck aus den Flugplatz bei Hawkinge heimzusuchen.

An der Seite des Friedhofs führte ein in den beiden letzten Jahren völlig verwilderter Weg entlang. Schon nach zehn Metern machte ein großes Brombeergebüsch die Weiterfahrt unmöglich, und sie ließen das Auto vor dem Gebüsch stehen.

Nur Schultz und Kleist sollten mit Bayer auf das Gelände des Fliegerhorsts kommen. Ihre Überwachung hatte ergeben, daß jeden Abend um halb elf ein Meldefahrer die Berichte der Radarstation in Lympne nach Hawkinge brachte. Er gehörte zum RASC, nicht zur RAF, und der Transportzug wurde oft genug ausgewechselt, daß ein neues Gesicht nicht auffallen würde. Sie hatten seine Fahrtroute erkundet. Er bog gewöhnlich in Newington von der Hauptstraße ab und passierte etwa zehn Minuten nach zehn Uhr die Dane-Farm. Von der Straßenkurve kurz nach der Dane-Farm an gab es weit und breit keine Häuser mehr. Dort warteten Schultz und Bayer jetzt auf ihn. Die Nacht war frostig, und außer einigen in der Ferne brüllenden Kühen war nichts zu hören.

Sie hockten vor einem Gebüsch, als Schultz plötzlich seine Hand hob. »Ich kann ihn hören, er kommt.« Er griff nach dem Kanister, den sie mitgebracht hatten, und rannte auf die Straße, wo er hastig das Öl aus dem Kanister auf die Fahrbahn goß, so daß ein großer Fleck sie in ganzer Breite bedeckte. Danach zogen sie sich einige Meter zurück, für den Fall, daß das Öl nicht die gewünschte Wirkung erzielte.

Das Motorrad kam aus der Kurve; ein fahler Lichtschein fiel durch die Rippen der Scheinwerferabdeckung. Es fuhr vielleicht sechzig Stundenkilometer, und der Fahrer hatte sich weit nach vorn gelegt. Als er den Ölfleck überfuhr, kämpfte er sekundenlang mit dem wegrutschenden Vorderreifen, aber er bekam das Motorrad nicht wieder unter Kontrolle. Der Lenker hatte sich quergestellt, und die Fußraste schliff funkensprühend über die Fahrbahn. Der Motor heulte auf, als die schwere Maschine zur Seite kippte, auf den Fahrer fiel und sein Bein unter dem heißen Zylinderblock einklemmte.

Bayer schaltete den Motor aus und schob die Maschine an den Straßenrand. Schultz hatte einen Arm um den Nacken des strampelnden Fahrers gelegt und preßte ihm seine Finger in die Luftröhre. Bayer kam dazu, und während sie dem Mann die Uniform auszogen, stieß auch Krüger, vom Rennen außer Atem, zu ihnen.

Bayer sagte zu Schultz: »Wenn Sie ihn gefesselt haben, schaffen Sie ihn hinter das Gebüsch, aber stopfen Sie ihm den Mund.«

Dann zwängte er sich in die Uniform, sie war etwas zu klein für ihn, aber die wadenhohen Army-Stiefel paßten gut. Er durchsuchte alle Taschen und förderte einen AB64 Teil zwei, den Marschbefehl und eine Brieftasche zutage, in der zwei Pfundnoten, die Fotografie einer jungen Frau mit einem Baby auf dem Arm und in einem Fach ein pornographisches Bild mit zwei Männern und einer Frau steckten. Außerdem fand er noch etwas Kleingeld, ein Khakitaschentuch und zwei Schlüssel in der Hosentasche und in der Brusttasche vorschriftsmäßig ein kleines Feldverbandspäckchen. Der Helm war Bayer zu groß, und er fütterte ihn mit dem Khakitaschentuch, so daß er fest saß.

Krüger betrachtete Bayer noch einmal kritisch, als er fahrbereit auf dem Motorrad saß. Er trug Bayers Sachen über dem Arm, um sie zum Auto mitzunehmen. Dann beugte er sich über den Lenker und flüsterte: »Das ist die Bremse, das die Kupplung. Es hat eine Fußgangschaltung, und das ist der Gasdrehgriff, alles fast so wie bei der BMW.«

Bayer sah, wie Schultz sich aus dem Gebüsch hervorkämpfte. »Warten Sie, bis ich auf der anderen Seite des Zauns bin, Otto. Es dauert vielleicht einige Zeit. Das hängt ganz davon ab, was drinnen passiert.«

Schultz nickte, und Bayer startete und legte den ersten Gang ein. Schultz und Krüger sahen ihm nach, bis das rote Schlußlicht in der Dunkelheit verschwunden war, und gingen dann die Straße entlang. Schultz sagte: »Er ist wirklich unverfroren, unser Max. Er entscheidet, was zu tun ist, und dann tut er es auch. Sie haben schon gewußt, warum sie ihn in dieses Spiel geschickt haben.«

Sie kamen an die Ecke, an der sie sich trennen mußten, und Krüger preßte Schultz Arm. »Sie sind auch nicht übel, Otto. Viel Glück.« Er sah ihm noch einen Moment nach, dann verschwand auch er in der Dunkelheit.

Am Friedhof hielt Bayer an und inspizierte die beiden Seitentaschen neben dem Hinterreifen. Sie enthielten ein von einem Gummiband zusammengehaltenes Bündel Privatpost und zwei große, bräunliche Umschläge. Er atmete tief ein und fuhr, nach rechts abbiegend, weiter. Nach zweihundert Metern hatte er die Einfahrt des Fliegerhorsts erreicht. Ein Wachposten mit umgehängtem Gewehr hielt ihn an.

»AB64, Kumpel.«

Bayer gab ihm den Ausweis mit dem beiliegenden Marschbefehl.

Der Posten sah sie sich kurz an und reichte sie ihm zurück. »Waren Sie schon einmal hier, Corporal?«

»Nein.«

Der Posten drehte sich um und wies mit der freien Hand, die andere war unter den Gewehrgurt geklemmt, in die Dunkelheit. »Gleich geradeaus ist das Geschwaderbüro. Dorthin bringen Sie die dienstliche Post. Lassen Sie sich den Empfang vom Flight-Sergeant bestätigen. Die Privatpost kommt in Baracke vier, dort den Aschenweg entlang, an dem Geschützposten vorbei, und dann ist es die zweite Baracke links. Eine Empfangsbestätigung brauchen Sie nicht, geben Sie sie einfach ab.«

»Kann ich hier irgendwo eine Tasse Tee bekommen?«

»Klar. Am Ende des Aschenweges ist eine Kantinenbaracke. Der Lärm ist nicht zu überhören.«

»Danke.«

»Lassen Sie den Motor vor dem Büro nicht laufen. Der Alte schläft dort, und er mag es nicht gerade, gestört zu werden.«

Bayer nickte und stellte den Motor ab, bevor er die Holzstufen zum Geschwaderbüro hinaufging. Hinter der Tür hing ein schwarzer Vorhang, und als er ihn zur Seite schob, schloß er kurz die Augen, weil das grelle Licht ihn blendete.

An einem der beiden Klapptische in dem Büro saß ein Sergeant und hackte mit zwei Fingern auf einer altertümlichen Schreibmaschine herum. Er tippte noch einen Augenblick weiter, während Bayer die Silhouette einer Dornier und einer Heinkel betrachtete, die neben dem Foto eines nackten Mädchens an die Wand geheftet waren. Schließlich blickte der Sergeant auf. »Ah, legen Sie die dienstliche Post hier hin.« Er deutete auf die Ecke des Tisches, an dem er saß.

»Ich brauche eine Empfangsbestätigung, Sergeant.«

»Flight-Sergeant, wenn Sie so freundlich sein wollen, Corporal.«

»Flight-Sergeant.«

»Haben Sie auch Privatpost mitgebracht?«

»Ja. Man sagte mir, ich solle sie in Baracke vier abliefern.«

»Alles zu seiner Zeit, mein Freund. Wo ist sie?«

»Draußen auf dem Motorrad.«

»Dann gehen Sie und holen sie her. Danach bekommen Sie auch Ihre Unterschrift.« Nachdem Bayer dem Sergeant das Bündel Briefe geholt und übergeben hatte, streifte der Sergeant das Gummiband ab und las sich die Adressen und Absender auf den Kuverts durch. Zwei Briefe legte er beiseite, den Rest gab er Bayer zurück.

»Die können Sie rüberbringen. Die beiden hier sind für mich.«
»Danke, Flight-Sergeant.«
»Sie wissen, wie Sie zur Baracke vier kommen?«
»Ja, der Wachtposten hat es mir erklärt.«
Bayer fuhr zur Baracke vier und überreichte die Post einem Pilot Officer, der das Band des DFC trug. Danach fuhr er in Richtung Kantine und hielt kurz vor ihr an, bockte das Motorrad auf und ging in die Dunkelheit. Am liebsten wäre er gerannt, aber er hielt sich zurück, weil es ihn nur verdächtig machte, wenn er angehalten würde.

Einige Sekunden lang fürchtete er, Schultz und Kleist nicht an dem vereinbarten Platz zu finden, doch dann entdeckte er den hellen Fleck von Schultz' Gesicht hinter dem Zaun. Er prüfte den Untergrund, dann setzte er die Drahtzange an und ließ Schultz und Kleist auf das Gelände. Dann brachte er Kleist zur Munitionsbaracke. Anschließend kam er zurück zum Zaun und ging mit Schultz zu den Flugzeugen, die vor den Werkstätten aufgereiht standen. Ungeduldig wartete er, während Schultz geduckt unter der Tragfläche der ersten der Hurricanes verschwand. Eine Viertelstunde später brachte er ihn zurück zum Zaun, wo er auf Kleist warten sollte. Nachdem er auch Kleist wieder zum Zaun geführt hatte, fragte er Schultz flüsternd: »Auf welche Zeit sind sie eingestellt?«
»Zwanzig Minuten, wie Sie gesagt haben.«
»Gehen Sie zum Auto, und warten Sie dort auf mich.«
»Beeilen Sie sich, Max.«
Bayer ging zur Kantine und kniete sich an die vordere Ecke der Baracke. Er preßte den Plastiksprengstoff an die Holzwand und steckte den Zünder mit dem Zeitgeber hinein. Aus der Baracke klang der Gesang von rauhen Stimmen heraus. Bayer konnte die Worte nicht verstehen, aber es schien um Methusalem zu gehen.

Danach schob er das Motorrad ein Stück von der Baracke weg und startete. Langsam fuhr er auf das Tor zu. Der Wachtposten nickte, als er an ihm vorbeifuhr. Dann wendete er sich nach links und beschleunigte sein Tempo.

Die anderen waren mit dem Auto schon bis an die Straße vorgefahren. Bayer fuhr an ihnen vorbei den gefurchten Weg entlang und schob das Motorad in das Brombeergestrüpp. Dann rannte er zum Auto zurück und setzte sich auf den Beifahrersitz. Kaum hatte er die Tür zugeschlagen, fuhr Kleist hastig davon.

Kurz hinter Lyminge hielten sie an und stiegen aus. Schweigend lauschten sie in die Nacht hinein. In zwei Minuten sollten die Sprengladungen explodieren, und endlich nach vier Minuten hörten sie sie, zuerst zwei fast gleichzeitig, Sekunden später noch einmal vier und als letzte eine einzelne. Schultz lachte. »Es waren sieben, und wir haben nur sechs ausgelegt.«

Sie brauchten sechs Stunden bis zu ihrem Bauernhaus, da sie die Hauptstraßen mieden, bis sie nach Tenderden kamen, und jedesmal, bevor sie eine Hauptstraße kreuzten, einen Aufklärer vorschickten. In ihrem Quartier angekommen, war an Schlaf nicht zu denken, obwohl sie ziemlich erschöpft waren; die Aufregung hielt sie wach. Sie vergruben die Uniform und die Papiere in der kleineren der beiden Scheunen und saßen anschließend noch bis in den frühen Nachmittag zusammen und unterhielten sich.

Bayer fuhr mit Uschi Lange nach Cranbrook, um einzukaufen. Er hatte sie alle bei demselben Lebensmittelgeschäft und demselben Fleischer angemeldet, war bisher aber immer allein einkaufen gewesen. Während sie in die kleine Stadt fuhren, erklärte er Uschi Lange die Lebensmittelkupons. Sie sollte allein in die Läden gehen.

Krüger hatte ein Schachbrett und eine Schachtel mit den Figuren gefunden. Er saß mit Schultz auf seinem Bett; zwischen ihnen stand das Schachspiel. Sie waren immer noch viel zu aufgekratzt, um schlafen zu können.

Schultz wickelte eine Zigarre aus. »Ich habe nur noch sieben von diesen verdammten Dingern.«

»Wir können ja einen Tabakladen überfallen, Otto.«

»Etwas anderes wäre mir aber noch lieber.« Schultz grinste.

»Was denn?«

»Ein Mädchen, eine gute Nummer.«

Krüger lachte. »Du wirst hier in der Gegend kein Bordell finden, Otto. Hier gibt's nur Bauern.«

»Zur Hölle mit den Bordellen. Ich war nie in einem, nicht mal in Berlin. Wir haben doch unsere Uschi.«

Krüger blickte erschreckt auf. »Sie gehört zu Walter. Du solltest das besser vergessen, Otto.«

»Ich weiß, aber ihr Walter macht's ihr ja doch nicht, soviel ist sicher. Sie verschwendet sich nur.«

»Vielleicht ist es das, was sie will.«

»Denk nur mal dran, was du mit diesen fantastischen Titten anstellen könntest.«

»Oh, Otto, um Gottes willen, vergiß es. Du solltest lieber etwas schlafen.«

»Nein. Die Aufregung macht mich nur noch schärfer.«

»Du brauchst eine kalte Dusche. Dein Zug, Otto.«

Schultz lachte und bewegte eine Figur auf dem Spielfeld.

Bayer stellte den Karton mit den Lebensmitteln auf den Boden und suchte nach dem Schlüssel für den Kofferraum. Als er ihn geöffnet hatte, sah er das Seil.

Er sprach wenig auf der Rückfahrt, und als sie vor dem Haus hielten, sprang er aus dem Auto und rannte die Treppe zu Schultz' Schlafzimmer hinauf. Es war leer, und er hastete zum nächsten Zimmer, in dem Krüger schlief. Schultz und Krüger blickten überrascht auf, als er ins Zimmer stürmte.

»Womit haben Sie den Meldefahrer gefesselt, Otto?«

»Er brauchte keine Fesseln, Max.«

»Warum nicht?«

»Er wird uns auch so keinen Ärger machen.«

»Sie haben ihn umgebracht.«

»Ja. Es war am besten so.«

»Das war gegen meinen Befehl.«

Schultz zuckte die Achseln. »Wir sitzen im selben Boot, Max. Und schließlich sind wir doch deshalb hier: um diese Hunde zu töten.«

Bayer war blaß vor Ärger. »Sie sind ein verdammter Dummkopf, Schultz. Die Polizei, die Army, einfach jeder wir uns jetzt jagen.«

»Das tun sie sowieso. Sie haben doch mit der Sprengladung an der Kantine weit mehr Leute umgebracht.«

»Um Himmels willen, Otto. Das Ganze hätte wie ein einfacher Überfall aussehen können. Aber jetzt wissen sie, daß wer immer es auch getan hat, tagelang Zeit hatte, die Sache vorzubereiten, die Route des Meldefahrers auszukundschaften, die Zeiten ... Sie werden sich denken können, daß wir noch in der Gegend sind.«

Schultz starrte Bayer herausfordernd an und paffte an seiner Zigarre. Bayer wollte weitersprechen, überlegte es sich dann jedoch anders. Aber der Blick, den er Schultz zuwarf, als er das Zimmer verließ, war beredt genug.

Auch die lange Nachricht über ihren Erfolg, die er an diesem Abend für Kästner aufsetzte, beruhigte ihn nicht. Er entschied, daß sie alle sich am nächsten Tag erst einmal ausruhen sollten. Auch über die nächste Aktion sollte nicht gesprochen werden. Zum erstenmal seit

Beginn ihrer Operation fühlte er sich beunruhigt. Er wußte genau, wie man mit Leuten wie Schultz zu verfahren hatte, in der Heimat; aber auf Feindesgebiet war das nicht so einfach. Das Leben aller Mitglieder seiner Gruppe hing von seiner Voraussicht und von seinem Urteil ab, und Schultz wurde nachgerade zu einer Gefahrenquelle für sie alle. Ein Tag Pause würde ihnen guttun.

Captain Phillips war inzwischen zum Major befördert worden, und die neuen grünen Abzeichen des Intelligence Corps auf seinen Schultern brachten ihm ein »präsentiert das Gewehr!« anstellte des lässigen Schlags auf den Gewehrkolben ein, als er das Hobart House betrat. Major Hastings wartete in Zimmer 904 auf ihn.

»Ich gratuliere.«

»Danke, und danke für Ihren Anruf. Worum geht es?«

»Setzen Sie sich. Tee oder Kaffee?«

»Tee, bitte.«

Hastings drückte auf einen Knopf auf seiner Gegensprechanlage und bestellte Tee für sie beide. Wenn man einen Besucher hatte, konnte man sich den Tee bringen lassen, sonst mußte man selbst gehen. Er setzte sich zu Phillips. »Erinnern Sie sich an diese Sabotage in Rye, auf die Radarstation?«

»Natürlich.«

»Nun, man hat mich von einer neuen Sabotageaktion unterrichtet, auf einen R. A. F.-Flugplatz in Ostkent, in Hawkinge, um genau zu sein.«

»Was ist passiert?«

»Sieben Männer sind getötet worden, zwanzig verletzt. Eine Hurricane ist total zerstört, zwei weitere sind für mindestens drei Wochen außer Gefecht gesetzt. Ein kleines Munitionslager ist in die Luft geflogen, verschiedene andere Gebäude sind beschädigt.«

»Die gleichen Mittel?«

»Nein, deshalb habe ich Sie ja angerufen.«

»Spannen Sie mich nicht auf die Folter.«

»Sie haben Plastiksprengstoff und Zeitzünder benutzt, deutsche.«

»Und nun glauben Sie, daß es nicht die IRA war?«

»Da bin ich ziemlich sicher. Die Deutschen mögen zwar froh darüber sein, wenn die IRA uns Sorgen macht, aber sie haben sie kaum mit Plastiksprengstoff ausgestattet und zusätzlich mit neuesten Zündschnüren und Sprengkapseln. So wichtig ist die IRA für die Wehrmacht bestimmt nicht, und Spezialisten lassen für gewöhnlich die Finger von Außenseitern.«

»Wenn es also nicht die IRA war, wer dann?«

Hastings zuckte die Achseln und erwiderte freundlich. »Ich nehme an, das herauszufinden ist die Aufgabe Ihrer Leute.«

Der Tee wurde hereingebracht, und die beiden Offiziere warteten, bis die Sekretärin das Zimmer wieder verlassen hatte. Dann sagte Hastings: »Ich würde sagen, wir haben es mit einer prodeutschen Gruppe zu tun, die auf deutschen Befehl agiert, oder aber, sie haben eine Art Überfallkommando herübergeschickt.«

»Wie viele werden es sein?«

»Vier vielleicht, es könnten aber auch mehr sein.«

»Worauf würden Sie tippen?«

»Auf eine prodeutsche Gruppe von Engländern.«

»Warum?«

»Wer immer sie sind, sie kennen sich bei uns aus, und sie sind selbstsicher.«

»Gibt es irgendeinen passenden Bericht?«

»Ja, aber nur einen Bericht. Lassen wir also die Spekulationen, die sind Ihre Sache.«

»Danke für Ihre Hilfe.« Phillips stand auf.

»Bedeutet Ihre Beförderung, daß Sie weitergekommen sind?«

»Nein, nur einen neuen Rang. Die Arbeit ist die gleiche geblieben.«

Sie hatten Abendbrot gegessen, ohne Schultz, und Bayer und Uschi Lange gingen die Treppe hinauf, um den allabendlichen Funkkontakt mit Kästner herzustellen. Sie hatten nichts zu übermitteln, aber Bayer war gespannt, was Kästner zu ihrem Erfolg zu sagen hatte, obwohl er vielleicht keine Gelegenheit gehabt hatte, das Ergebnis ihrer Aktion zu überprüfen. Die Luftwaffe mußte an diesem Tag nicht unbedingt Fotos von diese Gegend gemacht haben, oder Kästner hatte sie nicht zu sehen bekommen.

Am Fuß der Treppe hatte sich Bayer noch einmal umgedreht und Krüger gefragt: »Haben Sie eine Ahnung, wo Schultz ist? Ist er in seinem Zimmer?«

»Nein, Sturmbannführer. Er ist heute nachmittag nach draußen gegangen. Er sagte, er brauche etwas frische Luft.«

»Sagen Sie ihm, daß ich ihn sprechen möchte, wenn er zurückkommt.«

»In Ordnung.«

Uschi mußte das Erkennungszeichen dreimal wiederholen, bevor Kästner es bestätigte. Als sie seinen Funkspruch entschlüsselt hatten, war klar, daß die Luftwaffe Bescheid wußte und Kästner informiert war. Er äußerte sich sehr zufrieden mit dem Ergebnis der Aktion.

Es war eine Staffel Me 110 der Erprobungsgruppe 210 gewesen, die den Flugplatz von Hawkinge auf ihrem Weg zu einer kurzen Inspektion von Biggin Hill überflogen und fotografiert hatte.

Neben den Abwehroffizieren, die den einzelnen Geschwadern zugeordnet waren und das eingehende Material sichteten und weitergaben, besaß die Luftwaffe einen eigenen Nachrichtendienst, der Reichsmarschall Görings direktem Kommando unterstand.

Leutnant Falk war Nachrichtendienstoffizier und in Calais stationiert. Zweimal schon hatte er von den Aufklärungsflügen mitgebrachte Fotografien erhalten, die erhebliche Schäden an feindlichen Einrichtungen im Angriffsgebiet des II. Fliegerkorps zeigten, die sein Hauptquartier in Gent nicht als Angriffsziele ausgewiesen hatte. Er machte sich nicht viele Gedanken über die Ursachen dieser Zerstörungen, vermutete aber, daß die IX. Division in Soesterberg, Holland, die Nähe zur englischen Südküste zum Anlaß genommen hatte, ein paar außerplanmäßige Angriffe zu fliegen. Das ging ihn zwar nicht allzu viel an, aber er mußte es an sein Hauptquartier in Gent weitergeben, damit es auch so blieb. Die Fotografien der Radarstation in Rye und des Flugplatzes von Hawkinge legte er seinem Bericht bei.

In Leutnant Falks Reiseführer war das »La Sauvage« in der Rue Royale in Calais mit zwei gekreuzten Schlüsseln gekennzeichnet, die auf der ersten Seite mit den Worten »Confortable avec chambres de grand confort« erläutert wurden. Und obwohl er trotz seines anspruchslosen Wesens die französische Küche durchaus zu schätzen wußte, waren die *chambres de grand confort* doch mehr nach seinem Geschmack. Eines von ihnen hatte er für seinen nächsten Kurzurlaub von zwei Tagen bestellt. Bisher hatte er einen Kurzurlaub stets damit verbracht, mit dem Fahrrad in der näheren Umgebung, bis nach St. Omer und Desvres, umherzufahren. Einen längeren Urlaub verbrachte er natürlich in Goslar mit seiner Frau und den Kindern.

Der Grund für das *chambre de grand confort* war achtzehn Jahre alt und arbeitete in der *pharmaxie* in der Rue Royale. Leutnant Falk stand im siebenundvierzigsten Lebensjahr, und es war auch schon einmal die Rede von seinem ehrenhaften Abschied von der Luftwaffe gewesen. Aber zur Zeit bestand er nicht sonderlich auf diesem Punkt. Einer der Jägerpiloten hatte ihm das Foto eines nackten Mädchens gezeigt, das einladend die Beine spreizte, während es in die Kamera lächelte. Sie war ausgesprochen hübsch, und Falk hatte bemerkt, daß sie ihn an der Pastoralsymphonie von Beethoven erinnerte. Der Jägerpilot hatte trocken erwidert, ihn würde es nur daran erinnern, daß sie eine hübsche junge Hure sei, was sie natürlich auch war. Falk war es als geschultem Nachrichtendienstoffizier nicht schwergefallen, dem Jägerpiloten den Namen und die Adresse zu entlocken, wo er sie für gewöhnlich traf.

An einem Augustabend hatte er dann mit einem Blumenstrauß in der Hand vor dem Geschäft auf sie gewartet und sie in stockendem Französisch schüchtern angesprochen. Ihre Antwort hatte ihn etwas in Verlegenheit gebracht: In fließendem Deutsch hatte sie ihm den Preis genannt und gesagt, wo sie es tun könnten; wahrscheinlich dort, wo das Foto aufgenommen worden war. Aber Falk wollte ein gutes Essen und hinterher *une chambre de grand confort.*

Die Ober waren unaufmerksam und langsam, aber das waren sie damals immer, es war ihre bescheidene Rache dafür, daß sie den Krieg verloren hatten. Falk betrachtete das hübsche Mädchen, das ihm gegenübersaß. Er konnte den Blick kaum von dem goldenen Hakenkreuz wenden, das er ihr zusammen mit einer goldenen Kette geschenkt hatte und jetzt zwischen ihren prachtvollen, halb entblößten Brüsten hing. Er hatte eigentlich gar keinen Appetit auf das Essen, aber das Mädchen legte sich von jedem Gang reichlich auf. Als er schließlich die Rechnung bezahlte, trat Feldwebel Groß in das Restaurant.

»Brüssel hat angerufen, Herr Leutnant. Oberst Schumacher. Sie möchten sofort zurückrufen, aus dem Standort, nicht von außerhalb.«

»Wann kam der Anruf?«

»Vor zwanzig Minuten, Herr Leutnant. Er sagte, er würde auf Ihren Anruf warten.«

Falk brachte Danielle zu dem Zimmer, das er gemietet hatte, und sagte ihr, er würde in einer Stunde zurück sein.

In seinem Büro angekommen, rief er Oberst Schumacher im Hauptquartier der Luftflotte 2 an. Seine Stimme war rauh und befehlsgewohnt. Er schien schlechter Laune zu sein.

»Es geht um den Bericht, den Sie nach Gent geschickt haben, Herr Leutnant. Wer hat die Fotografien machen lassen?«

»Das weiß ich nicht, Herr Oberst.«

»Um Himmels willen, Falk, haben Sie die Piloten denn nicht befragt?«

»Doch, das habe ich, Herr Oberst.«

»Wer hat sie also haben wollen?«

»Ich weiß es nicht, Herr Oberst. Danach habe ich nicht gefragt.«

»Steht es nicht im Kriegstagebuch?«

»Nein, Herr Oberst.«

»Sagen Sie Oberstleutnant Schraft, er möchte ans Telefon kommen.«

»Ja, Herr Oberst.«

Fünf Minuten später war Falk mit der Nachricht zurück, Oberstleutnant Schraft sei irgendwo über England und eskortierte eine Bomberstaffel nach London. Daraufhin hinterließ Oberst Schumacher die Anweisung, Schraft habe sich nach seiner Rückkehr unverzüglich bei ihm in Brüssel zu melden.

Zwei Stunden später nestelte ein erschöpfter und verwirrter Schraft an seinem seidenen Halstuch und wischte sich die Augen, während er fragte: »Was zum Teufel will der Mensch um diese Zeit von mir?«

Falk erklärte es ihm, und Schraft sah ihn verärgert an. »Sie verdammter Dummkopf.«

Oberstleutnant Schraft trug das Ritterkreuz mit Schwertern und Brillanten, und er gab einen Dreck auf Schumacher, aber Befehl war Befehl, also setzte er sich ans Telefon. Er rauchte, während er sich Schumachers Tirade anhörte, und als eine Pause am anderen Ende es ihm ermöglichte, erwiderte er: »Nun regen Sie sich doch nicht so auf, mein Freund. Die Erprobungsgruppe hat in beiden Fällen reparierte Maschinen getestet, und da ich gebeten worden bin, einen Blick auf die beiden Plätze zu werfen, haben wir das eben getan.«

»Sie sagen, Sie sind gebeten worden. Von wem?«

»Von einem Freund von mir, einem Abwehroffizier.«

»Seit wann gibt denn die Abwehr der Luftwaffe Befehle, wenn ich fragen darf?«

»Ich sagte, ich bin gebeten worden. Es war kein Befehl. Aber wen kratzt das, irgendwohin mußte die Staffel schließlich fliegen.«

»Wer ist dieser Abwehroffizier? Ich muß das wissen.«

»Verdammt noch mal, brüllen Sie mich nicht so an, Schumacher. Ich war gerade auf einem Flug nach London, während Sie in Brüssel auf Ihrem Arsch gesessen haben.«

»Wer ist der Abwehroffizier, Schraft, oder soll ich Sie aus dem Verkehr ziehen?«

»Er heißt Kästner, und im übrigen können Sie mich bis Weihnachten gar nicht mehr aus dem Verkehr ziehen, Sie Breitarsch.«

Damit hängte Schraft ein, ohne irgend etwas zu befürchten, denn was er gesagt hatte, entsprach den Tatsachen. Außerdem stand er zwar im Rang unter Schumacher, aber nur noch für zwei Wochen.

14

Kästner war, obwohl er im Urlaub war, jeden Tag in sein Büro gegangen. Nur dort konnte er an Informationen herankommen, und es brachte ihn auf andere Gedanken; er mußte dann nicht die ganze Zeit an Bayer und seine Gruppe denken. An diesem Morgen hatte er sich gesagt, daß es an der Zeit war, Bayers Operation offiziell absegnen zu lassen. In zwei Wochen würde man sie dort herausholen müssen. Gott sei Dank hatten sie sich gut geschlagen, und nur Gott wußte, wie er sie zurückgeholt hätte, wenn ihre Operation gescheitert wäre.

Auf seinem Schreibtisch lag eine Nachricht für ihn, maschinengeschrieben. Sie lautete: »Melden Sie sich sofort beim Admiral.«

Er hatte gedacht, Admiral Canaris, der Chef der Abwehr, wäre in Spanien, um General Franco für seinen Beitritt zur Achse mit Gibraltar zu winken. Er ging den langen Flur zum Büro des Admirals entlang und schob seine Krawatte zurecht. Der Sekretär sah ihn neugierig an, während er ihn über die Wechselsprechanlage bei Canaris anmeldete.

»Sie können hineingehen, Herr Oberst.«

Der Admiral schaute aus dem Fenster und drehte sich nicht um, als Kästner eintrat.

»Setzen Sie sich, Kästner.«

Dann drehte der alte Mann sich um und setzte sich auf die andere Seite seines großen, altertümlichen Schreibtischs.

»Man hat sich über Sie beklagt, Kästner. Sie sollen einer Luftwaffeneinheit Befehle erteilt haben. Was heißt das alles?«

»Ich habe nie irgendeiner Luftwaffeneinheit einen Befehl erteilt, Herr Admiral. Ich habe vielmehr gefragt, ob es eventuell möglich wäre, daß die Luftaufklärer zwei bestimmte Objekte erkunden.«

»Warum?«

»Ich wollte wissen, ob sie beschädigt sind.«

»Warum sind Sie dann nicht den üblichen Weg gegangen?«

»Ich mußte es schnell erfahren.«

»Warum? Ich dachte, Sie seien vom ›Seelöwen‹ in Urlaub geschickt worden.«

»Das bin ich, Herr Admiral.«

»Warum wollten Sie es dann also wissen?«

Kästner zögerte einen Augenblick, bevor er sich entschieden hatte, die Gelegenheit beim Schopf zu packen und aus Bayer einen Helden zu machen. Es schien ihm die geeignete Situation dafür. Canaris hörte ihm eine Viertelstunde lang zu und stellte nur kurze Zwischenfragen. Als er alles gehört hatte, war er immer noch voller Zweifel.

»Wie hat er die Männer rekrutiert?«

»Er hat nur mit ihnen geredet und ihnen gesagt, was er vorhatte.«

»Haben Sie Notizen über Ihren Funkverkehr mit dieser Gruppe?«

»Ja, Herr Admiral.«

»Wie sind die Leute hinübergekommen?«

»Mit einem U-Boot.«

»Gütiger Gott. Wer hat das denn genehmigt?«

»Niemand, Herr General.«

»Das klingt alles ziemlich unglaubwürdig, Kästner. Sie müssen nicht ganz bei Sinnen sein.«

»Sie haben getan, was sie sich vorgenommen hatten.«

Canaris schloß die Augen, und nachdem er sie wieder geöffnet hatte, griff er nach dem Telefonhörer. »Geben Sie mir Reichsmarschall Göring. Er ist auf Karinhall.«

Er wartete mit dem Hörer am Ohr. Nach zwei oder drei Minuten begann er zu sprechen. Mit überlegten, diplomatischen Worten teilte er Göring die Beschwerde der Luftflotte 2 und die Einzelheiten über Bayer und seine Gruppe mit. Als er fertig war, wartete er gespannt auf eine Reaktion. Sie fiel lautstark aus; selbst von Kästners Platz aus war das Brüllen zu hören. Der Reichsmarschall brüllte allerdings vor Lachen, was Canaris sichtlich beruhigte. Schließlich sagte er: »Dafür wäre ich Ihnen sehr verbunden, Herr Reichsmarschall.«

Er legte den Telefonhörer langsam auf die Gabel, um Zeit zu gewinnen und sich seine Worte überlegen zu können. Dann sah er zu Kästner hinüber. »Gott scheint auf Ihrer Seite zu sein, Kästner. Göring war hocherfreut; er hat gesagt, er wünschte, wir hätten mehr Leute wie diesen Bayer. Und dann hat er hinzugefügt, wenn er nicht so beschäftigt wäre, würde er selbst hinüberfliegen und die Leute herausholen. Er will unverzüglich den Führer informieren.« Er schüttelte langsam den Kopf. »Trotzdem waren Sie ein Narr, Kästner, als Sie sich auf diese Sache eingelassen haben. Es war unverantwortlich. Sie sollten besser in der Nähe bleiben, bis ich mehr weiß.«

Kästner saß an seinem Schreibtisch und versuchte sich auf die Abhandlung über die Aufgaben der Abwehr nach Woche zwei der »Operation Barbarossa« zu konzentrieren.

Als er nach Mantel und Hut griff, um zum Mittagessen zu gehen, betraten zwei Männer sein Büro, beide in Gestapokluft. Der Größere der beiden fragte: »Kästner?«

»Ja, ich bin Oberst Kästner.«

Der andere Mann ging zu Kästner und tastete ihn nach Waffen ab.

»Was wollen Sie?«

»Sie sind festgenommen.«

»Kann ich bitte den Ausweis sehen?«

Kästner streckte die Hand nach dem Telefon aus, bemerkte dann aber die Walther in der Hand des Größeren. »Machen Sie keinen Unsinn, Kästner. Tun Sie nur, was man Ihnen sagt.«

»Ich muß meine Vorgesetzten benachrichtigen.«

»Die wissen Bescheid.«

»Wo bringen Sie mich hin?«

»In die Prinz-Albrecht-Straße.«

Kästner ging mit den beiden die Treppe zum Hinterausgang hinunter. Auf dem Hof wartete ein Auto mit einem uniformierten Fahrer. Kästner wurde auf die Rückbank geschoben, auf jeder Seite einen Gestapomann.

In der Prinz-Albrecht-Straße gingen sie die breiten Stufen des Haupteingangs hinauf und durch die große Halle zu der imposanten Treppe. Das Klicken der Absätze auf dem Steinfußboden hallte von den Wänden wider, während sie den Flur im ersten Stock entlanggingen. Sie bogen nach links ab und blieben schließlich in der Mitte des Flurs vor einer großen Tür stehen. Auf dem kleinen Schild stand in Goldbuchstaben: »Geheimrat Lemke, Amt V«.

Der größere von Kästners Begleitern klopfte, und eine Stimme rief: »Herein.« Der Gestapomann öffnete die Tür und forderte Kästner mit einem Handzeichen auf, hineinzugehen. Hinter dem Schreibtisch im Zimmer erhob sich ein kahlköpfiger Mann mit einem blassen Gelehrtengesicht von seinem Stuhl. Er war vielleicht Anfang Fünfzig. Er nickte den beiden Gestapomännern zu, das Büro zu verlassen, und winkte Kästner zu zwei Sesseln in einer Ecke des Büros. Dann ging er auf ihn zu und streckte ihm die Hand entgegen.

»Oberst Kästner, nehme ich an. Geheimrat Lemke. Setzen Sie sich doch, die Formalitäten können wir uns sparen.« Als sie sich gesetzt hatten, fuhr er fort: »Sie wissen natürlich, warum Sie hier sind?«

»Ich fürchte, nein.«

Der Geheimrat zeigte ein nachsichtiges, erfahrenes Lächeln und sagte mit weicher, fast weiblicher Stimme: »Unsere Gespräche beginnen meistens so. Nun, ich will es Ihnen erklären. Sie wurden aufgrund eines vom Reichsführer-SS Heinrich Himmler persönlich unterzeichneten Haftbefehls festgenommen. Er hat damit eine persönliche Anweisung des Führers befolgt, die sich, soweit ich weiß, auf bestimmte Informationen von Reichsmarschall Göring stützt. Ist das bis dahin klar?«

»Wessen werde ich beschuldigt?«

»Hochverrat, Herr Oberst.«

»Aber Göring hat Admiral Canaris gesagt, die Sache gefalle ihm. Ich war dabei, als sie miteinander telefonierten.«

»Sie wissen also, worüber ich spreche.«

»Nicht, soweit von Hochverrat die Rede ist. Ich würde ganz im Gegenteil von Treue sprechen, von einer Loyalität, die übertrieben sein mag, jedenfalls aber nichts mit Verrat zu tun hat.«

Geheimrat Lemke lächelte wie eine zufriedene Katze. »Die Leute sind meist überrascht, wenn sie hören, wie das Gesetz ihre Handlungen interpretiert. In Ihrem Fall besteht die Liste der Anklagepunkte jetzt schon aus mehr als fünfzig Punkten. Sie sollten meine Sorge also ernst nehmen.«

Kästner zuckte die Achseln. »Ich denke, Sie werden bald herausfinden, daß Sie einen großen Fehler machen.«

Lemke lächelte immer noch. »Ich wünschte, ich bekäme jedesmal, wenn ich diese Worte höre, eine Reichsmark, Herr Oberst. Ich wäre ein reicher Mann.«

»Gehören Sie zur Gestapo, Herr Geheimrat?«

»O ja; als Geschäftsgrundlage sozusagen, wenn Sie verstehen.«

»Darf ich einen Anwalt anrufen?«

»Wer ist Ihr Anwalt, Herr Oberst?«

Kästner seufzte. »Kümmern Sie sich nicht darum. Ich brauche keinen Anwalt. Was wollen Sie wissen?«

»Das ist rasch gesagt. Ich will alles wissen, Namen, Daten und alles, was bisher passiert ist. Und insbesondere möchte ich wissen, wann Sie sich das nächste Mal mit diesen Leuten in Verbindung setzen wollten.«

»Vorher möchte ich wissen, ob auch gegen sie ähnliche Anklagen erhoben werden wie gegen mich.«

»Natürlich. Sie sind ebenfalls Verräter.«

»Mein Gott, sie sind tapfere Männer. Sie riskieren ihr Leben für Deutschland.«

»Ich bedaure, Herr Oberst, aber das ist nicht die Sicht der entscheidenden Stellen.«

»Sie erwarten also wirklich, daß ich sie verrate?«

»Ich erwarte, daß Sie in jeder von Ihrem Obersten Befehlshaber gewünschten Weise mit uns zusammenarbeiten. Sie haben ihm einen Treueeid geschworen. Ich habe das von Ihnen unterschriebene Exemplar hier in Ihrer Akte. Soll ich Sie an den Wortlaut erinnern?« Lemke räusperte sich und las dann vor: »Ich schwöre bei Gott diesen heiligen Eid, daß ich dem Führer des Deutsches Reiches und Volkes, Adolf Hitler, dem Obersten Befehlshaber der Wehrmacht, unbedingt Gehorsam leisten und als tapferer Soldat bereit sein will, jederzeit für diesen Eid mein Leben einzusetzen.« Er machte eine Pause. »Sie erinnern sich doch daran, Herr Oberst? Sie haben den Eid am 4. August 1937 unterschrieben.«

Kästner nickte, sagte aber nichts. Er konnte förmlich sehen, wie sich das Netz um sie alle zusammenzog.

15

Sie gingen wie gewöhnlich um neun Uhr auf Sendung. Aber Kästner antwortete nicht. Auch um halb zehn Uhr blieb die Antwort aus.

Kurz nach diesem zweiten Versuch, mit Berlin in Funkkontakt zu treten, hörte Bayer einen Schrei. Er lief aus dem Zimmer und sah Schultz am Fuß der Treppe liegen. Krüger und Voss standen bei ihm und sahen zu ihm hinunter.

»Was ist los?« fragte Bayer.

»Er ist nicht bei Besinnung. Betrunken.«

»Wo hat er den Alkohol her?« Bayer sah von Voss zu Krüger, der verlegen und unsicher wirkte.

»Wo hat er den Alkohol her, Rudi?«

»Ich weiß nicht genau, Sturmbannführer.«

»Aber Sie vermuten doch etwas. Um Himmels willen, wo hat er ihn her?«

Krüger blickte zu Voss, der nach kurzem Zögern ein paar Schritte beiseite ging und Bayer zuwinkte, zu ihm zu kommen. Leise, fast flüsternd sagte er: »Ich glaube, wir bekommen Ärger, Max. Schultz ist vor zehn Minuten fluchend und krakeelend zurückgekommen. Er war offensichtlich betrunken, hat sich anscheinend ausgetobt. Rudi hat er gestern gesagt, daß er eine Frau will. An seinen Hosen klebt Blut, und auf seinen Armen und im Nacken sind Kratzspuren zu sehen. Ich würde sagen, er hat sich betrunken und dann eine Frau vergewaltigt.«

»Tragen Sie ihn in die große Scheune, Sie und Rudi. Ich komme in zwei Minuten nach.«

Bayer ging nachdenklich die Treppe zu seinem Zimmer hoch. Er mußte ihre Operation abbrechen. Er hätte zwar keinen Grund angeben können, aber mit dem Instinkt des geborenen Führers wußte er, daß sich das Schicksal gegen sie zu wenden begann.

Voss und Krüger hatten versucht, Schultz zu Bewußtsein zu bringen. Ein Wassereimer stand neben ihm, und sein Hemd war durchnäßt. Seine Augenlider klappten schwerfällig auf und zu, und seine Brust hob und senkte sich heftig. Bayer öffnete seine Hose und zog ihm das Hemd hoch. Um seine Genitalien und an den Innenseiten der Schenkel war Blut zu sehen. Bayer griff ihm fest in die Haare und schüttelte den Kopf brutal hin und her.

»Wo sind Sie gewesen, Schultz? Spucken Sie's aus.«

Schultz öffnete die Augen und versuchte sie auf Bayers Gesicht einzustellen. »Wer da?« murmelte er.

»Ich bin's, von Bayer. Wo sind Sie gewesen?«

Schultz schüttelte langsam den Kopf, und Bayer fluchte leise, während er aufstand. Er griff nach dem Wassereimer und goß ihn Schultz ins Gesicht. Schultz schüttelte sich und setzte sich auf. Die Haare klebten am Kopf, und seine Augen waren rot gerändert.

»Was ist denn los, Sie ...«

Da warf ihn Bayer wieder zu Boden und setzte sich auf ihn. Er brachte sein Gesicht dicht an das von Schultz. »Wo sind Sie gewesen, Schultz?«

»Was hat das mit Ihnen zu tun. Ich bin keiner Ihrer verfluchten SS-Männer.«

Dann spürte er, kalt und hart, den Pistolenlauf im Gesicht. Er versuchte, einen Arm zu heben, um ihn beiseite zu schieben. Aber Bayers Beine klemmten ihn unnachgiebig ein.

»Sprechen Sie, Schultz. Erzählen Sie alles. Oder ich blase Ihnen das Gehirn aus dem Kopf.«

Schultz rülpste. Speichel floß aus seinem Mundwinkel. Er hörte das Klicken des Sicherungshebels.

»Auf einem Fahrrad, sie war auf einem Fahrrad. Hab sie in den Wald gebracht. Sie schrie und heulte die ganze Zeit.«

»Sie haben sie vergewaltigt.«

»Das hätten Sie auch tun sollen, jeder von euch. Es war fantastisch.«

»Und dann haben Sie sie umgebracht.«

»Ja, zuviel Krach.«

»Wo ist die Leiche?«

Schultz grinste. »Es dauert Monate, ehe sie sie finden.«

»Wo ist sie?«

Schultz' Kopf rollte zur Seite, und er schloß die Augen. »Gott weiß es.«

Nur Voss sah kommen, was jetzt passierte. Er hielt den Atem an, während er wie gebannt auf Bayers Finger starrte, der langsam den Abzugshebel zurückzog. Voss und Krüger hoben ein Loch aus und vergruben die Leiche. Danach stapelten sie die Strohballen wieder über die aufgewühlte Erde, ohne zu sprechen und so leise wie möglich.

Geheimrat Lemke hatte sich einen ausgeklügelten Plan für Kästners Verhöre zurechtgelegt. Er funktionierte bei den Intelligenteren immer. Ein bißchen Sympathiebekundung, ab und zu ein Zeichen der Anerkennung, abschweifende Plaudereien, und bald würde er Stück für Stück erfahren, was er wollte. Er rechnete mit einer Woche oder höchstens zehn Tagen. Aber er kam nicht dazu, seine Verhörtechnik unter Beweis zu stellen. Schellenberg rief ihn zu sich und sagte ihm, die Wahl der Mittel sei seine Sache, aber er müsse bis zum Abend herausbekommen, wer die Beteiligten waren und wo sie sich aufhielten. Und Schellenberg machte deutlich, daß der Druck von ganz oben kam. Er, Schellenberg, habe stündlich zu berichten, und zwar dem Führer persönlich, und er wolle dann auch etwas zu berichten haben.

Für Lemke war diese Situation nichts Neues, aber obwohl er zugeben mußte, daß die rohen Mittel das Verfahren abkürzten, war er nicht sicher, auch immer die richtigen Informationen bekommen zu haben. Trotzdem vereinfachte der allerhöchste Druck seine Arbeit. Es lag nun alles bei Kästner.

In seinem Büro schaltete er noch eine zusätzliche Lampe an. Dann entließ er mit einem Nicken die Wache und setzte sich in seinen bequemen Ledersessel hinter dem Schreibtisch. Er blickte eine Weile aus dem Fenster und überlegte seine Worte. Schließlich fragte er: »Wie reagieren Sie auf physische Schmerzen, Herr Oberst? Machen sie Ihnen zu schaffen?«

»Ich verstehe nicht.«

Lemke sah auf seine Uhr. »Man hat mir zwei Stunden gegeben, um alle Informationen von Ihnen zu bekommen. Laut Befehl müssen sie spätestens um zehn Uhr vorliegen. Ich habe eine Stunde, um Sie davon zu überzeugen, mir alles auf zivilisierte Weise zu erzählen. Danach kämen Sie, so leid es mir tut, in andere Hände. Wie also sollen wir vorgehen?«

»Was passiert mit den anderen, wenn ich Ihnen die verlangten Informationen gebe?«

»Das weiß ich wirklich nicht. So etwas weiß ich meistens nicht. Aber in diesem besonderen Fall nehme ich an, daß nicht einmal Schellenberg weiß, was weiter geschehen soll. Der Reichsführer will Informationen, und wir besorgen sie ihm, das ist alles. Wie sie dann verwendet werden, ist nicht mehr unser Problem.«

»Wieviel ist ihnen bereits bekannt?«

»Fast nichts, fürchte ich. Nur das, was Sie Canaris erzählt haben und über Göring an den Führer weitergeleitet wurde. Soweit zum Vorspiel; den Schlüssel zum eigentlichen Spiel halte ich jetzt in der Hand: Sie.«

Kästner schwieg und versuchte nachzudenken, aber es führte zu nichts. Lemke fuhr fort: »Darf ich einen Vorschlag machen, Herr Oberst?«

»Natürlich.«

»Fast jeder spricht unter physischem Druck, die meisten schon, wenn sie den ersten Schmerz spüren. Bis zu diesem Zeitpunkt wissen sie einfach nicht, wie der Schmerz ist. Wenn Sie es also als hilfreich empfinden sollten, kann ich Ihnen diese Erfahrung zukommen lassen. Hinterher könnten wir uns weiter unterhalten.«

Kästner blickte auf. Lemke hatte die empfindliche Stelle getroffen. »Ich bin kein Held, Herr Geheimrat, und ich bin immer noch überzeugt, daß diese Leute nichts Verwerfliches getan haben.«

»Ein weiser Gedanke, wenn ich so sagen darf. Wer weiß, vielleicht bekommen sie alle noch das Ritterkreuz. Nun, fangen wir von vorne an.«

Trotz der Dringlichkeit, mit der dieser Fall verfolgt werden sollte, verlor man einen ganzen Tag, weil der Führer sich für ein paar Tage nach Berchtesgaden begeben hatte und Schellenberg zu ihm fahren mußte, um ihm persönlich zu berichten.

Walter Schellenberg war ein energischer Mann, der sich einen gewissen Namen geschaffen hatte, als er gleich zu Beginn des Krieges in Venlo zwei hochkarätige britische Nachrichtendienstoffiziere gefangennehmen konnte. Ihre Gefangennahme war zwar mehr ihrer Naivität zuzuschreiben als Schellenbergs Fähigkeiten, aber sie hatte dem deutschen Geheimdienst die britischen Codes und eine Liste der meisten SIS-Verbindungen in Holland und der Tschechoslowakei eingebracht, und das zum richtigen Zeitpunkt.

Als Leiter der Abteilung IV E des RSHA war er Himmler zwar nicht direkt unterstellt, hatte aber doch gelegentlich mit ihm zu tun, und während er ihn nicht gerade für den idealen Reisegefährten hielt, war ihm seine Anwesenheit bei den Vorsprachen beim Führer durchaus willkommen. Irgend etwas an diesem Adolf Hitler machte Schellenberg unsicher, wenn er allein dem durchdringenden Blick aus seinen braunen Augen standhalten mußte. Hitler schien Dinge zu wissen, die niemand ihm gesagt haben konnte; wie den Frauen genügte ihm die Atmosphäre, die Ausstrahlung der Menschen, um Bescheid zu wissen. Irgend jemand hatte einmal gesagt, er sei wie Jeanne d'Arc: Er höre Stimmen, die ihm sagten, was zu tun sei.

Im Kamin des großen Wohnzimmers brannte ein Feuer und ließ den honigfarbenen Holzfußboden von seinem flackernden Widerschein aufglänzen. Der Raum war gemütlich, weder aufdringlich dekoriert noch überladen möbliert. Es gab eine Menge Geschäftsleute, die weit pompösere Fluchtburgen besaßen.

Ein Adjutant des Führers hatte Schellenberg seinen Bericht abgenommen und war mit ihm zu Hitler gegangen, und Schellenberg wartete geduldig darauf, gerufen zu werden. Zum erstenmal in seiner Laufbahn hatte er keine Ahnung, wie man seinen Bericht aufnehmen und beantworten würde. Er mußte noch zwei Stunden in dieser Ungewißheit ausharren. Dann kam der Führer selbst zu ihm und stieß, ohne Begrüßung und jede Gesprächsfloskel, einen Schwall von Anweisungen aus.

Kästner sollte dazu benutzt werden, den Kontakt mit den Aufrührern aufrechtzuerhalten. Die Briten würde man über Stockholm von ihrer Anwesenheit unterrichten, während ein Flugzeug der Luftwaffe sie zurückholen würde. Man sollte in jeder Weise mit London zusammenarbeiten, um weitere Aktionen der Gruppe zu verhindern. Sobald sie in Deutschland eintraf, sollte sie verhaftet werden. Er, Hitler, sei täglich von dem Fortgang der Angelegenheit zu informieren, wo immer er sich aufhalten mochte. Der Fall sei als streng geheim und mit höchster Dringlichkeit zu behandeln.

Danach hob er den Arm zum »deutschen Gruß« und ließ Schellenberg allein.

Kästner saß unter Bewachung in seinem Arbeitszimmer und funkte eine Nachricht nach England. Bayer seufzte erleichtert auf, daß sie nach zwei Tagen Funkstille endlich wieder Kontakt mit Berlin hatten. Aber die Nachricht überraschte ihn. Anscheinend hatte Kästner die Behörden eingeschaltet und war auf Anerkennung für das, was sie erreicht hatten, gestoßen. Jedenfalls sollten sie ihre Operation sofort abbrechen und sich darauf vorbereiten, herausgeholt zu werden.

In Stockholm und Lissabon waren die Lichter nie ausgegangen. Dennoch bestand ein großer Unterschied zwischen den beiden Hauptstädten. In Lissabon standen sich die Diplomaten und die Geheimdienste mit harten Bandagen gegenüber, ohne zimperlich in der Wahl ihrer Mittel zu sein. Die schwedische Neutralität war anders, freundlicher. Mit größter Selbstverständlichkeit wurde einerseits Deutschland mit den lebensnotwendigen Eisenerzen beliefert, während andererseits die Regierungspolitik offen mit den Briten sympathisierte. Außerdem waren die Artistokratien von Schweden, Großbritannien und Deutschland seit zu langer Zeit schon miteinander verschwistert und verschwägert, als daß ein Krieg ihre guten Beziehungen zueinander wesentlich hätte beeinträchtigen können. Onkel und Tanten, Vettern und Neffen wurden nicht plötzlich zu Todfeinden, nur weil es den Nazis vielleicht gefallen hätte. Sicher standen sie alle loyal zu ihren jeweiligen Ländern, doch wenn Cousin Willi in Berlin in der Abwehr war und Onkel Henry in London die Karriereleiter im Kriegsministerium erklomm, dann galt das ihnen nur so lange als gewisser Gegensatz, bis dieser gräßliche Krieg vorüber war. Von den Engländern einmal abgesehen, betete niemand für Hitlers Niederlage, für seinen Sieg allerdings auch nicht. Der Krieg war so etwas wie ein quälender Leibschmerz, den man in der Hoffnung, er werde von allein wieder vergehen, ignorierte. Der *Gotha* und *Burke's Peerage* waren schließlich bedeutsamer als die Seiten des *War Bulletin.*

In Stockholm wurde es durchaus nicht als merkwürdig empfunden, wenn der alte König im Tennisdoppel als Partner einen Engländer und als Gegner zwei junge Angestellte der deutschen Botschaft hatte. Der König war sehr beliebt, und außerdem waren er und sein Partner es, die gewannen; zwar unter Mithilfe des deutschen Doppels, aber das hieß noch lange nicht, daß er ein schlechter Tennisspieler war. Auf alle Fälle ergab sich nach den Spielen, wenn sie alle bei einer Limonade oder einem Gin zusammensaßen, eine günstige Gelegenheit, über die Grenzen hinweg Dinge miteinander zu besprechen, die an anderer

Stelle selbst in Diplomatenkoffern verwirrend oder gefährlich gewesen wären.

So geschah es auch im Umkleideraum des Tennisclubs, daß Freiherr von Edel dem Botschafter Seiner Majestät in Schweden ein Treffen der Militärattachés der britischen und der deutschen Botschaft noch für denselben Tag vorschlug. Treffpunkt sollte die alte Kirche in Skansen sein. Die beiden Emissäre fanden sich pünktlich ein, und während sie den Kindern und ihren hübschen Müttern auf einem Spielplatz zusahen, gab Oberstleutnant Bergmann seine Nachricht an Lieutenant-Colonel Villiers weiter.

»Warum zur Hölle erzählen Sie mir das, Theo?«

»Weil man mir den Befehl gab, es zu tun. Und, wie schon gesagt, sie handeln ohne Auftrag. Sie sind ein Störfaktor.«

»Und Sie wollen sie, gesund an Kopf und Gliedern, zurückhaben?«

»Schauen Sie, dort, die Blonde mit dem Kinderwagen. Stellen Sie sich einmal vor, Sie würden jeden Abend zu so einer Frau nach Hause kommen.«

»Sie ist eine von Ihnen, mein Freund, keine Schwedin. Und es ist auch nicht ihr Baby in dem Kinderwagen. Sie ist die Kinderschwester von Signora Bertoli, der Frau des Handelsattachés der italienischen Botschaft. Man sagt, sie sei scharf wie eine Rasierklinge.«

»Propaganda, mein Lieber; sie ist nur ein gutgebautes Mitglied des BDM, sonst wäre sie nicht hier. Wie dem auch sei, ich wünschte, sie würde sich nicht dauernd über den Kinderwagen beugen. Wo waren wir stehengeblieben?«

»Bei der Frage, ob Sie sie in einem Stück zurückhaben wollen.«

Bergmann blickte seinen Kollegen erstaunt an. »Ich erinnere mich nicht, das gesagt zu haben.«

»Wo sind sie?«

»Tja, das ist das Problem. Wir wissen es nicht. Es ist so ungefähr wie in den Nachrichten der BBC, wenn die Luftwaffe wieder einmal ihre Eier gelegt hat. Es heißt dann immer: ›Irgendwo in Südostengland.‹ Mehr können wir auch nicht sagen.«

»Aber die Namen und Personenbeschreibungen haben Sie?«

»Die haben wir, Namen, Beschreibungen und Fotos.«

»Kann ich Sie bekommen?«

»Später, mein Freund; wenn Sie mit London geplaudert und eine Antwort bekommen haben, werden wir sicher mit ihnen kooperieren. Deshalb bin ich schließlich hier.«

»London könnte sich heikel zeigen, wenn die Leute wirklich getan haben, was Sie mir gesagt haben.«

»Das könnte durchaus sein. Alles, worum wir bitten, ist, daß Sie keine große Sache daraus machen.«

»In welcher Weise?«

»Indem Sie sie vor Gericht stellen, zum Beispiel.«

»Aber um Himmels willen, Sie haben Menschen umgebracht.«

»In Ordnung, erschießen Sie sie, aber machen Sie kein Theater drum herum.«

»Damit Goebbels oder Ribbentrop uns mit der Genfer Konvention kommen können . . .«

»Diese Leute stehen nicht unter dem Schutz der Genfer Konvention.«

»Ich werde es nach London weiterleiten. Sie erfahren dann von mir, was man dort zu der Sache sagt.«

Die Anweisungen aus London waren klar und unmißverständlich. Wenn die Deutschen bereit waren, ihre Informationen über die »Irregulären« weiterzugeben, und bei ihrer Lokalisierung halfen, dann würde man sie gefangennehmen und internieren. Für Verbrechen gegen Menschen würde man sie vor Gericht stellen, die Sachschäden an den Einrichtungen der R.A.F. könne man beiseite lassen. Das einzige Zugeständnis, das den Deutschen gemacht werden konnte, war der Ausschluß der Öffentlichkeit. Ein zweiter Funkspruch forderte Villiers auf, herauszufinden, warum die Deutschen so besorgt waren, die Sache nicht an die Öffentlichkeit dringen zu lassen.

Villiers hatte sich mit Bergmann im Schiffahrtsmuseum verabredet. Der Deutsche hörte sich die Antwort aus London an, ohne eine Reaktion zu zeigen. Als er alles gehört hatte, seufzte er auf. »Wie üblich, London will dem geschenkten Gaul unbedingt ins Maul sehen.«

»Man will nur sicher sein, daß es wirklich ein Gaul ist, Theo.«

»Aber wie zum Teufel sollen wir sie lokalisieren? Wissen Sie es?«

»Sie könnten einen Platz vorschlagen, an dem sie abgeholt werden sollen.«

Bergmann seufzte noch einmal. Er war Soldat, und das hier war keine Aufgabe für einen Soldaten. Er blickte auf und sah Villiers finster an. »Sie sind wirklich Arschlöcher, oder etwa nicht?«

»Wer?«

»Na, alle, Ihr Haufen, meiner. Sie geben einen Dreck für diese

Leute. Tapfere Leute, wie immer man es auch wendet. Aber sie haben etwas getan, ohne daß ihnen jemand den Befehl dazu gegeben hat. Also sind sie Freiwild und dürfen einfach so abgeknallt werden.«

»Warum sind Ihre Leute so erpicht darauf, die Sache geheimzuhalten?«

»Weiß Gott. Ich habe versucht, mir einen Reim darauf zu machen, aber es ergibt keinen Sinn. Die Leute bei uns zuhause wären begeistert, wenn sie davon hören würden.«

»Wir haben nicht nach den Gründen zu fragen, Theo. Trotzdem, gilt der Handel?«

»Ja. Das Material ist in meinem Reiseführer. Ich gebe ihn Ihnen, wenn ich gehe.« Er blickte Villiers ernst in die Augen. »Lassen Sie es nicht zu, Joe, daß Ihre Leute sie umbringen.«

»Ich werde tun, was ich kann.«

Bergmann übergab ihm seinen Reiseführer und ging auf den Ausgang zu, im Geist damit beschäftigt, sein Versetzungsgesuch zurück zu seiner Einheit zu entwerfen. Draußen war es dunkel und neblig. Stockholm im November paßte zu seiner Stimmung. Aber er mußte noch die Einzelheiten des Handels nach Berlin durchgeben, damit diese Hundesöhne ihre Falle auslegen konnten. Für die eigenen Leute.

16

Bayer und Kleist saßen in Bayers Zimmer und lasen die letzte Nachricht aus Berlin wieder und wieder durch. Sie war pünktlich um neun Uhr durchgegeben worden und enthielt neben allgemeinen Glückwünschen eine Nachfrage nach kartographischen Angaben zu ihrem Aufenthaltsort.

»Irgend etwas läuft schief, Walter. Ich spüre das. Ich habe Kästner gesagt, daß ich keine Angaben über unseren Aufenthaltsort machen würde.«

»Warum, Max?«

»Es wäre verrückt. Unser Code kann nicht einmal einen Schuljungen irreführen. Wenn die Briten ein paar Funkpeilwagen auf uns ansetzen würden, hätten sie uns in ein paar Stunden aufgespürt, an einem so isolierten Platz wie diesem hier. Mit Kartenverweisen aber wären sie in zehn Minuten hier. Und Kästner weiß das und will sie trotzdem haben.«

»Was, meinen Sie, läuft schief?«

»Ich weiß noch nicht, Walter. Es hat auch nicht nur mit dieser Nachricht zu tun. Ich fühle einfach, daß mein Glück mich verläßt.«

»Wir haben zwei ausgesprochen erfolgreiche Aktionen durchgeführt, Ihr Gefühl ist nur eine Nachwirkung davon.«

»Als ich heute in Cranbrook war, hätte ich beinahe etwas sehr Dummes getan.«

Kleist lächelte. »Erzählen Sie.«

»Ich bin in die Post gegangen und habe mir die Telefonnummer von jemandem geben lassen, den ich aus Oxford kenne. Ich war verdammt nahe dran, anzurufen.«

»Bei diesem Mädchen, von dem Sie Uschi erzählt haben?«

»Ja. Sie verfolgt mich. Ich denke jeden Tag an sie. Es ist wie eine Wunde, die allem einen Tropfen Bitterkeit beimischt.«

»Was ist passiert. Hat sie Ihnen einen Korb gegeben?«

»Nein, sie nicht, ihr Vater. Sie sind Juden.«

»Vielleicht können Sie das alles wieder in Ordnung bringen, wenn der Krieg vorbei ist. Hat sie Sie geliebt?«

»Ich glaube, ja. Sie war noch sehr jung, aber ich habe sie so geliebt. Ich tue es immer noch. Ich hatte die vage Hoffnung, daß es mir helfen würde, hier zu sein. Aber es hat mir nicht geholfen. Ich glaube, wenn wir verheiratet wären, würde ich nicht in dieser Geschichte hier feststecken.«

»Machen Sie sich Sorgen wegen der Sache mit Schultz?«

»Nein, es mußte getan werden. Er wurde zur Belastung. Kästner hat mich gewarnt, daß er Schwierigkeiten machen würde.«

»Wie heißt sie, das Mädchen, meine ich?«

»Sadie, Sadie Aarons. Sie war so sanft, so schön.«

Kleist hob sein Glas mit Milch. »Auf Sie und Sadie Aarons. Möge alles gut werden.«

Kleist quälte sich auf die Beine. »Gehen Sie schlafen, Max. Ruhen Sie sich etwas aus.«

Bayers Funkspruch für Berlin am nächsten Abend fiel sehr kurz aus. Er gab nur eine Empfangsbestätigung der letzten Nachricht von Kästner durch. Er beobachtete Uschi Lange, wie sie sie in Morsezeichen umsetzte und dann auf Empfang umschaltete, den Bleistift in der Hand. Als das Meßgerät auszuschlagen begann, runzelte sie die Stirn, dann schrieb sie eilig mit, Seite für Seite. Es dauerte mehr als zehn Minuten, auf ihrer Stirn bildeten sich Schweißtropfen, und um ihren Mund legte sich ein harter Zug. Dann fiel die Nadel zurück auf Null, und sie beugte sich vor, um das Gerät auszuschalten.

Sie lehnte sich aufseufzend zurück und streifte den Kopfhörer ab. Ihr Gesicht sah sehr blaß aus, als sie sich zu Bayer umwandte. »Das war nicht Kästner, sondern ein Funker – mit einer Nachricht des OKW.«

Bayer griff ungläubig nach dem Block. Die Botschaft war unverschlüsselt und in Deutsch: OKW Funkspruch 97431 an von Bayer Stop Nach Erhalt dieses Funkspruchs ist jede Aktion zu unterlassen Stop Bestätigung des Erhalts und Ihres Status geben Sie mit nächstem Funkspruch Stop Übermitteln Sie Kartenverweise auf Ihren Aufenthaltsort unter Verwendung der Generalstabskarte Stop Bleiben Sie an Ihrem gegenwärtigen Standort Stop Ihr Vater und Kästner wiederhole Kästner sind in Haft genommen Stop Zuwiderhandlungen gegen meine Befehle führen zu Maßnahmen gegen diese Stop Gezeichnet Generaloberst Stadler OKW Ende der Nachricht.«

Die Stille war unheimlich, als hätte die Welt aufgehört, sich zu drehen. Bayer schloß die Augen, als das Zimmer, Übelkeit erregend, zu schwanken begann.

Voss hatte das Auto entdeckt, das langsam die Auffahrt zu ihrem Haus hinauffuhr, und sie ergriffen die üblichen Maßnahmen. Nur die Englisch Sprechenden blieben im Haus, und Krüger versteckte sich, diesmal allein, auf dem Heuboden in der Scheune.

Die beiden Männer, die aus dem Auto stiegen, schienen es nicht eilig zu haben. Sie sahen sich erst einmal um. Einer der beiden streckte den Arm aus und zeigte zur Rückseite des Hauses. Sie trugen dunkelblaue Regenmäntel und weiche Filzhüte. Beide waren ungefähr gleich groß, der eine dünn, der andere stämmig. Schließlich gingen sie auf die Hintertür zu und klopften. Bayer öffnete, und der Dünne sagte: »Guten Morgen, Sir. Wir sind Polizisten und haben eine Ermittlung durchzuführen. Wir würden uns gerne mit Ihnen unterhalten, wenn wir nicht ungelegen kommen.« Dann zeigte er Bayer seinen Ausweis.

»Kommen Sie herein.«

»Danke, Sir.«

Bayer führte sie in das Wohnzimmer und wies auf zwei Sessel. Der Dünne sagte: »Mein Name ist Carter, Detective Inspector Carter. Mein Kollege hier ist Detective Sergeant Oakes aus Cranbrook.« Während er sprach, hatte er sich seinen Mantel ausgezogen und sich in einen der Sessel gesetzt. Er fuhr fort: »Ich nehme an, Sie haben von dem tragischen Geschehen gehört, Sir.«

»Ich fürchte, nein.«

»Ein junges Mädchen wurde sexuell mißbraucht und dann ermordet. Ein schrecklicher Fall.«

»Ein Mädchen aus der Gegend, nehme ich an.«

»Ja. Sie haben sie vielleicht ab und an gesehen. Sie hat in der Bäckerei in Cranbrook gearbeitet – schwarzhaarig, achtzehn Jahre alt, ein hübsches, junges Ding.«

»Wann ist es passiert?«

»Vor einigen Tagen.«

»Ich erinnere mich nicht an sie. Meine Freundin macht die meisten Einkäufe.«

»Wir werden ihr später ein paar Fragen stellen.«

»Wie Sie wünschen.«

»Die Leiche wurde erst gestern gefunden. Es wurde natürlich eine Autopsie vorgenommen.« Er lehnte sich zurück in den Sessel. »Wie lange wohnen Sie schon hier, Sir?«

»Ungefähr zwei Wochen.«

»Haben Sie irgendwelche Fremden gesehen, Zigeuner, Landstreicher oder dergleichen?«

»Nicht daß ich wüßte. Wir wohnen etwas weit ab vom Schuß, hier kommen nicht viele Leute vorbei.«

»Natürlich. Mehrere Zeugen haben ausgesagt, sie hätten in der Nähe von Cranbrook einen Unbekannten gesehen, einen unangenehm aussehenden Burschen, krause schwarze Haare, kräftig gebaut. Zwei Zeugen haben gesagt, er sei wahrscheinlich betrunken gewesen. Er krakeelte herum, und sie sind der Meinung, er hätte Deutsch gesprochen. Es könnte allerdings auch irgendeine andere Sprache gewesen sein, keiner der Zeugen kann Deutsch. Sie haben also niemanden gesehen, auf den diese Beschreibung paßt?«

Bayer lächelte. »Wenn ich ihn gesehen hätte, wäre ich wahrscheinlich zum nächsten Polizeirevier gegangen und hätte es gemeldet.«

»Es kann natürlich auch sein, daß er gar nichts mit dieser Sache zu tun hat. Wir müssen jede Spur verfolgen, aber wer immer es getan haben mag, ist ein sehr gefährlicher Mann, ein Kranker, der es wahrscheinlich wieder tun wird. Wo haben Sie gelebt, bevor Sie hierherkamen?«

»In Cambridge.«

Carter wandte sich an seinen Kollegen. »Ihr Notizbuch, George.« Dann fragte er Bayer: »Ihr Name, Sir?«

»Barnes, Max Barnes.«
»Und Ihre alte Adresse?«
»St. John's Road 37.«
»Haben Sie Ihren Ausweis zur Hand.«
»Ja.«
Bayer griff in die Innentasche seines Jacketts und übergab Carter den Ausweis, der ihn sich sorgfältig ansah und dann zurückgab.
»Jetzt hätte ich gern Ihre Freundin gesprochen, wenn es möglich ist.«
»Natürlich, ich werde sie holen.«
Uschi wußte nichts über das, was Schultz getan hatte, ihre Überraschung war also echt. Der Inspektor erwies sich als ausgesprochen galant, und nach fünf Minuten war ihre Befragung beendet. Die beiden Polizisten nahmen die Einladung zum Tee dankbar an; sie schienen keine Eile zu haben.
»Lebt außer Ihnen noch jemand hier, oder ist jemand bei Ihnen zu Besuch?«
»Ja, zwei Freunde von uns.«
»Männer?«
»Ja.«
»Ah, dann sollte ich mich auch mit ihnen unterhalten.«
»Wollen Sie allein mit ihnen sprechen?«
»Nein, das ist nicht nötig. George soll nur ihre Personalien aufnehmen.«
Voss war völlig entspannt und spielte die Rolle des heimgekehrten Großwildjägers mit all der Überzeugungskraft eines Menschen, der die Wahrheit auf seiner Seite hat.
»Sie müssen ein sehr aufregendes Leben geführt haben, Mr. Vernon.«
»Es ist eine Arbeit wie andere auch, Inspektor, gar nicht so sehr verschieden von Ihrer. Nach einiger Zeit verliert alles seinen Glanz.«
»Da haben Sie recht.«
Kleist war still, aber kooperativ, und keiner von ihnen entsprach dem Bild des Gesuchten. Die Polizisten machten einen völlig gelassenen Eindruck, als sie das Haus verließen. Auf der kleinen Treppe vor der Haustür drehte sich Carter noch einmal zu Bayer um: »Nebenbei, Mr. Barnes. Ich habe Sie gar nicht gefragt, was Sie hier machen?«
»Ich will ein kleines Gestüt aufbauen, Pferde züchten und trainieren, all das. Aber es gibt eine Menge Probleme.«
»Was für Probleme?«

»Es ist ziemlich schwierig, das Futter zu bekommen, und das Land hier ist alles schon verpachtet.«

»Ah ja. Wir müssen uns auf den Weg machen. Ich bedanke mich für ihr Entgegenkommen, Mr. Barnes.«

Er setzte seinen Hut auf und ging mit seinem Kollegen langsam zu ihrem Auto.

Als sie wieder auf der Straße nach Cranbrook waren, zündete sich Carter eine Zigarette an. »Also, George, was denkst du von den Leuten?«

»Ich glaube nicht, daß einer von ihnen junge Mädchen zusammenschlägt oder vergewaltigt.«

»Warum glaubst du das nicht?«

»Nun, der ältere von ihnen, Vernon, ist nicht stark genug. Und die anderen beiden, Barnes und Gorst, haben das nicht nötig. Sie sehen gut aus und haben Charme, sie bekommen, was sie wollen, auch ohne Gewalt. Gorst, der mit den großen braunen Augen, könnte auch ein Homo sein.«

»Man weiß nie, George. Psychos tun es nicht unbedingt, um zu bumsen. Das Schlagen und Töten gehört genauso zu ihrer Art von Befriedigung.«

Als sie auf den Hof des Polizeireviers fuhren, sagte Carter: »Wie dem auch sei, George, überprüfe die Adresse.«

»In Ordnung, Chef.«

»Wir müssen hier weg, Walter, und zwar schnell. Sobald sie die Adressen überprüft haben, kommen sie zurück.«

»Ich fürchte, Sie haben recht, Max. Können Sie Kästner benachrichtigen?«

Bayer erzählte Kleist von dem Funkspruch des OKW.

»Haben Sie ihn bestätigt, Max?«

»Nein, gestern abend jedenfalls nicht.«

»Warum nicht?«

»Ich weiß nicht, aus Instinkt, nehme ich an. Es paßte nicht zusammen, erst die Glückwünsche und dann das.«

»Wie zur Hölle sollen wir ohne Hilfe aus Berlin hier herauskommen?«

»Ich weiß noch nicht genau, aber wir schaffen es.«

»Wo sollen wir jetzt hin?«

»Ein Stück die Straße hinunter liegt ein Dorf, Hawkhurst. Dort werden wir die Nacht verbringen. Wir müssen innerhalb der Verteidigungszone bleiben, oder man wird uns nach Passierscheinen fragen, die wir nicht haben.«

Major Phillips war nicht allzu erfreut darüber gewesen, in das SIS-Hauptquartier am Broadway, gegenüber der U-Bahn-Station St. James' Park, zurückkehren zu müssen. Das Leben draußen war wesentlich zivilisierter, und das Gebäude am Broadway wirkte genauso trostlos wie ein viktorianisches Armenhaus. Auch die Büros waren düster und überfüllt von all den neu hinzugekommenen Experten. Und es würde Monate dauern, bis er sich wieder in das Behördenleben eingewöhnt hätte. Bei all den ehemaligen Studenten, zu denen er selbst gehörte, all diesen Produkten von Eton und Oxbridge oder Lincoln's Inn war es eigentlich verwunderlich, daß es noch kein Fuchsersystem und keinen Primus gab. Und dazu noch diese trüben Tassen, die man besser auf ihren Polizeiposten in Indien gelassen hätte; die waren nun wirklich das letzte.

Die Untersuchung des Sabotageaktes gegen die Radarstation in Rye hatte ihm dieses nette Geduldspiel eingebracht, mit dem er jetzt beschäftigt war. Vor ihm auf dem Tisch lagen die Einzelteile, die er hatte: seine eigenen Berichte über die Aktionen in Rye und Hawkinge, ein Bündel von sechzehn von der Funküberwachung aufgefangenen Funkkontakten, einige in zwei Pappkartons verstaute Zündkapseln, ein irischer Paß, ein Bericht über ein Treffen zweier Militärattachés in Stockholm und die Namenliste samt Fotos der vermutlichen Saboteure.

Die aufgefangenen Funksprüche waren die GCCS in Bletchley weitergeleitet worden, die ihren Kommentar anheftete, bevor sie an den SIS gingen. Er fragte sich, ob er ernst gemeint oder aber als Tritt vors Schienbein des SIS gedacht war. Zunächst wurde hervorgehoben, daß die Funksprüche in einem einfachen Code verschlüsselt waren, der die Buchstaben des Alphabets jeweils nur um eine Stelle verschob. Dann entschuldigte man sich für die Verzögerung der Weitergabe der Funksprüche um zweiundsiebzig Stunden; man habe unterstellt, der SIS würde einen zweiten, versteckten Code vermuten, und die Zeit damit verbracht, diese Möglichkeit zu untersuchen. Man sei zu der Schlußfolgerung gelangt, daß die Botschaften auch ohne weiteren Code sinnvoll und in einfachem Deutsch abgefaßt waren, daß also kein versteckter Code verwendet worden war. Sie bedeuteten einfach das, was sie besagten. Dann wurde vorgeschlagen, zwei Peilwagen einzusetzen, die das Problem binnen kurzem lösen würden. Eine vernünftige Idee, wenn man davon absah, daß es zwei Nächte lang keinen Funkverkehr gegeben hatte und daß niemand einen Schimmer davon hatte, in welcher Gegend der Sender zu suchen war.

Er hatte das Außen- und das Kriegsministerium um eine Stellungnahme dazu gebeten, warum das deutsche Oberkommando die eigenen Leute den Bach hinuntergehen ließ. Als Antwort erhielt er den barschen Befehl, seine Ermittlungen fortzuführen, woraus er schloß, daß die Dummköpfe dort auch nicht wußten, warum die Deutschen das taten.

Zum hundertsten Mal betrachtete er die Generalstabskarte, auf der er Rye und Hawkinge eingekreist hatte. Er legte ein Lineal auf die Karte und zog eine Linie, die beide Orte miteinander verband. So, wo würdest du dich verstecken, wenn du es auf diese beiden Orte abgesehen hättest? Da ihm keine Antwort einfiel, zeichnete er ein gleichseitiges Dreieck mit der Strecke zwischen Rye und Hawkinge als Basis auf die Karte. Das war ihr Aktionsgebiet, aber wenn sie so schlau waren, wie es schien, dann war es genau das Gebiet, das sie mieden. Er seufzte auf und legte den Bleistift beiseite. Er griff zu den Fotos. Es waren nur fünf, obwohl auf der Liste noch der Name einer Frau aufgeführt war. Die Fotos waren die üblichen Schnappschüsse, die man in der Eile gefunden hatte. Auf den Rückseiten waren bei einigen zusätzliche Informationen vermerkt. Auf einem der Fotos war ein Mann in einer Buschjacke zu sehen, der in die Sonne blinzelte und ein Gewehr mit einem aufmontierten Zielfernrohr unter dem Arm trug. Eine hübsche blonde Frau in mittleren Jahren blickte zärtlich zu ihm auf. Phillips drehte das Foto um und las auf der Rückseite. »Erich Voss. Nairobi 1938 mit dem amerikanischen Schriftsteller Hemingway.« Auf einem anderen Foto war ein gutaussehender junger Mann auf einem Pferd zu sehen. Er hatte sich nach vorn gebeugt und nahm einen Silberpokal entgegen. Die Notiz auf der Rückseite lautete: Maximilian von Bayer, einziger Sohn des Barons Ludwig von Bayer. Bei der Entgegennahme des ersten Preises, Erfurt 1937.«

Bayer faltete das gelbe Ölzeug sorgfältig um die Papiere und streifte ein Gummiband über das Päckchen, in dem sich alle persönlichen Dokumente befanden, die er aus Deutschland mitgenommen hatte.

Er ging hinunter in den Garten und sah Voss und Krüger dabei zu, wie sie ihre Waffen und die Munition im Kofferraum des Autos verstauten. Die Büchsen mit den Lebensmitteln und die Thermoskanne standen noch auf dem Boden. Sie sollten als letztes in den Kofferraum gepackt werden. Er legte den Feldstecher und einen Kompaß auf den Fahrersitz. Als alles verstaut war, legte Bayer zwei Segeltuchstücke über das Gepäck und schloß die Klappe.

Danach ging er langsam zu dem Loch, das sie neben der kleineren der beiden Scheunen ausgehoben hatten. In ihm sollten die letzten Stangen Dynamit, die Schachteln mit den Zündkapseln, das Funkgerät, eines der Gewehre von Voss und zwei Koffer mit persönlichen Dingen vergraben werden. Bayer hatte darauf bestanden, daß sie nur das Nötigste auf die Fahrt mitnahmen. Jetzt griff er nach dem Spaten und füllte das Loch langsam mit der ausgehobenen Erde auf. Nachdem er die Oberfläche glattgetreten hatte, legte er die Grasstücke, die sie abgehoben hatten, bevor sie das Loch gruben, sorgfältig über das frische Erdreich. Er fühlte sich müde und hatte im Grunde keinen wirklichen Plan für ihre Flucht. Er dachte daran, zur Küste zu fahren, um sich dort ein Boot zu stehlen oder zu kapern und im Schutz der Nacht über den Kanal zu entkommen. Aber aus irgendeinem Grund kehrten seine Gedanken immer wieder zu dem verlassenen Bauernhaus zurück, das er als erstes Quartier für sie vorgesehen hatte, als er auf Schloß Eger die Operation plante. Auf irgendeine seltsame Weise war es für ihn so etwas wie ein Heiligtum geworden, ein neutraler Ort, eine Zufluchtsstätte.

Uschi Lange kochte eine letzte Suppe für sie, und die fünf saßen oder standen im Wohnzimmer wie eine Familie, die auf die Möbelpakker wartet. Sie hatten Angst zu gehen, denn sie wußten, daß ihnen Unangenehmes bevorstand.

Es war schon dunkel, als sie aufbrachen. Bayer fuhr langsam und vorsichtig die schmale Landstraße entlang, während Kleist neben ihm die Karte studierte und ihm den Weg wies.

Hawkhurst war einmal das Zentrum der Eisenindustrie von Weald gewesen, aber als sie die Hauptstraße hinunterfuhren, wirkte es eher wie eine von Filmleuten zurückgelassene Kulisse für einen Western. Die lange Reihe der weißen Häuser wirkte unheimlich in dem blassen Mondlicht. Bayer hielt vor einer niedrigen Mauer an und stieg aus. Sie standen vor einem Kirchhof. Die anderen stiegen ebenfalls aus, um sich die Beine zu vertreten, und versuchten in dem fahlen Licht des Mondes auszumachen, wo sie sich befanden. Nur Krüger machte einen hoffnungsvollen Eindruck.

»Uschi.«

»Ja, Max.«

»Du kommst mit mir. Mal sehn, ob wir hier eine Übernachtungsmöglichkeit finden können.«

Sie überquerten die verlassene Straße, und Bayer klopfte an die nächstbeste Tür. Ein älterer Mann in der Uniform der Heimwehr öffnete und versuchte sie in der Dunkelheit zu erkennen. »Wer ist da? Ich habe noch nicht gegessen.«

»Guten Abend, könnten Sie uns vielleicht weiterhelfen. Wir suchen ein Zimmer für die Nacht.«

Der alte Mann rief über die Schulter nach seiner Frau: »Mutter.« Dann wandte er sich wieder den beiden Fremden zu. »Vielleicht weiß meine Frau etwas für Sie.«

Eine dünne, knochige Frau kam, sich mit der Hand an der Wand entlangtastend, durch den dunklen Flur.

»Was ist denn, Edgar?«

»Die Leute hier wollen wissen, wo sie übernachten können.«

»Nur Sie beide?« fragte die Frau.

»Wir sind zu fünft.«

Sie kratzte sich den Kopf und dachte nach. »Das ›George‹ nimmt zur Zeit keine Gäste auf. Aber wie wär's mit Mrs. Williams, Vater? Sie würde es vielleicht tun.«

»Sie könnten's probieren«, sagte der alte Mann.

»Wo finden wir Mrs. Williams, Mam'am?«

»Kennen Sie sich in Hawkhurst aus?«

»Wir sind zum erstenmal hier.«

»Sie sind mit dem Auto?«

»Ja.«

»Wo haben sie geparkt?«

»Gegenüber, bei der Kirche.«

»Sie ist bombardiert worden, wußten Sie das? Diese verdammten Deutschen; sie ist ausgebrannt«, sagte der Alte bitter.

»Das wollten sie doch gar nicht wissen, Edgar. Sie müssen ein Stück zurückfahren und dann links abbiegen, den Hügel hinunter. Ganz unten, kurz vor der Kurve, steht ein Haus etwas von der Straße zurückgesetzt, auf der linken Seite, das Partridge-Haus, wie es genannt wird. Sagen Sie ihr, Mrs. Chapman schickt Sie. Wenn Sie länger als eine Nacht bleiben wollen, werden Sie Lebensmittelkupons brauchen.«

»Vielen Dank für Ihre Hilfe, Mrs. Chapman.«

»Ist schon gut.«

Sie gingen zurück zum Auto, wendeten und fuhren den beschriebenen Weg. Das Partridge-Haus war ein niedriges, langgezogenes Gebäude mit L-förmigem Grundriß. Aus dem Inneren klang Musik heraus. Als sie klopften, hörte die Musik auf, doch es dauerte noch einige Minuten, ehe die Tür geöffnet wurde. Die alte Frau trug eine Taschenlampe in der Hand, die sie mit einem roten Schild abdeckte.

»Mrs. Williams?«

»Ja.«

»Mrs. Chapman sagte uns, Sie hätten vielleicht Zimmer für uns.«

»Wie viele sind Sie?«

»Vier Männer und eine Frau.«

»Es ginge aber nur für eine Nacht.«

»Das genügt uns.«

Bayer ging zurück zum Auto und holte die anderen. Er warnte Krüger, ja kein Wort zu sprechen; er sollte lächeln, aber schweigen. Während er sein Gepäck ins Haus brachte, fragte er sich, wo Mrs. Williams wohl herkam. Sie hatte einen leichten Akzent. Aus Wales vielleicht, dachte Bayer, mit einem Namen wie Williams.

»Mrs. Williams zeigte ihnen die drei Zimmer, die sie ihnen anbieten konnte, und ließ sie allein, damit sie sich zurechtmachen konnten. Das Gästebuch, sagte sie, würde sie auf den Flurtisch legen. Sie sollten sich dann bitte eintragen, das sei nun einmal Vorschrift.

Krüger blieb in seinem Zimmer und hielt sich an Zwieback und eine kleine Büchse Schmalzfleisch, während die anderen von Mrs. Williams mit pochierten Eiern auf Toast und Apfelkompott mit Vanillesoße bewirtet wurden. Sie war eine freundliche Seele und huschte die ganze Zeit herein und heraus, um ihre Gäste zufriedenzustellen.

Als sie das Geschirr abgedeckt hatte, fragte sie: »Wollen Sie etwas Musik hören?«

»Das wäre sehr nett, Mrs. Williams.«

Sie zog ein kleines, transportables Grammophon auf und legte die Platte vorsichtig auf den Teller. Dann drehte sie sich zu ihren Gästen um. »Das ist mein Lieblingsstück.«

Kleist erkannte es mit den ersten Tönen, und als es auch die anderen erkannten, tauschten sie nostalgische Blicke aus. Es war ein Lied aus der *Csárdásfürstin – Tausend kleine Englein singen*. Mrs. Williams sang es leise mit, auf deutsch. Als es vorüber war, lächelte sie ihre Gäste an. »Es war zu schön, damals in Wien.«

Bayer fragte lächelnd: »Kennen Sie Wien, Mrs. Williams?«

»Oh, Mr. Barnes, ich bin dort geboren und aufgewachsen.«

»Seit wann sind Sie in England?«

»Seit dem 11. März 1938. Das Datum werde ich nie vergessen.«

»Warum?«

»Es war der Tag, an dem die Nazis in Wien einmaschiert sind. Ich bin Jüdin, wissen Sie, mein Mann nicht, der ist Waliser. Er hat gesagt, wir müßten fort, auf der Stelle, am selben Tag noch. Am liebsten möchte man das alles vergessen.«

Kleist lächelte ihr zu. »Soll ich Ihnen ein paar Straußwalzer auf Ihrem Klavier vorspielen?«

»Oh«‹, sagte sie, »ich würde mich sehr freuen.«

Kleist humpelte zu dem Klavier hinüber, öffnete den Deckel und stellte sich den Klavierhocker zurecht.Er spielte zwanzig Minuten lang ohne Unterbrechung, und Mrs. Williams hörte ihm, immer noch mit umgebundener Schürze, glücklich zu und strahlte, während ihr die Tränen über die Wangen liefen. Als er *Ich schenk dir mein Herz* zu spielen begann, drehte Kleist sich um und lächelte Uschi zu. Dann schloß er den Klavierdeckel und stand auf.

»Das war wunderbar. Vielen, vielen Dank.«

Als Bayer im Bett lag, wünschte er, Sadie wäre dagewesen und hätte seine Hand gehalten, während Kleist sein Lied für ihn spielte. Es schien so lange zurückzuliegen, aber es waren nicht mehr als zwei Jahre vergangen. Wenn sie ein Boot fanden, würde er die Gefahr auf sich nehmen und sie anrufen, bevor sie abfuhren. So in Tagträumen verloren, lag er lange Zeit wach, ohne einschlafen zu können. Schließlich stand er auf, legte sich seinen Mantel um die Schultern und ging zum Fenster. Er schob den Verdunkelungsvorhang beiseite und sah hinaus. Am Fenster hatte sich Reif gebildet, und die Sterne standen klar und hell am dunklen Himmel. Er fragte sich, ob sie Kästner und seinem Vater wirklich etwas antun würden. Inzwischen müßten sie eigentlich verstehen, worum es ihm ging. Kästner hatte es ihnen sicher erklärt. Was sollten sie dagegen haben? Sobald er wieder zu Hause wäre, würde er es schon wieder ins Lot bringen.

Es klopfte leise, und Uschi kam herein.

»Was gibt es, Uschi?«

Sie weinte, als Bayer auf sie zuging. »Was ist denn los?«

»Es geht um Walter, Max. Er ist schwer krank. Ich mußte ihm schwören, es Ihnen nicht zu sagen.«

»Setz dich aufs Bett, Uschi.«

Er legte ihr eine Decke um, aber sie hörte nicht auf zu zittern.

»Wie schlimm ist es?«

»Er hat schreckliche Schmerzen, die ganze Zeit über. Ich habe Angst um ihn, Max.«

»Wie lange steht es schon so schlecht um ihn?«

»Über eine Woche, und wir haben nur noch Medizin für drei Tage. Danach wird es unerträglich werden.«

Bayer schwieg. Sein Mund war trocken, und er versuchte, nicht zu zittern.

»Was für ein Mittel gibst du ihm, Uschi?«

»Opium. Er stirbt, Max.«

»Wir werden ihn zu einem Arzt bringen, Uschi.«

»Können wir das denn?«

»Ich werde mir etwas einfallen lassen müssen. Mach dir keine Sorgen, bis morgen habe ich einen Weg gefunden. Wie geht es ihm im Moment, soll ich mit hinüberkommen und bei ihm wachen?«

»Er schläft. Ich habe ihm die doppelte Dosis gegeben.«

»Versuch, etwas zu schlafen, Uschi. Morgen bekommt er ärztliche Hilfe.«

Nachdem Uschi gegangen war, legte sich Bayer, so wie er war, im Mantel aufs Bett und zog sich die Bettdecke über die Beine. Wenn keine Straßensperren aufgestellt worden waren, konnte er direkt bis nach Ashford fahren. Dort gab es ein Krankenhaus, vor dem er Uschi und ihren Walter absetzen wollte, in der Hoffnung, daß man sie als Kriegsgefangene behandeln würde. Es gab keine andere Möglichkeit. Für Kleist allerdings machte es keine großen Unterschied; er wußte, daß er sterben würde, aber er würde ihn dafür hassen, daß er aus Uschi eine Kriegsgefangene gemacht hatte.

Es war sechs Uhr morgens, als Bayer endlich einschlief.

Ungefähr zur selben Zeit, als Bayer in Schlaf fiel, waren Detective Sergeant Carter und ein Dutzend Polizisten dabei, sich vorsichtig an Cragg's Farm heranzupirschen. Zwei Scharfschützen gaben dem Inspektor Deckung, als er an die massive Eichentür klopfte. Sein Atem stieg in hellen Dunstwolken in die frostige Nachtluft. Als sich im Haus nichts rührte, ging er die Eingangsstufen hinunter und blickte zu den Schlafzimmerfenstern hinauf. Dann befahl er einem der Polizisten, durch das Küchenfenster ins Haus einzusteigen.

Nachdem er festgestellt hatte, daß das Haus verlassen war, ordnete er eine gründliche Durchsuchung an. Da es inzwischen langsam hell wurde, beschloß er, die Sache gleich richtig anzupacken und auch die Nebengebäude und das Grundstück absuchen zu lassen.

Als erstes fanden sie den Sprengstoff und die Zündkapseln. Carter schickte einen Mann nach Cranbrook, um den Special Branch-Beamten von dem Fund zu unterrichten. Noch bevor dieser auf Cragg's Farm eintraf, fanden Sie Schultz' Leiche, und ein Mann fuhr nach Cranbrook, um Scotland Yard zu benachrichtigen. Gegen Mittag schließlich entdeckten sie das Funkgerät und den Rest der zurückgelassenen Sachen, und der Special Branch-Beamte telefonierte mit seinen Vorgesetzten, die daraufhin den SIS einschaltete.

Die verschiedenen Löcher wurden abgedeckt, und die Grube neben der Scheune wurde mit einem großen Segeltuch, das man über vier Schafhürden legte, überdacht.

Inspektor Carter hätte mit dem Ergebnis der Arbeit dieses Vormittags zufrieden sein können. Aber es hatte zu nieseln begonnen, außerdem war es Samstag, und er fühlte sich immer mehr wie ein im Grunde überflüssiger Aufseher. Deshalb war er erleichtert, als Major Phillips, der soeben in einem Dienstwagen mit Chauffeur eingetroffen war, ihn zu sich ins Haus rief.

Carter bestätigte, daß die Frau und drei der Männer auf den Fotos diejenigen waren, mit denen er hier im Haus gesprochen hatte. Das Foto von Schultz paßte auf die Leiche, die sie gefunden hatten. Die Entstellung durch den tödlichen Schuß war nicht allzu groß, die Kugel war durch die Augenhöhle eingedrungen und am Hinterkopf wieder ausgetreten. Den fünften Mann, Krüger, konnte er nicht identifizieren. Er habe ihn bei seinem Besuch nicht gesehen, genausowenig wie den Mann, der jetzt tot war. Unglücklicherweise hätten sie nicht daran gedacht, sich die Autonummer ihres Wagens zu notieren, aber es sei ein schwarz-roter Standard 10.

Das Polizeirevier von Cranbrook besaß keine geeigneten Räume für Major Phillips und seinen Stab, so daß sie nach Ashford ausweichen mußten, wo ihnen ein Zug des Royal Sussex Regiment ein Gebäude zur Verfügung stellte. Eine Einsatzgruppe des Oberkommandos für Südengland war unterwegs, für den Fall, daß Phillips Truppen gegen die Saboteure einsetzen mußte.

17

Bayer sprach mit Uschi, während er sich rasierte. Er sagte ihr, was er vorhatte, und fragte, ob sie Einwände dagegen habe. Sie stimmte sofort zu, bestand aber darauf, Kleist nichts zu sagen, bis sie vor dem

Krankenhaus angekommen waren. Bayer sagte es ihr widerstrebend zu.

Mrs. Williams hatte das Wunder fertiggebracht, Wurst für das Frühstück zu besorgen, und nachdem sie ihre Rechnung beglichen hatten, kam sie mit hinaus und winkte ihnen nach, bis sie auf der Straße verschwunden waren.

Als sie die Nebenstraße, die nach Ashford führte, erreicht hatten, hielt Bayer an. Es waren noch etwa acht Kilometer bis in die Stadt. Auf beiden Seiten der Straße zogen sich dichte Wälder hin. Bayer atmete tief durch und wandte sich dann zu Kleist, der auf dem Beifahrersitz neben ihm saß. Sein Gesicht war totenblaß, und die Mundwinkel waren blau angelaufen.

»Walter, ich werde Sie und Uschi zum Krankenhaus bringen. Sie brauchen Hilfe, Walter, ärztliche Hilfe. Ich werde Sie beide dort nur absetzen und weiterfahren, damit es keine Komplikationen gibt. Beantworten Sie alle Fragen, die man Ihnen stellt, und vergessen Sie uns. Sie waren wunderbar, während unserer ganzen verdammten Reise. In einem oder zwei Monaten werden Sie wieder auf dem Posten sein und der Wehrmacht zuwinken können, wenn sie herüberkommt.«

Bayer haßte jedes Wort, das er sagte, ihre Banalität, Heuchelei und völlige Unangemessenheit. Aber er fand keine anderen Worte, die ihnen beiden Trost hätte geben können, Kleist genauso wie ihm selbst. Kleist drehte seinen Kopf langsam zur Seite, um Bayer ansehen zu können. Seine großen braunen Augen waren teilnahmslos vor Schmerzen. »Nicht . . . Uschi, . . . Max«, sagte er mühsam. »Nur mich.«

Die Stille schien durch Uschis Schluchzen und Bayers brechende Stimme, als er etwas erwidern wollte, nur noch anzuwachsen.

»Sie möchte bei Ihnen sein, Walter. Und sie hat recht. Sie brauchen sie.«

Kleist blickte hinaus in den Wald. Dann sagte er leise. »Ich möchte . . . nachdenken, . . . allein, . . . nur ein paar Minuten . . . Ich gehe . . . ein Stück.«

»Du bist nicht stark genug dazu, Walter«, schrie Uschi auf.

Er drehte sich zu ihr um. »Ich bin es, mein Liebes. Ich muß es sein.«

Er griff nach dem Türgriff, und die Tür schwang auf. Langsam drehte er sich zur Seite und stand unsicher auf. Er hielt sich am Wagendach fest, bis er festen Stand gewonnen hatte, und atmete tief durch. Dann drehte er sich um und ging auf einem Trampelpfad in den Wald hinein. Er stolperte über eine Wurzel, und kurz darauf hatte ihn der Wald verschluckt. Ein buntgefiederter Fasan folgte ihm, als sei er zahm. Doch als hätte er es geahnt, flog er auf, eine Sekunde bevor sie den Schuß hörten.

Voss hatte seinen Arm um Uschis Schultern gelegt und hielt sie zurück, als Bayer aus dem Auto sprang. »Gehen Sie nicht, Uschi. Er würde es nicht wollen.« Er nahm sie sanft in die Arme. Sie zitterte, als hätte sie Schüttelfrost, und legte ihren Kopf an seine Schulter. Krüger hatte die Augen geschlossen und sprach leise ein Gebet – »Vater unser, der du bist im Himmel...« Das waren die einzigen Worte aus dem Glaubensbekenntnis, an die er sich erinnerte, und er sprach sie wieder und wieder.

Kleist saß mit dem Rücken an den Stamm einer Buch gelehnt. Das Blut, das aus seinem Hinterkopf getreten war, hatte die grünen Flechten auf der grauen Rinde des Baums verfärbt. Der Kopf war ihm auf die Knie gesunken, und der Pistolenlauf steckte noch in seinem Mund. Bayer richtete sich wieder auf und ging zum Auto zurück. Er gab Krüger ein Zeichen, mit ihm zu kommen. Sie trugen Kleists Leiche von dem Waldweg fort und bedeckten ihn mit Farnkraut. Weiter konnten sie nichts tun.

Auf dem Rückweg zum Auto blieb Bayer plötzlich stehen und sah Krüger fragend an. »Was sollen wir machen, Rudi? Uns selbst stellen?«

»Wir tun, was immer Sie sagen, Sturmbannführer.«

Sie gingen weiter. Uschi Lange saß immer noch an Voss gelehnt. Bayer sah auf die Karte; es war ein langer Weg bis zu dem verlassenen Haus in Stone-cum-Ebony. Aber wenn sie erst einmal dort waren, konnten sie sich in Rye oder Hastings vielleicht ein Boot besorgen. Er startete den Motor und fuhr auf Great Chart zu.

Nachdem sie Great Chart hinter sich gelassen hatten, verließ Bayer die Hauptstraße wieder. Sie fuhren langsam die schmalen Landstraßen entlang, vorbei an großen Wäldern und vereinzelten Landhäusern, die die Nähe von Shadoxhurst und Woodchurch ankündigten. Danach mußten sie den Gefahrenpunkt Appledore passieren, denn welchen Weg sie auch nahmen, um in das Dorf hineinzufahren, keiner führte an der Kreuzung vorbei, auf der sie in Richtung Stone abbiegen konnten.

Bayer wählte die Straße, die auf die Hauptstraße des Dorfes führte, und er schien instinktiv richtig gehandelt zu haben. An der Kreuzung kurz hinter dem Red Lion war keine Straßensperre aufgebaut worden. Er bog nach rechts ab, und auch die Straßen nach Stone war frei.

Langsam erklommen sie die kleine Steigung, und dann, auf der anderen Seite des Hügels, sah er den kleinen Transporter und zwei Soldaten, die sich unterhielten; zwei weitere standen etwas weiter die Straße hinunter. Als sie kurz vor der Stange waren, die die Straße absperrte, hörte er zu seinem Entsetzen, daß die hintere Tür geöffnet wurde, und schrie: »Im Auto bleiben«, als er Krüger aus dem Wagen springen sah, mit einer Maschinenpistole in der Hand. Da es Krüger war, hatte er deutsch rufen müssen. Die Soldaten mußten es ebenso wie Krüger gehört haben, es ging nicht anders.

Dann sah Bayer wie in manchen Alpträumen in Zeitlupe, daß einer der Soldaten umfiel, wähend sein Gewehr scheppernd auf die Straße krachte und wie Krüger in seinem Lauf plötzlich innehielt und sich, von den Geschossen herumgestoßen, wie ein verendender Kreisel stolpernd um die eigene Achse drehte. Bayer legte den Gang ein und gab Gas. Für einige Meter schleppte der Wagen die Stange der Sperre mit, dann fiel sie ratternd ab, und sie konnten unbehindert weiterfahren.

Bayer sah, wie das Maschinengewehr herumgedreht wurde. Dann spürte er den Einschuß in seiner Schulter, und als die Feuergarbe die Seite des Autos erfaßte, kam ein brennender Schmerz in der Brust dazu. Aber sie waren vorbei, und Voss rief: »Das MG kann nicht weiter schwenken, fahren Sie, Max.« Eine Gewehrkugel pfiff über das Dach des Autos, dann bogen sie nach links ein und befanden sich im Schutz der Hecken am Straßenrand.

Sie überquerten die bucklige Brücke am Ferry Inn und bogen an der nächsten Kreuzung scharf rechts ab auf die gewundene schmale Straße, die zu dem verlassenen Bauernhaus führte. Bayer konne schon die Darre ausmachen, die die Einfahrt markierte. Minuten später wirbelten die Reifen den Schlackenbelag der Auffahrt auf. Dann holperte der Wagen über Grasbüschel, bis Bayer ihn hinter dem Haus, wo das Auto von der Straße aus nicht zu sehen war, stoppte.

Er spürte eine warme Feuchtigkeit zwischen seinen Beinen, und als er seinen Mantel aufschlug, sah er, daß es Blut war, das aus seiner Brust austrat. Ohne zu einer Bewegung fähig zu sein, sagte er zu Voss: »Überprüfen Sie das Haus, Erich. Wir brauchen auf beiden Seiten, nach vorn und nach hinten hinaus, ein gutes Schußfeld.«

Er beobachtete, wie Voss über den Steinhaufen kletterte, der einmal die Rückwand des Hauses gewesen war. Das Schieferdach hing durch wie ein gebrochener Tierrücken, und die hinteren Zimmer waren aufgerissen wie ein Körper, dessen Eingeweide bloßgelegt worden waren. Ein Kamin schwebte in der Luft; er wurde nur noch von seiner Metalleinfassung gehalten. An der Schlafzimmerwand hing noch, wenn auch schief, ein gerahmter Druck, auf dem ein Heuwagen zu sehen war. Und ein weißes Porzellanwaschbecken klebte an der Wand wie eine übergroße Blüte auf dem Stengel seines Bleirohrs. Der Bombentrichter stand voll Wasser, obwohl der Boden rundherum trocken war, und aus dem Schutthaufen ragten Tischbeine und Überreste von Stühlen hervor, an denen Fetzen ihres Stoffbezugs in der launischen Brise flatterten.

Bayer schloß die Augen, bis Voss ihn wachrüttelte. »Das erste Schlafzimmer im Obergeschoß, Max. Es hat ein gutes Schußfeld, außerdem gibt es auf fast zweihundert Meter keine Deckung.« Als Bayer nicht antwortete, beugte sich Voss in das Auto. »Was ist los, Max?« Dann sah er es. »Mein Gott, wo haben sie Sie erwischt?«

»In der Brust. Außerdem haben sie mich, glaube ich, an der Schulter getroffen.«

Voss öffnete die hinter Tür. »Helfen Sie mir, Uschi. Wir bringen ihn ins Haus.«

Uschi Lange erwachte aus ihrem eigenen Alptraum, als sie das Blut auf Bayers Kleidern sah. Voss und Uschi stützten ihn, während er sich vorwärtskämpfte und dann Stufe um Stufe die halbzerstörte Treppe zu dem langgezogenen Schlafzimmer hinaufschlurfte.

Voss holte zwei Strohballen aus der wackligen Scheune und verteilte das Stroh in einer Ecke des Zimmers auf den Fußboden, damit sich Bayer darauf niederlegen konnte. Uschi fand dort, wo einst die Küche gewesen war, ein verbogenes Standrohr, und als sie den Hahn öffnete, kam ein dünner Wasserstrahl heraus. Sie ließ es in eine Schüssel laufen und trug sie zu Bayer. Als sie ihm den Mantel auszog, wurde er bewußtlos. Sie streifte ihm das Jackett und das von den Schüssen aufgerissene, blutverschmierte Hemd ab. Mit halbgeschlossenen Augen betrachtete sie die Wunde an der Schulter, dann rollte sie einen Fetzen seines Hemds zusammen und legte ihn als Verband auf das bloße Fleisch. Bayer stöhnte vor Schmerz auf, als sie die Wunde berührte und die Stoffauflage mit ihren Strümpfen fest verband. Dann tauchte sie ein Handtuch, das sie aus dem Auto geholt hatte, in das kalte Wasser und hielt es, ohne hinzusehen, auf seinen Magen.

Die Nach verlief ohne Störung, aber bis zum Morgen hatte der Ausschluß anderer Möglichkeiten ihrer Verfolger zu dem verlassenen Bauernhaus geführt. Voss hörte das Quietschen der Bremsen, konnte im dämmrigen Licht des Morgens das Fahrzeug aber nicht entdecken.

Dafür sah er die Männer, die einer nach dem anderen über den Zufahrtsweg rannten und hinter der niedrigen Hecke in Deckung gingen. Er vernahm auch die Befehlsrufe, die leise zu ihm herüberschallten. Dann hörte er das Knistern eines Lautsprechers, und eine Stimme sagte: »Legen Sie die Waffen nieder, und kommen Sie einzeln und mit erhobenen Händen heraus.«

Voss hob die Thompson-Maschinenpistole etwas von dem zerborstenen Fensterbrett, auf dem der Lauf gelegen hatte, stellte den Schalter auf »repeat« und gab einen kurzen Feuerstoß ab. Die Schüsse hallten unheimlich über das flache Marschland, und von den niedrigen Hügeln im Norden schien ein Echo auf sie zu antworten. Die Romney Marshes waren sogar im Sommer eher ehrfurchtgebietend als schön, doch unter dem bleiernen Winterhimmel wirkte die Landschaft bedrohlich und abstoßend.

Voss konnte niemanden mehr sehen. Er vermutete, daß sie berieten, wie sie das Haus erstürmen konnten. Mit Mörsern wäre es keine Schwierigkeit gewesen, aber er nahm an, daß sie sie wahrscheinlich lebend in die Hand bekommen wollten, um sie verhören zu können.

Die Wolken hingen jetzt nicht mehr ganz so niedrig, und Voss hatte klare Sicht über den Zufahrtsweg und die Straße. Die Felder hinter der entfernten Hecke waren zu großen Teilen von seichten Wasserlachen bedeckt. Von der nahen Küste hierhergeflogene Möwen standen unbeweglich auf den wenigen trockenen Flecken. Voss hörte den Motor eines anderen ankommenden Fahrzeugs, dann war alles wieder still.

Er wußte nicht genau, warum er hier saß. Bayer hatte ihm keinen Befehl dazu gegeben, und es sah nicht so aus, als könne er noch irgendwelche Befehle geben. Voss fragte sich, was echte Soldaten in seiner Lage tun würden. Er fühlte, daß er bald ein Zeichen empfangen würde; irgend etwas würde passieren, das die Waage zur einen oder anderen Seite hin ausschlagen ließ. Er wußte, daß er nicht sterben wollte. Er würde einfach bleiben, wo er war, und abwarten. Doch sein Instinkt sagte ihm, daß es ein sehr langer Tag werden würde.

18

Voss saß immer noch auf der Holzkiste. Der Lauf der Maschinenpistole ruhte auf dem Fensterbrett. Neben seinem rechten Fuß lagen zwei gefüllte Magazine, und auf der Wand unter dem Fenster standen vier noch ungeöffnete Schachteln Munition. Bayer lag halb aufrecht auf dem ausgebreiteten Stroh. Sein Kopf ruhte auf seinem zusammengerollten Jackett, und seine Augen waren geschlossen. Das blasse Gesicht war hager geworden und zerfurcht, die Wangen waren eingefallen. Der behelfsmäßige Verband schien das Blut aus der Schulterwunde gestoppt zu haben. Uschi Lange saß neben ihm und hielt das wassergetränkte Handtuch gegen seinen Magen.

Der Himmel begann sich aufzuklären, als Bayer erwachte. Er drehte den Kopf zur Seite, um Uschi ansehen zu können. Seine blauen Augen waren blutunterlaufen, und er atmete flach und mit offenem Mund. »Sind sie weg, Uschi?«

»Noch nicht, Max.«

Er blickte unverwandt zu Uschi Lange, und sie versuchte, die dunkelroten Blutstropfen zu übersehen, die aus seinen Mundwinkeln kamen, während er sprach. »Wo sind wir, Uschi?«

»In dem zerbombten Bauernhaus.«

»In dem zerbombten Bauernhaus?« fragte er mühsam, als hätte er nicht verstanden. »In England?«

»Ja«, antwortete sie, »in England. Versuch zu schlafen, Max.«

Eine Träne rollte über seine Wange und vermischte sich mit dem Blut aus seinem Mund. »Wird sie kommen, Uschi?«

»Wer, Max?«

»Sadie. Ich will Sadie sehen. Nur für ein paar Minuten.«

Uschi Lange stand auf und ging zu Voss hinüber. Sie beugte sich zu ihm herunter und flüsterte: »Er will das Mädchen sehen, Erich.«

»Wie lange macht er es noch?«

»Das kann ich nicht sagen. Ich weiß einfach nicht genug. Einen Tag vielleicht, oder auch zwei.«

»Aber wie sollen wir uns mit ihr in Verbindung setzen?«

»Ich könnte mit erhobenen Armen hinausgehen. Die Soldaten könnten sie anrufen.«

»Warum sollten sie das tun?«

»Weil sie uns dann ohne Kampf bekommen.«

»Aber es ist nur noch eine Frage der Zeit, bis sie kommen und uns alle erledigen.«

»Sie würden mindestens einen Mann dabei verlieren.«

»Sie würden mehr verlieren.«

»Na, dann gehen sie vielleicht darauf ein.«

Er zuckte die Achseln. »Wie Sie wollen, meine Liebe. Sie sind es, die sich in Gefahr begibt. Wenn Sie hinausgehen, nehmen Sie einen weißen Stoffetzen mit.«

»Haben Sie Angst davor, in Gefangenschaft zu kommen, Erich?«

»Alles, was ich will, ist, schlafen zu können. Und ich bin lieber Gefangener als Leiche. Es gab schon genug Tote.«

Sie legte ihm die Hand auf die Schulter. »Ich will es versuchen. Wünschen Sie mir Glück.«

Er nickte und zuckte die Achseln. »Viel Glück.« Aber seine Stimme war leise und gleichgültig. Er drehte sich auch nicht um, als sie langsam zu Bayer zurückging und sich neben ihn kniete. Er lag noch genauso wie vorher. »Max, kannst du mich hören?«

»Ja.«

»Wo wohnt Sadie?«

Er seufzte und schloß die Augen, um sich zu konzentrieren. Schließlich sagte er: »St. Michael's Lodge in Cambridge.«

»Wie heißt sie mit Nachnamen?«

»Aarons, Sadie Aarons.« Dann quoll ein Strom von Blut aus seinem Mund.

Sie stand bedrückt auf und ging auf die Reste der Treppe zu, die zu dem Geröllhaufen auf der Rückseite des Hauses hinunterführte. Unten angekommen, hob sie ihren Rock und zog den Schlüpfer aus. Sie riß ihn an den Nähten auf und befestigte ihn an einem langen Stock, so daß er als Zeichen der Aufgabe durchgehen konnte. Dann blickte sie kurz in den grauen Himmel und machte sich über das Geröll auf den Weg.

An der Ecke des Hauses streckte sie zuerst die weiße Fahne vor und ging dann langsam ins offene Gelände. Auf beiden Seiten der Auffahrt standen Soldaten. Der Wind spielte launisch mit der Fahne, während sie den Schotterweg entlangging. Als sie die Gesichter der Soldaten unterscheiden konnte, kam einer von ihnen auf sie zu. Er war noch ziemlich jung, aber schon Offizier. Sie blieb vor ihm stehen, und er betrachtete ihr Gesicht und ihre abgerissenen, staubigen Kleider.«

»Wer sind Sie?«

»Ich heiße Uschi Lange. Ich möchte mit dem Offizier sprechen, der hier das Kommando hat.«

»Das bin ich«, sagte Phillips.

»Ich habe eine Bitte. Ich möchte Sie um einen Gefallen bitten, im Austausch dafür, daß wir uns ergeben.«

Phillips betrachtete das Gesicht und bemerkte die Trauer und Erschöpfung, die es ausdrückte. »Was wollen Sie?«

»Einer von uns ist auf den Tod verwundet. Er möchte mit jemand Bestimmtem sprechen, bevor er stirbt.«

»Wer ist derjenige, der stirbt?«

»Max von Bayer.«

»Sturmbannführer von Bayer?«

Ihr Gesicht spiegelte Überraschung und Unglauben wider. »Woher wissen Sie das?«

»Berlin hat es uns gesagt.«

»Mein Gott, mein Gott.« Sie schüttelte langsam den Kopf.

»Mit wem möchte von Bayer sprechen?«

»Mit einem Mädchen, sie heißt Sadie Aarons und lebt in Cambridge.«

»Ist sie eine Deutsche?«

»Nein, Engländerin; Jüdin.«

»Sind sie miteinander verwandt?«

»Er liebt sie, und ich glaube, sie liebt ihn auch.«

Er schwieg einen Augenblick, bevor er weiterfragte: »Wie viele sind noch im Haus?«

»Ich, von Bayer und noch ein Mann.«

»Das muß Voss sein. Ist er verwundet?«

»Nein.«

»Was für Waffen haben Sie?«

»Zwei Gewehre und Munition.«

»Was für Gewehre?«

»Thomas oder so ähnlich.«

»Thompson-Maschinenpistolen?«

»Richtig, das sind sie.«

»Sind Sie verwundet?«

»Nein.«

»Ist Voss mit Ihrem Vorschlag einverstanden?«

»Ja.«

»Und von Bayer?«

»Er ist in einem zu schlechten Zustand, um noch zu verstehen. Er möchte nur Sadie Aarons sehen.«

»Ich werde sehen, was ich machen kann. Was ist mit von Bayer?«

»Er hat zwei Schußwunden, eine in der Schulter und eine in der Brust.«

»Ich werde einen Arzt kommen lassen.«

Sie waren inzwischen bei einem Army-Laster mit einem Holzaufbau angekommen. Drei Aluminiumstufen führten in das Innere des Kastens, und Phillips bedeutete ihr hineinzugehen. Dort saß ein Sergeant in Hemdsärmeln vor einem Funkgerät. Als Phillips hereinkam, schob er eine Hörmuschel des Kopfhörers, den er trug, zurück.

»Setzen Sie sich mit der Post in Tunbridge Wells in Verbindung. Ich will die Telefonnummern aller Aarons', die in Cambridge wohnen.« Er wandte sich der jungen Frau zu. »Ist das die ganze Adresse, die Sie haben?«

»Nein. Sie leben in der St. Michael's Lodge.«

»Haben Sie das mitbekommen, Sergeant?«

»Ja, Sir. Dann kann ich ja loslegen.«

»Anschließend rufen Sie den Amtsarzt aus Ashford hierher, unverzüglich.«

»Jawohl, Sir.«

Phillips nahm Uschi Langes Arm und half ihr die Stufen hinunter.

»Wollen Sie wieder hineingehen oder hierbleiben?«

»Ich gehe wieder hinein.«

»Gut. Nehmen Sie die Fahne mit, und hängen Sie sie aus dem oberen Fenster, um uns zu zeigen, daß Voss nicht mehr schießen wird. Dann warten Sie. Es kann eine Weile dauern. Vielleicht können wir das Mädchen gar nicht erreichen, außerdem ist es eine lange Reise von Cambridge bis hier. Ich werde versuchen, ihr einen Wagen zu schicken.«

Sie seufzte tief auf, und er sagte: »Sie müssen froh sein, daß es jetzt vorüber ist?«

Sie schüttelte den Kopf, sagte aber nichts. Sie waren auf der Zufahrt angekommen. »Haben Sie genug zu essen?« fragte Phillips.

Sie sah ihn verwundert an. »Wir brauchen nur einen Arzt, danke. Kann er irgend etwas Schmerzstillendes mitbringen? Er ist nicht transportfähig, wenn wir nicht einen Blutsturz riskieren wollen.«

»Machen Sie sich darüber keine Gedanken. Der Arzt wird bald hiersein.«

Er sah ihr nach, während sie den Weg hochging, sich bückte, um die Fahne aufzuheben, und dann hinter dem Haus verschwand. Ein paar Minuten später sah er, wie sie die weiße Fahne am Fenster des Schlafzimmers befestigte.

Geheimrat Lemke war sich nicht sicher, ob er dieses widerliche Ritual über sich ergehen lassen mußte, weil die Weisheit des Gesetzes es so vorschrieb oder weil demonstriert werden sollte, was mit jenen geschah, die den Anstoß der Führer der Nazipartei erregten.

Die Zelle bestand rundherum, bis auf die Stahltür, aus solidem Beton. Sie besaß kein Fenster und war völlig leer, wenn man von dem Mann absah, der mit in die Hüften gestemmten Armen zusah, wie Kästners Körper sich an dem straffen Seil langsam drehte. Das dünne Seil war an einen Haken an der Eisenstange festgeknotet, die in mehr als zwei Meter Höhe quer durch die Zelle lief. Noch fünfzig Zentimeter, und Kästners Füße hätten den Boden berührt, aber sie hatten gefehlt, und nun war Kästners ungelenk auf die Schulter gesunkenes Gesicht violett angelaufen.

Der Gestapoarzt hatte seinen Tod bereits festgestellt, aber er mußte fünfzehn Minuten tot sein, bevor die Leiche heruntergeholt werden durfte, und Geheimrat Lemke war geholt worden, um sie offiziell als die von Kästner, Otto, vormaligem Oberst der Abwehr, zu identifizieren.

Ludwig von Bayer stieg als letzter aus dem Eisenbahnwaggon, und als er schwerfällig und unsicher die Stufen hinunterkletterte, sah er das Schild: »Oranienburg.« Er trug einen Wintermantel und gute Lederschuhe, und in der Hand hielt er eine braune Papiertüte, in der sich in ein kleines Handtuch eingewickelt seine Toilettensachen und sein Rasierzeug befanden.

Die zwei SS-Männer schrien den vielleicht zwanzig Männern ihre Befehle zu, und sie schleppten sich mühsam durch den Regen zu ihrem Bestimmungsort. Das Konzentrationslager war zwar nur drei Kilometer entfernt, trotzdem kam Bayer schwitzend und keuchend dort an. Er hielt sich etwas abseits der anderen Gefangenen, denn er war sicher, daß diese kleine Reise nicht mehr als ein interessanter Gesprächsstoff für seine Geschäftsessen sein würde, sobald sein Anwalt die Angelegenheit aufgeklärt hatte. Er wurde in seinen freundlichen Gedanken unterbrochen, als er entdeckte, daß der Gefangene, der seine Personalien in die Lagerakten aufnahm, niemand anders war als der frühere Richter Meyer vom Berliner Appellationsgericht, und erfahren mußte, daß Meyer seinen Gruß ignorierte, so als hätte er kein Wort gesagt.

Der Arzt kam nach einer Stunde. Er war Captain der Army, ein schon etwas älterer Mann, der mit seiner schwarzen Tasche unbedingt Vertrauen einflößte. Uschi ging die Treppe hinunter, um ihn zu empfangen. Er sah sie ohne Neugier an. »Wie ich höre, haben Sie hier einen Verwundeten. Was ist mit ihm?«

»Er ist an der Schulter und in der Brust getroffen.«

»Nun, dann gehen wir einmal hinauf und sehen ihn uns an. Können Sie hier heißes Wasser machen?«

»Ich fürchte, nein.«

»Haben Sie überhaupt Wasser?«

»Ja, etwas.«

Der Captain sah kurz zu Voss, während er zu der Ecke hinüberging, in der Bayer lag. Er sah ihn sich einen Augenblick an, ohne die Tasche abzusetzen. Dann stellte er sie auf den Fußboden, öffnete den Mantel und kniete sich auf das Stroh.

Langsam und vorsichtig nahm er den Verband von Bayers Schulter ab. Uschi drehte sich weg, als der weiße Knochen zum Vorschein kam, von dem das Fleisch weggerissen worden war. Der Captain griff nach seiner Tasche, öffnete sie und streute einen gelblichen Puder aus einer kleinen Metallbüchse auf einen Wattebausch, mit dem er ganz leicht die offene Wunde betupfte.

Dann nahm er vorsichtig und sanft Bayers Hand von seinem Magen und hob das blutdurchtränkte Handtuch an. Die Wunde war wie ein offener Mund; er vermutete, daß ein Querschläger diese weit aufgerissene Wunde verursacht haben mußte. Er griff mit Daumen und Zeigefinger nach Bayers Handgelenk und blickte auf seine Uhr. Nachdem er die Hand sanft auf das Stroh zurückgelegt hatte, nahm er ein Stethoskop aus seiner Tasche, hielt es Bayer auf die Brust und hörte lange hinein, ehe er es wieder in die Tasche packte. Dann legte er die Daumen unter Bayers Brustkorb und drückte leicht. Bayer stöhnte auf, und aus der Wunde strömte Blut heraus. Der Arzt nahm eine Spritze aus der Tasche und füllte sie aus einer Phiole. Dann strich er in der Nähe des Ellenbogens über die Innenseite von Bayers Arm, bis er eine Vene fand, und stach die Nadel der Spritze hinein.

Er stand langsam auf und beugte sich zu seiner Tasche hinunter, um sie zu schließen. Als er auf die Treppe zuging, nickte er Uschi zu, sie solle ihm folgen. Am Fuß der Treppe sah er sie ernst an. »Da ist nichts mehr zu machen. Wenn wir ihn bewegen, verblutet er, bevor er im Krankenwagen ist. Die Kugel steckt wahrscheinlich noch im Körper; sie hat verschiedene innere Organe schwer verletzt. Er hat innere Blutungen, aber sie bluten nur langsam.« Er blickte fragend zu ihr auf. »Ist er Ihr Mann?«

»Nein, aber ein sehr enger Freund.«

»Soweit ich verstanden habe, bleiben Sie bei ihm, bis irgend ein Mädchen herkommt?«

»Ja.«

»Sie wissen, daß er stirbt?«

»Ich war mir nicht sicher.«

»Es kann zwei Stunden dauern oder zwei Tage, das hängt ganz davon ab, wie stark er blutet. Er hat ein starkes Herz. Ich habe ihm ein schmerzstillendes Mittel gespritzt. Seine Wirkung wird ungefähr vier Stunden anhalten. Ich lasse Ihnen eine Spritze und ein Dutzend Ampullen hier. Stechen Sie die Nadel da ein, wo ich gespritzt habe. Morgen wird er alle zwei Stunden eine Spritze brauchen. Fühlen Sie sich in der Lage, das zu tun?«

»Ja.«

»Sie selbst sehe ich mir an, wenn das hier vorüber ist.« Er betrachtete ihr Gesicht. »Sie sollten diesem Mädchen sagen, wie es um ihn steht, wenn sie kommt.«

»Das werde ich tun.«

»Gut. Ich mache mich dann auf den Weg.«

Er drehte sich um, zögerte und blickte dann noch einmal zu ihr zurück. »Sie sind eine tapfere Frau«, sagte er. Dann stapfte er davon.

Sie hielt die Krankenwache und kämpfte gegen den Schlaf, der sie zeitweise überfiel. Es ging auf Mitternacht zu, und sie war gerade dabei, ihre zweite Spritze für Bayer vorzubereiten, als sie Fußtritte auf der Treppe hörte. Als sie sich umdrehte, sah sie das fahle Licht einer Taschenlampe. Sie ging hastig zur Treppe. Es war ein Mann, der sich vorsichtig die halbzerstörte Treppe hochtastete.

Er sagte ruhig: »Wo ist Max?«

»Wer sind Sie?«

»Ich bin Moshe Aarons. Wo ist er?«

»Ich hatte Sadie erwartet.«

»Wo ist Max?«

»Dort in der Ecke. Kommen Sie, ich führe Sie.« Sie blieb stehen und flüsterte: »Er stirbt. Ich glaube, er ist nur noch am Leben, weil er Sadie erwartet.«

Sie gingen an Voss vorbei, der sich unter dem Fenster auf dem nackten Fußboden, eine Hand lose auf dem Schaft der Thompson, ausgestreckt hatte und schlief.

Aarons richtete den Strahl der Taschenlampe auf Bayers Gesicht und kniete sich dann neben ihn auf das Stroh. Er griff nach seiner Hand. »Kannst du mich hören, Max?«

Es dauerte lange, ehe Bayer antwortete. »Wer ist da?«

»Ich bin es, Moshe Aarons.«

Bayer öffnete langsam die Augen und versuchte Aarons Gesicht zu erkennen. »Nicht Sadie? Ich wollte Sadie. Warum ist sie nicht gekommen?« Tränen rannen über seine Wangen.

»Sie *konnte* nicht kommen, Max.«

Bayer bewegte den Kopf, um Aarons besser sehen zu können. »Warum?« flüsterte er. »Warum denn?«

Aarons atmete tief ein. »Sie ist tot, Max. Sie ist bei einem Bombenangriff umgekommen. Sie haben die Guildhall School bombardiert.«

»Wann?«

»Vor zehn Tagen.«

Bayer schloß die Augen und stöhnte auf. »Ich habe sie so geliebt, Moshe.«

»Ich weiß, daß du das getan hast, mein Junge.«

»Ich habe jeden Tag an sie gedacht.«

»Sie hat all deine Rosetten in ihrem Zimmer aufgehängt. Sie hat oft von dir gesprochen.«

»Warum bist *du* gekommen, Moshe?«

»Man hat mir gesagt, du seist schwer verwundet.«

»Du mußt mich hassen.«

»Warum sollte ich dich hassen?«

»Der Krieg, Sadie, wegen allem.«

»Du und Sadie, ihr wolltet keinen Krieg, Max. Ihr seid nur Opfer, wie so viele andere auch.«

»Aber ich bin Deutscher.«

»Und Sadie war eine Jüdin. Und das hatte nichts zu sagen, bis die Nazis es sagten. Du wärst nicht hier, wenn es die Nazis nicht gegeben hätte.«

Bayer schwieg eine Weile, dann sagte er: »Schau nicht zu, wie ich sterbe, Moshe.« Er sah auf, um in Aarons Gesicht sehen zu können. »Sag mir etwas Nettes zum Abschied, Moshe.«

Aarons sammelte seine Gedanken, und es schien sehr lange zu dauern, bis er erwiderte: »Erinnerst du dich an ein Lied, das Sadie immer für uns gesungen hat, es hieß *Loch Lomond*?«

»›The bonnie, bonnie banks . . .‹ – ist es das?«

»Ja. Erinnerst du dich auch noch an die Zeilen: ›Du nimmst die untere Straße, und ich nehme den oberen Weg, und ich werde vor dir in Schottland sein?‹«

»Ja. Ich habe das nie verstanden.«

»Nun, es war nach einer dieser schrecklichen Schlachten zwischen Schotten und Engländern. Ein Offizier aus dem Hochland war gefangengenommen worden und wartete in einem Gefängnis in einer der Grenzstädte auf seine Hinrichtung. Er erhielt einen letzten Wunsch zugestanden, und er bat darum, sein Mädchen noch einmal zu sehen. Und bei diesem letzten Treffen hat er ihr dann dieses Lied vorgesungen. Er meinte, daß sie den Landweg zurück nach Schottland nehmen würde und er den Luftweg – den himmlischen Weg. Und auf diesem würde er schneller nach Schottland kommen als sie.« Er machte eine Pause und fügte dann weich hinzu: »Und so ist es mit euch, mit dir und Sadie.«

Er beugte sich vor und küßte den jungen Mann auf die Stirn, dann sagte er leise: »Schalom«, stand auf und ging durch das Zimmer auf die Treppe zu.

Uschi Lange kniete sich neben Bayer und legte seine Hand in ihre.

»Würdest du mir einen Wunsch erfüllen, Uschi?«

»Natürlich.«

»In meinem Jackett ist ein kleines, in Ölzeug eingepacktes Päckchen. Würdest du das hier im Haus vergraben?«

»Natürlich.«

Er seufzte. »Gib mir einen Kuß zum Abschied, Uschi.«

Sie küßte seinen blutigen Mund und blieb neben ihm sitzen, bis er eine halbe Stunde später starb.

Am 5. Juli 1943 verließ ein Vosper-Patrouillenboot den Hafen von Dover. Es sollte an den Goodwin Sands ein deutsches U-Boot treffen, das dort schon auf das englische Schiff wartete. Uschi Lange war vor Gericht gestellt und, unter Ausschluß der Öffentlichkeit, zu sieben Jahren Gefängnis verurteilt worden. Jetzt stieg sie von dem englischen Patrouillenboot auf das deutsche U-Boot um und beobachtete die SOE-Funkerin, die umgekehrt von dem U-Boot auf das Patrouillenboot stieg. Auf beiden Seiten wurde salutiert, dann trennten sich die Boote und strebten ihren Heimathäfen zu. In dieser Nacht standen eine Zelle im Frauengefängnis von Holloway und eine Zelle im Fresnes-Gefängnis in Paris, in dem die Gestapo die gefangengenommenen feindlichen Agenten der SOE unterbrachten, leer.

Nachdem Deutschland besetzt worden war, arbeitete Uschi Lange als Dolmetscherin für die Militärregierung des Regierungsbezirks Hannover. Einige Jahre später heiratete sie einen Captain der US-Army, einen Sprecher des American Forces Network. Sie leben heute in Los Angeles, wo er für KJOI arbeitet, einen Unterhaltungsmusiksender, dessen Programm Uschi sehr gefällt. Sie hat zwei Töchter, und ihr Mann hat sie zum erstenmal singen gehört, als die ältere Tochter schon fünf Jahre alt war.

Erich Voss saß zehn Jahre seiner fünfzehnjährigen Strafe ab und starb drei Jahre nach seiner Entlassung in Nairobi. Seine kleine Pyrethrumfarm war recht erfolgreich und befindet sich heute im Besitz der kenianischen Regierung.

Max von Bayer wurde im Familiengrab der Aarons' auf dem Friedhof der Garrison Church Cambridge beerdigt. Von hier aus sind es nur zehn Minuten Fußweg zu dem Friedhof, auf dem ein Gedenkstein an Sadie Aarons erinnert, deren Leiche, wenn man sie unter den Trümmern der Guildhall School überhaupt gefunden hatte, nicht identifiziert werden konnte.

Rudi Krüger wurde auf einem Friedhof in Ashford begraben. Seine Frau hat nie erfahren, warum ihr Mann von seiner Fahrt zur SS-Fahrschule in München nie zurückgekehrt ist. Man hat es ihr nicht mitgeteilt, entweder, weil man es aus Sicherheitsgründen nicht für opportun hielt, oder einfach aus der inneren Boshaftigkeit des Naziregimes heraus. Am Ende spielte es keine Rolle; sie wurde vom ersten russischen Spähtrupp, der in das Arbeiterwohnviertel Wedding vordrang, vergewaltigt und ermordet.

Die Spur Ludwig von Bayers verliert sich im Konzentrationslager Oranienburg. Er wurde nicht entlassen, und so ist anzunehmen, daß sich seine Leiche unter den Tausenden ausgemergelten Körpern befand, die man nicht identifizieren konnte.